커틀러스 던전

- 문
- 화살 날아가는 곳
- 밟으면 화살
- 밟으면 돌 떨어짐
- 함정(구덩이)
- 밟으면 가동되는 함정
- 경보음
- 보물

검을 뽑으면 문 닫힘
(에버딘 일행이 들어간 곳)
절벽

호수
물 위로 얼굴
비추면 봉인됨

돌

돌

출구 ←

키 150cm 이상
경보

드워프 전세

밟으면
구덩이로
미끄러짐

몸무게 합계
130Kg 이상
경보음

빠지면서
하루 동안 잠듦

해골 쌓인 곳,

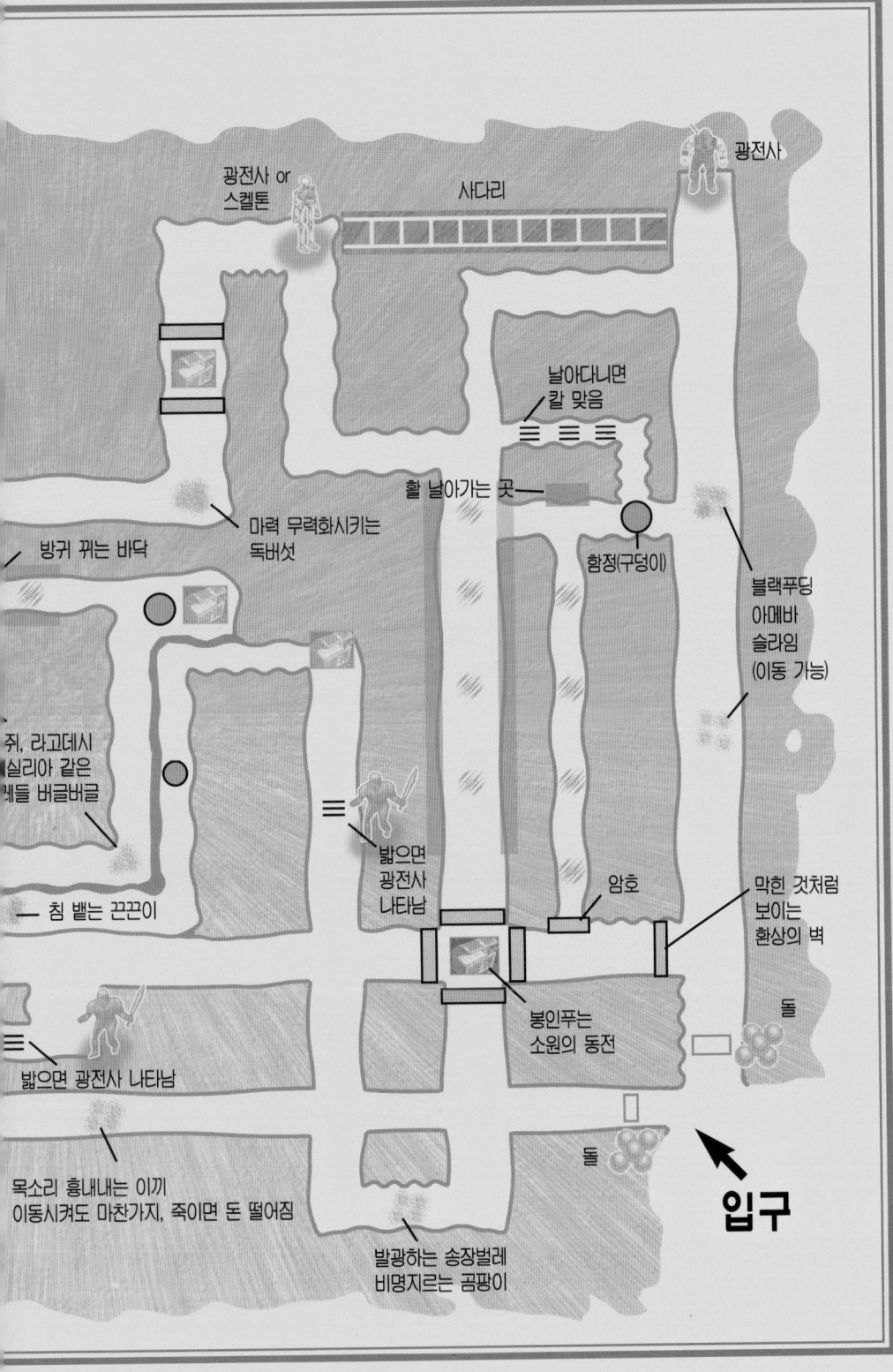

Ades

아데스

3

아데스 3

김성희 판타지 장편 소설

초판 1쇄 찍은 날 § 2001년 3월 5일
초판 1쇄 펴낸 날 § 2001년 3월 15일

지은이 § 김성희
펴낸이 § 서경석
펴낸곳 § 도서출판 청어람
편집 § 문혜영 · 허경란 · 박영주 · 김희정 · 권민정
마케팅 § 정필 · 강양원

등록번호 § 제1081-1-89호
등록일자 § 1999. 5. 31
어람번호 § 제1-0079호

주소 § 경기도 부천시 원미구 심곡1동 350-1 남성B/D 3F ㈜420-011
전화 § 032-656-4452 팩스 § 032-656-4453
e-mail § eoram99@chollian.net

값 7,500원

ISBN 89-5505-040-2 (SET) / ISBN 89-5505-043-7 04810

Ades
아데스
3

김성희 판타지 장편 소설

도서출판
청어람

목차

제5장
대립의 시간

하얀마녀 훼이나, 일행이 되다

"감히 잠자는 훼이나를 고함을 질러 깨게 했겠다."

훼이나는 눈조차 제대로 뜨지 않은 상태에서 상대가 누군지 확인도 하지 않은 채 자신의 손에 잡히는 물건들을 던져 대기 시작했다.

"저, 저기 진정하시고 웬만하면 말로 하죠, 말로."

던지는 물건들을 애버딘이 잽싸게 피해내자, 그녀는 잠이 확 달아났는지 두 눈을 부릅뜨고 이번에는 기필코 맞추겠다는 집념이 가득 담긴 눈빛으로 꽃병을 집어 들었다.

"우와왓! 저 모르시겠어요?"

"네가 누군지 내가 알 게 뭐야!?"

훼이나는 짜증 섞인 목소리로 손에 든 꽃병을 힘껏 집어 던졌다.

쩽그랑!

꽃병은 산산이 깨지며 살벌하게 조각조각난 채 바닥을 나뒹굴었고, 그 소리를 듣고서야 겨우 분이 풀린다는 듯 그녀는 천연덕스럽게 기지개를 켰다.

"하아암~! 이제 잠이 깨네. 어라? 넌… 리도스랑 같이 있던 이름이 뭐더라… 아무튼 맞지?"

애버딘은 어이가 없다는 눈으로 엉망진창이 된 방을 살펴보았다.

그녀가 집어 던진 베갯속이 터졌는지 바닥에는 깃털이 수북이 나뒹굴고 있고, 일부는 꽃병이 깨질 때 흘러내린 물에 흥건하게 젖어 있어 누가 보면 한바탕 싸움이라도 벌어진 것이라고 오해하기 딱 알맞을 듯한 상태의 방. 훼이나는 애버딘이 자신의 말을 씹으며 방을 둘러보는 것이 의아했는지 고개를 갸우뚱거리며 그의 시선이 고정되어 있는 바닥에 시선을 옮겼다.

"어머나! 내 방이 왜 이렇게 엉망이 되어 있는 거야?! 이 자식들, 내가 쉬는 동안 조용히 청소 좀 하라고 했더니 방을 엉망으로 만들어놔?!"

애버딘은 마치 훼이나의 입에서 불이 뿜어져 나오는 것만 같은 환영을 보며 리도스가 왜 그녀를 그토록 두려워하는지를 깨달아갔다(그도 슬슬 그녀가 두려워지기 시작한 것이다).

"저… 그거 누나가 그렇게 만든 거예요."

훼이나는 마치 봄날에 불어오는 바람에 얼음이 녹을 듯한 푸근한 미소를 지으며 자신이 언제 화를 냈었냐는 듯, 목소리마저 나긋나긋해져선 그의 말을 확인하려는 듯 되풀이했다.

"누나?"

"아, 그게… 죄송해요. 뭐라고 불러야 할지 몰라서……"

"괜찮아, 괜찮아. 듣기 좋은데 뭘~ 그런데 말이야… 너, 나보고 누나가 아니라 언니라고 불러야 하지 않니?"

"누나라고 부르는 게 맞는데요. 전 남자라구요."

"너, 참 끈질기구나. 뭐… 좋아. 믿기지는 않지만 본인이 그렇게 우기니까 일단 남자애라고 인정해 주지. 흐음~ 그런데 말이야, 가만히 생각해 보니까 우린 서로 이름도 모르는구나?"

훼이나는 귀여운 남자애로부터 누나 소릴 듣는 것이 즐거운 듯 연신 싱글벙글 미소를 지었다. 애버딘이 동안인 탓도 있지만, 워낙 곱상하게 생긴 것이 한몫 단단히 하는 듯 그녀의 노기는 어느새 온데간데없이 사라져서 훼이나는 귀여워 죽겠다는 듯한 눈빛으로 어느새 그의 곁으로 다가가 열심히 머리를 쓰다듬고 있는 것이다.

"왜… 왜 이러세요?"

"왜 이러긴, 귀여워서 그런 거지. 아유~ 요 하얀 피부 좀 봐. 아기 같아~ 어쩜 좋아?!"

좋아서 어쩔 줄을 모르는 그녀를 잠시 어이없는 눈빛으로 바라보던 애버딘은 정색을 하며 한 발짝 뒤로 물러났다.

"잠깐! 남녀의 대사가 바뀌었다고 생각하지 않으세요? 뭐… 희롱이라는 건 마찬가지지만 말이죠."

그의 말에 무안해진 훼이나는 은근슬쩍 애버딘의 머리에 올려놓았던 손을 아래로 내렸지만 그녀의 얼굴 표정은 여전히 귀여워 죽겠다는 듯 생글생글 웃는 얼굴이었다.

"미안미안, 그렇다고 정색할 것까진 없잖아. 뭐, 그건 그렇고, 네가 여기에 왔다는 건 네 일행들도 여기 있다는 말이지?"

"이해가 빨라서 좋군요. 저희가 배를 얻어 타고 이 섬에서 벗어나려고 하는데 태워주실 수 있으세요?"

"당연히 태워주지. 우리 자기 일행은 나의 일행과도 같아. 부담 갖지 말고 편히 쉬어. 그래, 일행들은 어디 있어?"

시원시원한 그녀의 말에 애버딘은 빙긋 미소를 지으며 대답했다.

"선원 아저씨에게 부탁해 둬서… 갑판에 가봐야 알겠는데요."

"그래? 그럼, 올라가 볼까?"

그녀는 발 밑에서 나뒹굴고 있는 꽃병의 파편이라든지, 깃털과 물로 질척거리는 바닥 따위는 눈에 들어오지도 않는다는 듯 거침없이 갑판을 향해 발걸음을 옮겼다.

갑판으로 올라가자 그녀를 제일 먼저 반기는 것은 시원한 바람이었다.

기분 좋게 자신의 얼굴을 스치고 지나가는 바람을 느끼며 생긋 미소 짓고 있는 훼이나를 선원 중 누군가가 알아보고는 가볍게 목례를 하며 말을 걸어왔다.

"훼이나님, 일어나셨군요?"

"왜 날 깨우는데 손님을 불러서 깨운 거야? 예의도 없이. 그러니까 다른 드래곤들이 우릴 보고 드래곤의 탈을 쓴 와이번이니 어쩌니 하고 까부는 거 아니야?!"

그녀는 자신을 반기는 선원에게 대뜸 야단부터 치며 인상을 써댔다.

"그게… 훼이나님의 잠버릇에 모두들 워낙 겁을 집어먹어서 말이죠. 게다가 예의와 와이번과는 아무런 상관이 없는 거 아닙니까?"

"어쭈구리! 누가 내 말에 일일이 토 달라고 했어?! 게다가 뭐?! 나처럼 연약한 숙녀의 잠버릇이 뭐 어떻다고 겁.을.집.어.먹.어~?!"

나참, 기가 막혀서… 남들이 들으면 오해하고도 남겠네~! 이대로 가만히 뒀다가는 멀쩡한 내 이미지 다 버려놓을 녀석들 아니야!"

훼이나의 말이 끝나기가 무섭게 '마구잡이로 물건을 던져 대던 그녀의 잠버릇을 바로 곁에서 체험한' 애버딘 VS '몇백 년이 넘게 그녀의 변덕에 시달려 온' 선원과의 숨 막히는 막상막하의 표정 관리 대회가 벌어진 듯했다.

그들을 힘들게 한 그녀의 말 중 특히 '연약한 숙녀'와 '남들이 들으면 오해하겠네'라는 말에 선원은 오랜 세월 동안 겪은 경험에 의해 타격을 덜 입기 위해서인지 시종일관 시선을 먼 하늘로 고정시켜 버리는 노련미를 보여주었지만, 차마 드래곤인 그녀에게 뭐라고 하긴 그런지 온몸에 소름마저 쭈뼛쭈뼛 돋을 정도로 거부 반응이 일어난 애버딘은 더 이상 그녀의 말이 길어지지 않도록 아예 화제를 돌려 버렸다.

"제 일행은 지금 어디에 있죠?"

"갑판으로 올라오는 계단으로 내려가서 곧장 보이는 세 번째 방에 있을 거야. 그럼 훼이나님, 전 이만 실례하겠습니다."

그녀의 따가운 눈총을 한 몸에 받고 있었던 선원은 살았다는 표정으로 애버딘에게 감사의 눈길을 보내며 황급히 답하고는 훼이나에게 목례를 해 보였다. 그리고는 얼른 바닥을 닦는 척 손에 쥐고 있던 밀대 걸레에 힘을 주어 밀며 반대편으로 사라져 버렸다.

"쳇! 도망치는 거 하나만큼은 기가 막히게 빠르다니까. 뭐, 나중에 혼내면 되니까 상관없겠지. 자, 그럼 내려가 볼까?"

선실로 내려가는 훼이나의 뒤를 따라가던 애버딘은 쉽게 리즈들이 있는 방을 찾을 수 있었다. 조용한 복도 쪽에서 그들이 있는 방에서만 북적거리는 인기척 소리가 나니 찾기 쉬울 수밖에 없었던 것이다. 문 앞에 선 그는 미소를 지으며 가볍게 문을 두드렸다.

똑똑.

"누구세요?"

"애버딘이야. 들어가도 돼?"

"어서 들어오세요. 카디프님도 여기 계세요."

피스는 애버딘의 목소리가 들리자마자 반갑게 문을 열며 그를 맞았다. 애버딘은 문 앞에 서서 피스를 향해 싱긋 웃어주었지만 피스의 표정은 순식간에 어두워졌다. 그의 등 뒤로 낯익은 여인이 보였기에.

"이 배의 선장님이시래."

애버딘은 훼이나를 앞세워 방으로 들어오며 일행들을 향해 그녀가 왔음을 알리려는 듯 큰 목소리로 그녀를 소개했다.

"호호홋, 다들 구면이네. 여기서 또 이렇게 만나게 될 줄이야. 아무튼 반가워."

훼이나가 귀가 아플 정도의 높은 목소리로 웃어대자 멍하니 서 있던 피스는 그제야 화들짝 놀란 듯 소리를 질렀다.

"에엣! 당신은 그때 봤던 그 마녀?!"

"마녀라니~ 쩝, 아무리 구면이라도 그런 소린 그다지 듣기 좋은 소리가 아닌데?"

그녀는 그런 피스가 몹시 불쾌하다는 듯 살짝 양미간을 찌푸리며 입맛을 다셨다.

"이런, 죄송합니다. 갑작스런 재회에 제 일행이 무척 당황했나 봅니다. 부디 제 일행의 무례를 용서해 주세요."

리즈가 재빨리 사태를 수습하려 피스 대신 사과를 하자, 훼이나

는 어쩔 수 없이 고개를 끄덕였지만 완전히 기분이 풀리진 않았
는지 여전히 양미간을 찌푸리며 리즈에게로 시선을 돌렸다.

"그쪽에서 사과를 하니까 이해해 주도록 하지. 이봐, 예의 바른
아가씨. 아가씨에게 일행의 소개를 부탁해도 될까?"

"물론입니다. 이쪽은 엘프이신 카디프님. 제 스승이시죠."

카디프는 자신의 이름이 불리우자 그 자리에서 가볍게 목례를
해 보였으나, 그녀는 의아한 듯 설명을 덧붙여 달라는 표정으로
리즈의 얼굴만 뚫어져라 바라보며 물었다.

"어? 난 리도스에게 마법을 배우고 있는 줄 알았는데?"

"네, 맞아요. 하지만 제 스승님은 리도스님과 카디프님 모두 두
분이시랍니다. 그리고 이분은 주술사로서 명성을 떨치고 있는 피
스라고 합니다."

"그런 식으로 일일이 소개할 필요 없이 이름만 쫙 불러줘도 괜
찮아. 나 그렇게 기억력 나쁜 편은 아니니까."

"네. 어차피 둘밖엔 안 남았으니 간단하게 하도록 하죠. 저쪽 금
발 머리가 애버딘, 그리고 저는 리즈라고 합니다."

"난 훼이나라고 해. 리도스의 일행이라면 내 일행도 되는 셈이
니, '화이트 드래곤의 여왕'이니 '님'이니 할 것 없이 그냥 훼이나
라고 불러. 너희들의 사정을 자세히 듣지 못해서 어디까지 가는
지는 모르겠지만, 일단 너희는 배가 필요한 것 같고 난 배를 가지
고 있으니 내가 갈 수 있는 곳까지 무사히 바래다줄게."

"감사합니다, 훼이나님."

"그냥 훼이나라고 부르라니까."

살짝 눈에 힘을 주며 자신을 노려보는 훼이나의 눈빛에 리즈는
얼른 말을 받았다.

"아, 네. 감사합니다, 훼이나."

리즈가 자신의 이름을 부르자 그녀는 만족했다는 듯 눈에 힘을 빼고는 기분 좋다는 표정으로 빙긋 미소를 지었다.

"그래, 좋아. 못다 한 이야기나 궁금한 거 있으면 다음에 좀 더 이야기하도록 하고… 리즈라고 했지? 잠깐 나 좀 보자."

"저희가 들으면 곤란한 얘기예요?"

"아니, 그냥 뭐… 여자끼리의 비밀이랄까, 그런 거지."

가만히 있던 피스가 훼이나의 눈치를 살피며 끼어들자 그녀는 말을 얼버무렸다.

"그럼 저도 껴도 되는 거죠?"

"뭐, 크게 상관이야 없지만… 맛있는 거 먹는 것도 아닌데 왜 못 껴서 안달이야?"

"불편하다면 빠져 드리죠. 천천히 이야기 나누고 오세요. 어차피 난 여자끼리 어울리는 취미는 없으니까 별로 끼고 싶은 생각도 없었는데 잘됐네요."

거절의 뜻이 담긴 훼이나의 말에 그녀는 샐쭉해져서 입을 삐죽 거려 댔다. 그 모습을 본 훼이나는 괜히 미안해졌는지 머리를 긁적이며 멋쩍은 듯 배시시 미소를 지었다.

"우훗, 넌 어째 생긴 건 리즈보다 더 나이 들어 보이는데 하는 짓은 어린애 같니? 그렇지 않아도 너랑은 나중에 따로 볼일이 생길 것 같으니까 그때 보자. 응?"

그녀는 피스가 더 뭐라고 이죽거리기 전에 나가는 게 낫다고 생각했는지 리즈의 어깨에 다정스럽게 손을 올리고는 유유히 그 자리에서 벗어났다.

"쳇! 어차피 나이도 리즈 언니보다 어리니까 당연히 하는 짓도 어리죠. 베에~"

피스는 이미 사라지고 없는 그녀들을 향해 혀를 낼름 내밀고는 몸을 의자에 던져 버리듯 털썩 소리를 내며 앉았다. 카디프와 애버딘은 그런 그녀를 바라보며 정말 어린애 같다는 생각에 피식 미소를 지었다.

"우리랑 같이 노는 건 어때? 지금 방으로 돌아가려던 참인데."

"나중에 봐서 리즈 언니랑 같이 가죠. 모처럼 불러주셨는데 죄송해요, 카디프님. 시간 있을 때 배낭에 들어 있는 물건들이나 좀 살펴봐야 할 것 같아서요. 헤헤, 그럼 쉬세요."

"그래. 피곤할 텐데 대충하고 쉬어."

카디프와 애버딘은 피스에게 고개를 한 번 끄덕여 보인 뒤 방에서 빠져나와 자신들이 묵을 곳으로 발걸음을 옮겼다. 선원들은 대부분 갑판에 있는 듯 복도에는 인기척이라고는 전혀 들려오지 않았다. 애버딘은 주위를 한번 더 둘러보다, 문득 훼이나를 깨우러 갔을 때가 떠올랐는지 얼굴을 찌푸렸다.

"정말 의외였어. 하얀 마녀, 아니, 그녀가 이 배의 선장이었을 줄이야. 설마 이 배에 있는 선원들 모두가 드래곤이라는 그런 황당한 일은 일어나지 않겠지?"

애버딘의 불안한 듯한 목소리에 카디프는 생긋 미소를 지으며 고개를 갸웃거렸다.

"황당한 건가? 내 생각엔 모르긴 몰라도 아마 대부분 드래곤일 거 같은데."

"에?! 어째서?"

"아렌에서 프로소까지 갔다느니 하던 말 기억 안 나?"

"그러고 보니… 우웃, 이 정도의 크기로는… 아렌에서 프로소까지 가기엔 무리지?"

"식량 창고의 크기가 이 배 전체만하다 해도 100만 분의 1 정도 가면 잘 간 거야. 그런데 이 배의 절반 정도 크기도 안 되는 식량 창고를 가지고 프로소까지 갔다가 다시 이 섬으로 왔다니… 인간 이라면, 그것도 마법사도 아닌 그냥 평범한 선원들이라면 어림도 없는 일이지. 안 그래?"

카디프의 자세한 설명에 애버딘의 인상이 저절로 구겨졌다.

선원 모두가 드래곤이라면 인간인 자신보다는 리도스의 편이라 고 봐야 옳은 것. 게다가 훼이나는 자칭 리도스의 약혼녀. 아무리 생각해도 자신들에게 유리하게 돌아가는 상황은 아닌 것이다. 카 디프 역시 같은 생각이 들었는지 걱정스럽게 한숨을 내뱉었다.

"하아~ 이제 어쩌지?"

"어쩌긴. 일단 이 섬에서 벗어나는 게 급선무니까 육지에 도착 할 때까지 모르는 척하고 있어야지 뭐."

"육지에 도착한 뒤에는?"

"어떻게든 되겠지. 그때 가서 생각하자. 그래도 늦지 않아."

애버딘의 자포자기한 듯한 대답에 카디프는 다시 한숨을 내쉬 었다.

"하아, 태평하군."

"그게 내 매력 포인트 아니겠냐. 하하, 피스처럼 짐이라도 점검 해 두자. 이렇게 끙끙거려 봤자 당장 튀어나올 정답이 있는 것도 아니잖아."

애버딘의 말에 카디프는 못 말린다는 표정으로 고개를 설레설 레 흔들었다. 그들의 방은 피스와 리즈가 묵을 방과 그리 떨어지 지 않은 곳으로 약간 좁은 감은 있지만, 둘이 쓰기엔 무리가 없을 정도라 현재의 그들은 순순히 방을 내어준 선원들에게 감사하는 마음만 가득할 뿐이었다.

"제법 깨끗하군."

카디프가 흡족하다는 듯 방을 둘러보며 미소를 짓자 애버딘은 카디프에게 짐을 받아 들고는 대충 침대에다 던져 놓았다.

"뭐, 그럭저럭 좋은 것 같네. 그건 그렇고 리즈 말이야… 서로 무슨 이야기를 하고 있을까?"

"글쎄, 그렇게 궁금하면 리즈가 돌아오거든 그때 물어봐. 왜? 혹시나 리즈를 어떻게 할까 봐 걱정돼서 그러는 거야?"

"…약간은. …저… 그래서 말인데, 몰래 엿보고 괜찮다 싶음 돌아오면 안 될까?"

"들키면 어쩌려구?"

"걱정 마. 난 도적이고 넌 엘프야. 인기척 지우는 것쯤이야 일도 아니지. 만일 들킨다고 해도 갑갑해서 산책한다고 둘러대면 설마 어쩌기야 하겠어?"

"하아, 아무튼 잔머리 굴리는 데 천재라니까."

"너야말로 툴툴거려도 결국엔 갈 거면서 뭘 그래?"

"그래그래, 네 말이 다 맞으니까 어서 가기나 하자."

카디프는 졌다는 듯 애버딘의 등을 떠다밀며 문밖으로 몰아냈다. 한참 동안 복도와 갑판 위를 헤맨 끝에 간신히 갑판 난간에 기대어 서 있는 그녀들을 발견한 애버딘과 카디프는 한쪽 귀퉁이에 쌓아둔 짐들 뒤로 재빨리 몸을 숨겼다.

"너, 분명히 그때 리도스가 널더러 자기 제자라고 했었지?"

"흠… 제가 좀 버릇이 없긴 해도 명색이 리도스나 카디프 모두 제 스승님들이죠. 그런데 왜 그러세요?"

"…리도스에게 뭐 좀 들은 거 없어?"

"들은 거라니요?"

이제까지의 위풍당당한 훼이나의 모습은 간데없고, 약간 걱정이 실린 듯한 목소리로 리즈에게 리도스에 대해 묻자, 리즈는 의아한 표정으로 훼이나에게 되물었다.

"레이피어나 베니핏, 아니면 투루에 대한 뭐 아무 거라도 좋으니까 최근 들어서 리도스에게 뭔가 들은 이야기 없어?"

"중요한 이야기인가요?"

"그래, 중요한 이야기야. 말하지 않으려고 했는데 솔직하게 털어놓을게. 넌 머리가 좋은 것 같아서 묻는 거니까 잘 생각하고 대답해 주기 바래."

"네, 말해 보세요."

"흠… 너희가 동굴에서 탈출하려는 때를 정확히 맞춰 나를 만났다는 거, 우연치고는 수상하지 않아?"

훼이나가 자신을 정면으로 바라보며 진지한 눈으로 묻자 그녀는 훼이나의 기분이 상하지 않게 조심스러운 표정으로 고개를 끄덕였다.

"조금 이상하게 생각되는 건 사실이죠."

"그래. 까놓고 말해서 사실은 너희를 찾기 위해 일부러 여기까지 온 거니까, 바보가 아닌 이상 수상하게 생각하는 게 당연해. 리도스를 데려다 주고 오는 길에 아무리 생각해도 어딘지 모르게 찜찜한 게 도저히 안심이 안 돼서 이대로 돌아갔다가는 보나마나 업무 따윈 전혀 손에 잡힐 것 같지 않단 말이야. 부탁해. 아는 게 있다면 솔직히 말해 줘. 그 이야기를 들으려고 너희를 찾은 거니까 난 꼭 대답을 들었으면 해."

"잠깐! 잠깐만요! 리도스님을 데려다 주셨다구요? 어디로 데려다 주셨는데요?"

의외의 말에 리즈는 자신의 귀를 의심하며 다시 한 번 훼이나의 말을 확인하려 들었다. 훼이나는 그런 그녀를 흘끗 다시 한 번 쳐다보고는 요점만 간단하게 자신의 말을 되풀이했다.

"리절트. 이 배로 리도스와 떼떼를 리절트까지 데려다 주고 돌아오는 길이야."

"리절트? 거긴 왜요?"

전혀 모르겠다는 듯 혼란스러운 표정으로 자신을 바라보는 리즈를 보는 훼이나의 심정은 착잡해져 왔다. 나오는 것은 자연스럽게 한숨밖에 없어진 그녀는 더 이상 상대방을 배려해 주다간 끝이 없겠다고 생각했는지 단도직입적으로 나가기로 마음먹었다.

"하아~ 너, 정말 아무것도 모르는 거니? 아니면 알면서도 모르는 척 시치미 떼는 거니?"

그녀는 리즈를 오랫동안 바라보았지만 해답을 얻지 못했는지 또다시 한숨을 내쉬었다.

리도스가 인간을 일행으로 삼는 것도, 제자를 받은 것도 특별한 일이라 저들은 뭔가 알 것이고, 하다못해 제자인 리즈만은 리도스의 마음을 조금이나마 알 수 있을 거라고 생각한 그녀는 반복되는 리즈의 질문에 실망하지 않을 수 없었다. 그러나 이런 훼이나의 마음과 그녀의 한숨의 의미를 알 리 없는 리즈는 리도스에 대해 하나라도 더 알아내기 위해 계속해서 질문을 퍼부어댈 뿐이었다.

"리절트에는 무엇 때문에 갔는지 말씀해 주시면 안 될까요?"

"내가 가진 패는 모두 다 보여줬어. 이젠 네 패를 봤으면 좋겠는데 언제까지 그렇게 입 꽉 다물고 있을 거야?"

훼이나는 행여나 리즈가 뭔가를 알고 있을지도 모른다는 것에 한 가닥 희망을 품고 있는지 더 이상 그녀에게 정보가 될 만한 그 무엇도 말하지 않았다.

흥정이란 말로는 내가 가진 모든 패를 다 보여줬다고는 하지만, 정작 중요한 패는 조금씩 감질나게 보여주는 법이다. 그렇기에 서로 믿지는 흥정은 애초부터 성립되지 않는 법. 그녀의 말의 의미를 파악했는지 리즈는 입가에 희미한 미소를 지었다.

"좋아요, 제가 가진 패의 일부를 보여드리죠. 훼이나님의 말씀 대로 리도스님께 축복의 레이피어를 가지러 간다는 말을 들었습니다만, 제가 보여드릴 수 있는 패는 여기까지입니다. 더 자세하게 알고 싶다면 리도스님께서 왜 리절트에 갔는지를 말씀해 주세요."

훼이나는 당당한 리즈의 말에 어쩌면 그녀가 자신이 생각한 것 이상으로 많은 것을 알고 있을지도 모른다는 생각이 들자, 아이러니하게도 그녀가 아무것도 모른다고 생각했을 때보다 더 초조해 졌다.

"리도스의 안전이 걸려 있을지도 모르는 일이야. 제자라면 스승을 가지고 흥정을 하는 것이 아니야. 너도 잘 알 텐데?"

"약혼녀라면 더 더욱 약혼자를 가지고 흥정하는 것이 아닐 텐데요. 그것도 약혼자의 안전이 걸린 문제라면 두말할 것도 없는 거 아닌가요?"

둘은 한동안 서로를 마주 보며 아무 말도 하지 않았다. 묵묵히 숨어서 그들을 지켜보는 애버딘과 카디프가 오히려 조바심이 날 정도로 그렇게 꼼짝 않고 서로를 바라보기만 하자, 답답해진 애버딘은 카디프에게 말을 걸었다.

"리즈가 저렇게 말을 잘했었어? 저래가지고 이야기가 끝나기나 할까?"

"리즈는 외교 사절로 리절트에 갔을 정도로 말발은 끝내주잖아. 알아서 잘할 거야."

"그렇게 치자면 저쪽도 왕이야. 그것도 드래곤들의 여왕이지. 외교라면 리즈보다 많이 했으면 했지, 안 해봤을 리가 없잖아."

"쉿! 조용히 해. 들키겠어."

카디프가 자신의 검지손가락을 입술에 가져다 대며 주의를 주자 애버딘은 멋쩍은 듯 미소를 지으며 다시 리즈에게로 시선을 돌렸다.

아무런 말도 하지 않는 그녀들 중 과연 누가 먼저 입을 열 것인가.

훼이나는 참다못해 결국 피식 미소를 지으며 입을 열었다.

"좋아좋아, 내가 먼저 시작하지. 리도스는 수피아님을 만나기 위해 리절트로 간 거야. 아! 수피아님은 드래곤 로드시지. 아무튼 리도스가 실수를 했다고 수피아님께서 일종의 면죄부로 축복의 레이피어를 가져오라고 명하셨어. 리도스가 신의 심부름꾼을 소멸시켰다나? 좀 스케일이 큰 문제였나 봐. 수피아님께서 신들의 비위 맞추려고 선물까지 보내기로 한 걸 보면. 뭐, 그쪽에서 이왕 선물을 주려면 축복의 레이피어를 달라는 식으로 말했다는데, 문제는 그거야. 하필 그 많은 물건 중에 카시우스님이 떼떼의 성년에 선물하려고 했던 레이피어를 달라고 하는 건지… 그걸 관리하는 자는 리도스였으니까 꼼짝없이 가지러 가야 했지. 그래, 여기까지는 나도 이해할 수 있는데 말이야… 내가 궁금한 건 리도스의 속마음이야. 완전히 죽을상을 해가지고는 영 낌새가 수상했단 말이야. 게다가 너희들을… 엘프까진 이해할 수 있지만, 리도스가 너희들 인간을 꿈의 파편이 아닌 일행으로서 인정을 한다는 게 뭔가 마음에 걸려. 너희는 도대체 리도스와 어떤 사이지?"

비록 그녀의 입은 웃고 있지만, 눈빛은 날카로웠다. 거짓말을 했다가는 뼈도 못 추린다는 것은 바로 저 눈빛을 두고 만들어낸 말이리라. 그러나 리즈는 그런 그녀의 눈빛에 아랑곳없이 태연히 미소를 짓는 여유를 보였다.

"리도스님과 저희는 일행이에요. 제게는 스승님이시구요. 다 아시잖아요?"

"그런 말이 나한테 통할 거라고 생각해? 난 네가 무척 마음에 들어. 괜한 거짓말로 나를 화나게 하는 불행을 자초하지 마."

"한 가지만… 한 가지만 더 여쭤볼게요."

"좋아, 뭐야?"

"…저를 찾으러 오셨다면 이 일대를 다 돌아보신 거죠?"

"물어본다는 게 그거야?"

"아니요. 그런 게 아니라 혹시… 크로매틱 드래곤이라던가, 아무튼 화이트 드래곤들이 아닌 다른 드래곤들을 보지 못하셨나요?"

"아니, 못 봤어. 그리고 못 보는 게 당연해. 이곳은 리도스의 영토야. 리도스가 허락하지 않는 한 못 들어와."

"훼이나님들은 들어오셨잖아요?"

"훼이나라고 부르라니까. 뭐하면 언니라고 부르던지. 그리고 이건 엄밀히 말하면 들어온 게 아니야. 아무도 이곳에 발을 디디지 않았으니까 말이야. 물론 이 공간에 날개도 디밀지 않았고. 단순히 배만 닿게 했을 뿐이야. 이쯤은 그냥 지나가는 거니까 내버려 두는 거지. 만일 허락받지 않은 자들이 이곳에 들어왔다가는 그대로 멋진 석상이 되어버린단다. 리도스의 마법뿐만이 아니라 이곳 전체에 카시우스님이라고, 전대 드래곤 로드의 마법까지 걸려 있는 곳이라 신이라 한들 무사하진 못할 거야."

"신이라 한들?"

"이봐, 약속은 지켜야지. 한 가지만 묻는다고 했던 건 너잖아?"

훼이나의 샐쭉한 표정에 리즈는 할 수 없다는 듯한 얼굴로 양손을 펴 보였다.

"좋아요. 그럼 저도 아는 것만큼 털어놓죠. 리도스님께선 이미 축복의 레이피어를 손에 넣고 아렌으로 가신 거라는 것과 저희는 그분의 일행이고, 저는 그분의 제자라는 거예요."

"이봐이봐, 그건 처음에 한 소리고, 뭔가 다른 정보를 내놓아야 하잖아."

"아는 것만큼 털어놓는다고 했잖아요. 전 아는 게 없답니다. 죄송해요."

잠시 실망한 표정으로 리즈를 흘겨보던 훼이나는 조심스럽게 입을 열었다.

"'전' 아는 게 없다는 것은 네 일행 중에는 있다는 말이지?"

"그럴 수도 있고 아닐 수도 있죠. 음… 이건 훼이나 언니께 도움이 될지도 몰라서 미리 말씀드리는 건데요. 저흰 리도스님을 쫓아가는 거예요."

"쫓아가서 뭘 어떻게 하는 건데?"

"'어떻게 한다'라… 아마 나중에 리도스님을 뵙게 되면 결정되겠지만, 뭐 십중팔구는 일행인 리도스님을 도우려고 하겠죠."

여전히 여유만만한 리즈의 얼굴을 바라보며 훼이나는 질렸다는 듯 어깨를 으쓱해 보였다.

"정말… 말 잘하는구나."

"과찬이십니다."

그녀들은 서로 마주 보며 빙긋 미소를 지었다.

더 이상 캐물어봤자 새로운 정보는 나올 리가 없었고, 서로에게 호감을 가지고 있는 터라 이쯤에서 대화를 끝내야겠다는 생각에 짓는 마무리 정도랄까.

"바람이 차군요. 슬슬 내려가 봐도 괜찮을까요?"

"좋아. 아! 필요한 게 있다면 선원들에게 부탁해. 내가 미리 말해 둘게. 그리고 너희를 리도스를 내려줬던 곳까지 데려다 주겠어."

"조건이 있겠죠?"

리즈의 말에 훼이나는 장난기 어린 표정으로 그녀의 이마를 툭툭 건드렸다.

"눈치 한번 빠르구나. 나도 너희와 함께 가겠다는 거야. 괜찮겠지?"

"저희로서는 선택권이 없는 거잖아요? 앞으로 잘 부탁드리겠습니다."

리즈는 훼이나의 기분이 상하지 않게 호의적인 미소를 보이며 한 발짝 그녀에게서 물러서고는 고개를 숙여 보였다.

"나야말로. 그럼 내려갈까?"

"네."

훼이나와 리즈가 선실로 내려가는 것을 확인한 애버딘은 조심스럽게 몸을 일으켰다.

"휴~ 이제 어떻게 되는 걸까?"

"일단 방으로 내려가자."

카디프의 말에 몸을 뒤로 돌리는 순간 애버딘은 온몸이 굳어 버리는 것을 느꼈다. 도끼눈을 하고 자신들을 노려보는 여인이 서 있었던 것이다.

"도둑고양이처럼 숨어서 들으면 안 되지."

"리즈?!"

"그래. 나 처음 봐? 왜 그렇게 놀라는 거야? 하긴 도둑이 제 발 저린다던데 죄를 지었으니 놀라는 것은 당연하겠지."

"언제 올라온 거야."

카디프마저 놀란 듯한 표정으로 그녀를 바라보자 그녀는 미소를 지었다.

"내려가는 척하고 다시 올라온 거야. 훼이나 언니에게는 선원에게 뭐 좀 물어본다고 했으니 거기에 대해선 걱정 마."

"우리 여기 있다는 건 어떻게 알았는데? 게다가 발자국 소리는 어떻게 지운 거야?"

"몰랐어. 혹시나 하고 와본 거지. 게다가 발자국 소리를 지우다니? 내가 무슨 전사나 도둑이라도 되는 줄 알아?"

"그래그래. 너, 조심성 있어서 좋겠다."

애버딘이 들킨 것이 무안했던지 슬쩍 인상을 찌푸리자 리즈 역시 눈에 더욱더 힘을 주며 애버딘과 카디프를 노려보았다.

"어디부터 들은 거야?"

리즈의 말에 애버딘이 퉁명스레 대답했다.

"핵심이라면 모두 들었어."

"헤~ 그럼, 이젠 어쩔 건데?"

"일단 내려가서 이야기해. 혹시나 크로매틱 드래곤들이 있을지도 모르니까."

엘프다운 조심스런 말에 그들은 잠시 하던 말을 멈추고 아래로 내려갔다.

"피스 불러올게."

리즈는 혼자 있을 피스를 떠올렸는지 자신들의 방으로 걸음을 옮겼다.

"피스, 안에 있어?"

"네, 들어오세요."

리즈는 방을 열고 안으로 들어서니 어디서 꺼내놓았는지 온갖 잡다한 물건들로 침대를 어질러 놓은 것이 한눈에 들어왔다.

"이게 다 뭐야?"

"아, 점검하느라 잠시 꺼내놓았어요. 금방 치울게요. 이쪽 보지 말아요."

"응? 뭐⋯ 그래. 아참! 그건 나중에 치우고 일단 애버딘네 방으로 건너가자."

"지금요?"

"의논할 게 있어서 지금 가봐야 해."

리즈는 거의 피스를 떠밀다시피 해서 함께 애버딘네 방으로 향했다.

똑똑.

그녀들이 두어 번 노크를 하자 카디프가 재빨리 문을 열어 리즈와 피스를 방 안으로 들어오게 했다.

"어서 와."

"대충 이야기들 해봤어?"

"뭐⋯ 거기서 거기지. 피스에겐 설명했어?"

"아니, 바로 온 거야. 빨리 온 거 보면 모르겠어?"

"무슨 일이신데요?"

"우리가 지금부터 갈 곳은 리도스가 있는 곳이야."

"그거야 거론만 안 했다 뿐이지 예측하고 있었던 거 아닌가요? 대체 뭐가 문제라는 거죠?"

"의외의 변수가 생겨 버렸어."

"그게 뭐예요?"

"훼이나 언니께서 일행으로 합류하신다는 거."

"언니이~? 대체 언제부터 그 마녀를 언니라고 부를 정도로 친해지신… 아, 잠깐! 방금 뭐라고 하신 거예요? 뭔가 이상한 말을 들은 것 같았는데……."

양미간을 찌푸리는 피스를 보며 리즈가 대답했다.

"훼이나 언니께서 일행으로 합류하신다는 걸 말하는 거야?"

"에에엣!? 그 마녀가?!"

피스는 노골적으로 싫은 표정을 지어 보이며 손을 내저었다.

"싫어요. 난 절대 싫어요."

"그렇게 말해도 조건이라는 게… 우리를 리도스가 있는 아렌까지 데려다 주는 것을 내세운 거라 거절할 수가 없어. 말이야 바른 말이지, 그녀가 일행이 된다고 해서 우리에게 해가 될 건 없잖아. 막말로 전투 능력도 뛰어나니까 유사시에는 큰 도움이 될 테고, 아무래도 우리 쪽에서 거절한다는 건 말이 안 돼."

계속되는 리즈의 말에도 피스는 여전히 시큰둥한 표정을 지어 보이며 애버딘에게로 고개를 돌렸다.

"애버딘님의 생각은 어떠세요?"

"뭐, 나야… 일단 거절할 구실도 없거니와 그녀는 이 배의 선장이야. 밉보여서 좋을 건 하나도 없다고 생각해."

결국 훼이나를 일행으로 받아들이자는 애버딘의 말에 피스는 할 수 없다는 듯 체념 어린 표정으로 입을 열었다.

"애버딘님의 생각이 그러시다면 굳이 반대하진 않겠지만, 아무튼 전 그녀가 별로 마음에 들지 않아요. 마녀라고 불린다면 그만한 이유가 있으니까 마녀라고 불리는 거 아니겠어요? 이미 결정난 것 가지고 제가 뭐라고 할 수는 없는 거니만큼 그냥 제 생각이 그렇다는 것뿐이니까 신경 쓰지 마시고, 이제 본론으로 들어가죠. 음… 무슨 의논을 하려던 거죠?"

"앞으로 어떻게 할 것인가에 대해 의논하려던 참이야."

리즈의 말에 그녀는 고개를 갸웃거렸다.

"글쎄요. 어차피 의논한다고 해도 앞으로 있을 일이 별로 크게 변한다거나 할 것 같지는 않은걸요. 상황 돌아가는 걸 봐서 처리해요, 상황 돌아가는 걸 봐서."

"상황 돌아가는 걸 봐서?"

"리도스님을 먼저 보게 되면 리도스님을, 다른 일이 생기면 다른 일. 때에 맞춰 적절히 대처하면 될 걸 뭘 이렇게 끙끙거려요?"

약간은 성의없는 듯한 피스의 말에 리즈는 기분이 상한 듯 양미간을 찌푸렸다.

"미리 생각 좀 해두고 준비된 상태에서 상황을 맞는 게 더 좋지 않겠어?"

"고민한다고 해도 나올 답이 있어요? 어차피 앞으로 벌어질 일은 아무도 모르는 건데… 돌발 상황까지 완벽하게 준비할 수 있다면 몰라도, 그런 게 아니라면 큰 차이도 없을 텐데 괜히 기분만 우울해지는 거죠. 본론이 그거였다면 이제 그만 피스는 돌아갈래요. 아무 소득 없는 대화로 시간을 낭비하느니, 차라리 짐 정리하는 게 더 효율적인 것 같아서요. 실례!"

피스가 문을 열고 밖으로 휙 나가 버리자 카디프와 애버딘은 난처한 듯한 표정을 지으며 리즈의 눈치를 살폈다. 그러나 정작 리즈는 피스가 자신의 방으로 돌아간 것에 별 신경을 쓰지 않는 듯 계속해서 입을 열었다.

"뭐… 피스처럼 그렇게 생각할 수도 있겠지만, 난 준비해서 나쁠 건 없다고 봐. 혹시 알아? 우리가 리도스를 만나게 되었는데 리도스가 누군가와 싸우고 있을지. 훼이나 언닌 여기까지 오면서 본 드래곤은 한 마리도 없다고 했어. 그렇다는 것은 투희야가 우리에게 거짓말을 했다는 거지. 아니면 의도적으로 우리를 훼이나 언니와 만나게 해준 걸지도 모르고."

"투희야님께서 거짓말을 했다고는 생각하지 않아."

카디프가 엘프답게 투희야를 옹호하는 듯한 말을 내뱉자, 리즈는 살짝 양미간을 찌푸렸다.

"그거야 미안하지만 어디까지나 엘프적 발상이고, 인간이란 의심이 많은 생물체거든. 오죽하면 죽기 일보 직전까지도 눈을 감으면서 천국이라는 것이 있는가 없는가, 뭐 그런 의심까지 할까. 그런 게 아니더라도 솔직히 난 투희야를 믿지 못하겠어."

"미안하지만, 신앙과 종족을 별개로 선택할 수 있다고 해도 난 그분의 증거로써 남는 것을 택할 것 같아. 나는 그분을 믿어. 그러니까 내 앞에서는 그분 말을 함부로 하지 않았으면 좋겠어. 리즈."

"난 카디프를 이해하지 못하겠어. 도대체 투희야가 뭐가 그렇게 대단하다고 그래?"

리즈는 이제 '투희야'라는 것이 신의 이름이라는 것도 아랑곳

않은 채 인상을 찌푸려 가며 원수 불러대듯 감정이 듬뿍 실린 어조로 불러 젖히기 시작했고, 카디프는 그런 그녀가 서운한 건지 못마땅한 것인지 내내 불만을 표시하자, 보다 못한 애버딘이 중재를 서려는 듯 슬그머니 리즈와 카디프의 중간에 끼어들며 귀엽게 배시시 웃어 보였다.

"이런~ 이러다가 우리끼리 싸움나겠어. 그러니까 문제의 그 여신에 관한 이야기는 그만두고 앞으로 어떻게 할지나 생각해 보자구. 응?"

애버딘의 말에 리즈와 카디프가 동의한다는 듯 고개를 끄덕였다. 각자 애버딘의 말대로 한참 동안 생각에 잠기긴 했지만, 좋은 수가 있고 당장 리도스를 만날 수 있게 되었다고 한들 그가 적인지 우리 편인지 전혀 알 길이 없는 것은 마찬가지다. 게다가 만일에 하나 리도스가 정체 모를 누군가에게 공격을 받고 있다면 그에게 등을 돌릴 만한 자신도 없는 터라 리즈는 아무 말도 못하고 한참 동안 고민에 빠졌다. 애버딘과 카디프 역시 상황은 마찬가지인 듯 쉽사리 입을 열지 못하고 서로의 눈치만 살피자, 오늘 안으로 결말이 나지 않겠다는 생각이 들었는지 애버딘은 저절로 한숨이 나왔다.

"하아, 그다지 좋은 수가 떠오르지 않는데……."

"그래도 뭔가 할 말이 있을 거 아냐?"

카디프의 말에 애버딘이 난처한 표정으로 별말을 못하자 답답했는지 리즈가 심각한 표정으로 입을 열었다.

"안 되겠다. 내가 먼저 말할게. 난 떼떼의 보호자가 되기로 했어."

"그거야 나도 그런걸."

리즈의 말에 애버딘이 불쑥 끼어들자 그녀는 살짝 손을 들어 가만히 있으라는 제스처를 취하고는 말을 이었다.

"일단 들어봐. 음… 카디프도 그렇지만 리도스는 어디까지나 내 스승이야. 아무래도 스승이 위기에 처해 있다면 못 본 척하는 건 제자의 도리가 아니겠지?"

그녀의 말에 가만히 듣고 있던 카디프가 고개를 끄덕이면서도 뭔가 할 말이 있다는 듯 입을 열었다.

"그렇겠지. 그러나 만일이라는 것도 있으니까 최악의 상황으로 돌아가서 생각한다면? 가령 리도스가 적으로 돌아선다거나 세뇌라도 당해서 우릴 알아보지 못하고 공격한다면?"

"그건… 글쎄……."

리즈는 다시금 말문이 막혔다. 이것은 피스의 말대로 생각한다고 해서 해결이 될 만한 일은 아닌 것 같았다. 물론 마음상의 혼란은 덜하겠지만.

"하아, 인정하긴 싫지만 피스의 말대로야. 이건 뭔가 준비한다거나 생각한다고 답이 나올 만한 문제가 아니야. 그럴 시간에 잠 한숨 더 자는 게 좋지."

애버딘마저 냉정하게 고개를 돌려 버리자 리즈는 고개를 푹 떨구었다.

'피스나 애버딘의 말대로 일이 터질 때마다 유연하게 대처하면 좋겠지만 상대는 드래곤이야. 그것도 크로매틱 드래곤! 만일 적으로 돌린다면… 그러고도 살아남을 수 있을까?'

리즈는 샤아플린에서 살아온 덕분에 지겹도록 기사네, 병사네, 용병이네 하는 남자들의 무용담을 들어왔었다. 특히 성안에서의 기사들이란 가끔 나가는 몬스터 사냥에서 자신들이 잡은 몬스터

들이 얼마나 강한지, 그리고 얼마나 잔혹한 족속들인지 입에 침이
마르고 닳도록 주의를 주곤 했다. 그리고 은근히 그 몬스터들을
잡은 자신들의 강함 역시 자랑하려는 속셈을 담고서 말이다. 그러
나 그런 용맹스러운(?) 기사들마저 벌벌 떨게 하는 드래곤을 이제
까지 보호받고 자라온 그녀가 상대해야 한다. 더군다나 그는 자신
의 스승이니만큼 그동안 몸에 익을 정도로 배워온 예절이나 사상
에도 위반되는 것.

'적어도 지금 리도스가 어디 있는지 알 수 있는 방법이 없을까?
그렇다면 어떤 일을 먼저 겪게 될지 고를 수 있는 상황이잖아…
가만! 드래곤의 행적을 추적하는 것에는 역시 드래곤이 최고겠
지?'

최선책의 해답을 찾아낸 리즈는 밝은 표정으로 애버딘과 카디
프에게 미소를 지어 보였다.

"내게 좋은 생각이 있어. 일단 우리는 어떤 일을 먼저 겪게 될
지 모를 상황이잖아. 그래서 해결책을 못 찾는 거고 말이야."

"그렇지. 그런데 그게 왜?"

"거꾸로 생각하는 거야. 우리가 어떤 일을 먼저 겪는 게 아니라
선택하는 거라면?"

"선택하는 거라니?"

"그러니까 리도스의 현재 위치를 파악해서 그를 먼저 만나든지,
아니면 그를 피해서 다른 일을 벌이든지를 선택하는 거라면 어떻
겠냐는 거지. 내 말은."

"리도스는 드래곤이야. 마법의 종족……. 그런 그를 우리가 어
떻게 찾아낸다는 거야?"

애버딘은 리즈의 생각을 읽었는지 한결 밝아진 표정으로 어리

석은 질문을 던지는 카디프를 놀리는 듯한 짓궂은 미소를 지었다.

"이제 보니 카디프 넌 엘프치고 머리가 안 돌아가는 것 같아. 이 배의 선장이 누구야?"

카디프는 그제야 감 잡았다는 듯한 표정으로 되물었다.

"훼이나님?"

"그래, 그녀 역시 마법의 종족이지. 그리고 이제부터 우리의 일행이기도 하고 말이야."

웃으며 답하는 리즈에게 카디프는 그래도 미심쩍다는 듯 고개를 갸웃거렸다.

"좋아, 리즈. 내가 백번 양보해서 네 말대로 그녀에게 부탁한다고 쳐. 그런데 누가 가서 말할 거야? 그리고 뭐라고 할 건데?"

카디프의 말에 갑자기 천장으로 시선을 돌린 애버딘이 어물쩍 대답했다.

"뭐… 말을 꺼낸 사람이 가야겠지?"

"정말… 둘 다 약았어. 설마 너희들 보고 가라고 할 것 같아서 그래?"

기가 막힌다는 듯 리즈가 입을 삐죽거리며 묻는 것에도 아랑곳 없이 그들은 단호하게 고개를 끄덕이며 입을 모았다.

"너라면 그러고도 남아."

"뭐, 뭐야?! 카디프까지 그러기야? 정말! 못됐어. 흥! 아무튼 그렇게 생각한다니. 좋아, 까짓것 내가 가주겠어. 대신 너희는 피스에게도 알려줘야 하니까 피스 방에 가서 알아서 잘 말해 줘. 실례되는 일이 없도록 말이야. 다른 사람 말은 몰라도 그애, 애버딘 말이라면 잘 듣잖아."

잠시 카디프와 애버딘을 노려보던 리즈가 수긍을 한 것인지 골치 아프다는 듯 이마에 손을 짚으며 그들이 해야 할 일을 줄줄 읊어대자, 애버딘 역시 골치 아프다는 듯 살짝 인상을 찌푸리며 고개를 저었다.

"이번에는 내 말이라고 해도 썩 내켜 하지 않을 것 같아. 뭣 때문에 그런 건지는 모르겠지만 피스는 훼이나 누나가 상당히 마음에 들지 않는 눈치던걸?"

"누우나아~? 넌 또 언제부터 그렇게 친해진 건데?"

"홋, 이 몸이 워낙 인기가 많으신 몸이잖니."

약간 오버하는 듯한 표정으로 우쭐대는 애버딘에게 리즈는 얄밉다는 듯 눈을 흘겨주고는 그대로 밖으로 나가 버렸다.

"아무튼 넌 아직 어리다니까……."

"그건 무슨 엘프가 불 지르고 도망가는 소리야?"

"불은 누가 불을 지르고 간다는 거야? 그런 속담들은 드워프들이 엘프들을 웃음거리로 만들려고 지어낸 말들 같아서 기분이 좋지 않아. 삼가해 주면 좋겠어."

카디프의 불만 섞인 항의에 애버딘은 은근슬쩍 말을 돌렸다.

"아무튼 우리도 슬슬 일어나야 하지 않겠어? 리즈가 오기 전까지 끝내놓지 않으면 '여태까지 놀고 있었던 거지? 뭐 하느라 이제서야 오는 거야?!' 라고 잔소리 꽤나 할 테니까 말야."

애버딘이 능청스럽게 리즈의 목소리와 행동까지 똑같이 흉내내자 카디프는 어이없다는 듯 피식 미소를 지으며 문을 열었다.

"정말로 리즈가 화난 얼굴로 뛰어나와서 일일이 잔소리하기 전에 서둘러."

"네, 네, 알아모시겠습니다."

그가 마치 잡화점의 중년 주인 아저씨가 그러하듯 싹싹하게 고

개를 끄덕이며 손을 비벼대자, 카디프는 그런 그의 등을 떠다밀고
는 고개를 저어 보였다.

"정말 이러다가 한도 끝도 없겠어."

애버딘이 뭐라고 할 사이도 없이 거의 떠밀리다시피 피스와 리
즈의 방까지 오게 된 카디프는 자연스럽게 문에 손을 뻗었다.

똑똑.

누군가가 두어 번 문을 가볍게 두드리자 안에 있던 피스가 문
을 두드린 사람이 누구인지 확인하기 위해 빠끔히 얼굴을 내밀었
다.

"애버딘님? 카디프님? 리즈 언니만 빼놓고 여긴 어쩐 일이세
요?"

평소 같았으면 거의 기뻐 날뛰었을 애버딘의 방문도 어쩐 일인
지 달갑지 않다는 듯한 얼굴로 느릿하게 문을 연 피스가 그들이
안으로 들어가지 못하게 교묘히 문 앞에 버티고 서서는 그들이
방문한 용건을 묻자, 카디프는 그녀의 시큰둥한 반응에 이상하다
는 듯 고개를 갸웃거리면서도 엘프답게 그녀의 질문에 입을 열었
다.

"우리가 아까 한 이야기 있잖아. 그거 방법이 생겼단 말 전해주
려고 온 거야. 훼이나님께 리도스의 현 위치를 파악해 달라고 해
서 그가 있는 곳으로 먼저 갈지, 아니면 다른 곳을 갈지 결정하자
는 그런 이야기했다고 알려주러 왔어."

"아, 그거 잘됐네요. 그러면 볼일은 끝난 건가요?"

"뭐, 중요한 일 하던 중이었어?"

그녀답지 않게 의욕없어 보이는 표정으로 시큰둥한 반응을 보
이자 애버딘은 걱정스러움과 미안함이 교차된 표정으로 피스를

바라보았다. 피스는 애버딘과 눈이 마주치자 일순 얼굴이 화끈하게 달아올랐다.

"아니요, 괜찮아요. 그냥 물건들 정리하고 있었어요."

약간은 친절해진 듯한 나긋한 목소리지만 애버딘과 카디프를 안으로 들이지 않겠다는 생각은 그대로인지 여전히 문 앞에 서 있는 피스는 얼른 자신의 얼굴 표정을 평상시의 표정으로 되돌리려 애썼다. 카디프와 애버딘은 그녀가 굉장히 바쁜가 보다 생각했는지 조심스럽게 그녀에게 다가갔다.

"우리가 좀 도와줄까?"

"괜찮아요. 어차피 다해가던 중인걸요. 그럼, 이제 저는 들어가 봐도 되겠죠?"

그녀의 얼굴에 '나 피곤해 죽겠음' 하고 써 붙여진 것 같기도 하고, 애버딘의 말에 별다른 불만을 표시하지 않으니 더 이상 할 이야기가 없어진 그들은 무엇보다도 피스가 자신들을 방에 절대로 들여보내 줄 것 같지 않았기에 이쯤에서 자신들의 방으로 돌아가기로 마음을 굳혔다.

"그럼 쉬어."

"나중에 봐."

"네. 애버딘님, 카디프님, 나중에 뵙도록 해요."

피스가 그들을 향해 가볍게 고개를 숙이는 순간 '펑!' 하는 폭발음이 그녀의 방을 가득 메웠다.

"이, 이런⋯⋯!"

후닥닥 방으로 뛰어 들어가는 피스를 보며 애버딘과 카디프는 서로 누가 먼저랄 것도 없이 그녀의 뒤를 따랐다.

"콜록! 콜록!"

"콜록! 콜록! 콜록!"

매캐한 냄새와 함께 연기가 코와 입 안으로 들어가자 누구랄 것도 없이 그들은 기침을 해댔다. 카디프가 실프를 소환해서 연기를 없애 버릴 때까지 애버딘은 피스가 무엇을 하려던 건지 볼 수 없었지만, 연기가 없어지자 침대에 어지럽게 늘어뜨려 놓은 한 번도 보지 못했던 여러 가지 물건들이 한눈에 들어왔다.

"주술 부릴 때 쓰는 물건인가?"

카디프의 물음에 피스는 당황한 표정으로 소리쳤다.

"앗! 들어오시면 안 돼요!"

"왜… 왜 그래?"

"아무튼 밖으로 나가세요! 어서요!"

피스는 최대한 물건들이 애버딘과 카디프의 눈에 띄지 않게 하려 애쓰며 약간 신경질적인 목소리로 말하자, 어리둥절해져 있는 애버딘을 카디프가 밖으로 잡아끌었다.

"이걸 어쩌지……"

피스는 엉망이 되어버린 자신의 짐을 대충 눈에 띄지 않게 한쪽으로 쌓아두고는 부적용 종이들을 하나하나 살펴보았다. 눈으로 식별하기엔 크게 달라진 것이 없어 보였으나 어쩐 일인지 그녀의 표정은 점점 일그러지기 시작했다.

"이런! 하나도 못 쓰게 됐잖아. 여기 있는 부적들은 모두 특별한 것이라 남들이 보면 안 되는 거였는데… 이 와중에 부적용 종이를 따로 구할 수도 없고 큰일 났네. 부적용 종이를 구할 때까지는 남은 걸로 어떻게든 버텨봐야겠지만 과연 이거 가지고 괜찮을까?"

쓰레기통에 부적용 종이들을 버린 그녀는 미련을 버리지 못했는지 연신 쓰레기통을 쳐다보다가 이내 입맛을 다셨다.

"애버딘님께서 오해하시지 않도록 설명을 해야 하는데 아직도 계실까?"

피스는 쓰레기통을 한쪽으로 밀어놓고는 조심스럽게 방문을 열었다. 그러나 그녀는 미처 발견하지 못한 부적 한 장이 방 가운데에 팔랑거리며 떨어졌다는 사실을 알지 못했다.

그녀가 카디프와 애버딘이 아직 밖에 있다는 것을 확인하고 안으로 들어오라며 조심성없이 침대 위로 털썩 앉아버리자, 가라고 할 때는 언제고 지금 와서 들어오라는 건지 의아한 듯한 얼굴의 애버딘과 카디프는 서로를 바라보다 결국 그녀가 있는 방으로 들어갔다.

"어? 이게 뭐지?"

"앗! 그 부적 만지면 안 돼요!"

애버딘의 동작이 조금 더 빨랐는지 그는 어느새 부적을 주워 들었다가 피스의 비명에 놀란 나머지 바닥으로 떨어뜨렸다. 그러나 한번 애버딘의 손이 닿았던 부적은 그녀의 말이 떨어지기가 무섭게 그들이 밟고 있던 바닥을 투명하게 만들더니, 바닥 전체에서 빛이 뿜어져 나왔다.

똑똑.

두어 번 문을 가볍게 두드리는 소리가 경쾌하게 울렸다.

"누구야?"

"리즈입니다. 들어가도 되겠습니까?"

"아, 리즈구나. 어서 와."

문을 열며 반기는 훼이나에게 리즈는 꾸벅 가볍게 목례를 해보이고는 안으로 들어갔다. 약간은 잡다스러운 물건이 많을 거라고 생각한 리즈의 예상과는 달리 그녀의 방 안은 심플하면서도 바닥에 리즈의 얼굴이 비칠 정도로 반짝거렸다.

"방이 무척 깨끗하네요."

"호호, 내가 또 한 깔끔하거든. 자, 여기에 앉아."

"아, 네. 감사합니다."

훼이나가 자신의 방에 놓인 티 테이블의 의자를 빼어 들며 앉기를 권하자, 리즈는 그녀에게 고개를 한번 숙여 보이고는 의자에 앉으며 훼이나가 자신의 맞은편에 앉기가 무섭게 자신이 찾아온 용건을 꺼냈다.

"저… 바쁘시지 않아요? 지금 시간이 좀 괜찮으시다면 하고 싶은 말이 있는데……."

"응, 별로 바쁘지 않아. 그렇지 않아도 내가 찾아가려고 했거든. 그런데 무슨 일이야?"

"부탁이 있어요."

"뭔데?"

"언니는 어차피 우리랑 리도스님 찾으러 가실 거죠?"

조심스럽게 훼이나의 안색을 살피며 말을 꺼내자 그녀는 빙긋 미소를 지으며 가볍게 고개를 끄덕였다.

"응. 뭐, 그런 물으나마나 한 이야기를 하려고 온 건 아니잖아? 피차 서로 눈치 볼 것 없이 본론으로 바로 들어가."

"네… 다른 건 아니고, 어차피 리도스님을 찾으러 가실 거면 리도스님께서 현재 어디에 있는지는 정확히 알고 계셔야 하잖아요."

"본론을 말하라니까, 본론을."

"저, 드래곤을 찾는 마법은 우리보다 드래곤이 더 잘 알 듯해서 리도스님의 현재 위치를 알아봐 달라는 부탁을 드리려고 찾아왔어요."

"…너, 생각보다 드래곤에 대해 잘 모르는 것 같구나?"

"네?"

"어휴, 내가 리도스가 어디 있는지 알았으면 진작 날아갔지, 배 타고 이러고 있겠어? 게다가 화이트 일족이라면 몰라도 크로매틱 드래곤의 왕이 어디에 있는지 정확하게 투시할 수 있을 거라 생각해? 대략의 위치쯤이라면 집어낼 수 있겠지만 일단 왕쯤 되면 드래곤 로드가 아닌 이상 구체적으로 어디의 어느 곳이라는 것까진 알 수 없다구."

"그런가요? 전 훼이나 언니라면 틀림없이 알 수 있을 거라 생각했는데……."

리즈가 실망한 기색이 역력한 얼굴로 훼이나를 바라보는 순간 밖에서 '펑!' 하는 폭발음이 들려왔다.

"와앗! 무슨 일이죠?!"

당황한 기색으로 훼이나를 바라보는 리즈에게 그녀는 잠시 인상을 찡그리다가 별일 아니라는 듯 손을 내저어 보였다.

"별일 아닐 거야. 암초에라도 부딪힌 모양이지 뭐. 뭔가 일이 있다면 내게 곧 보고가 올 테니까 걱정 말고 나랑 이야기나 하자."

"네? 아, 네……."

"자, 그럼 차라도 한잔할까?"

"네, 주세요."

훼이나는 빈 찻잔 두 잔을 테이블에 내려놓고는 자신의 손에 차 주전자가 들려 있는 것처럼 차를 따르는 시늉을 해 보이자 놀랍게도 김이 모락모락 나는 달콤한 산딸기 향의 차가 잔을 가득 채우고 있는 것이 아닌가.

"잘 먹겠습니다."

리즈는 별 거부감 없이 찻잔을 살짝 들어 차를 마셨다. 입 안 가득 새콤달콤한 산딸기의 향과 맛이 퍼져 오자 그녀는 가벼운 탄성을 질렀다.

"어머! 이 차 굉장히 맛이 좋은데요?"

"호호홋, 내가 원래 또 한 요리하거든. 뭘 모르는 녀석들은 마법으로 끓여낸 거 가지고 무슨 소리냐고 하겠지만, 요리하는 과정을 세세하게 일일이 떠올리는 것이니만큼 직접 만드는 거랑 다를 바가 없지. 안 그래?"

그녀는 자신이 만들어낸 산딸기 차가 흡족한 듯 뿌듯한 표정으로 자랑을 늘어놓았지만 리즈는 속으로 '그거야 당신이 드래곤이 아닐 때의 말이고, 드래곤이야 뭐 떠올리는 것만으로 모든 게 이루어지게 만드는 그런 종족인데 차 좀 맛있게 됐다고 뭘 저렇게 호들갑을 떨어대는 걸까?' 라고 툴툴거려 댔다. 물론 훼이나가 눈치 채지 못하도록 겉으로는 '네, 아주 맛있어요' 따위의 접대용 멘트를 날리며 말이다.

"음… 뭔가 이상한데? 이 기운은……?!"

이제까지 자신에 대한 자랑으로 흡족한 듯 웃고 있던 훼이나의 표정이 갑자기 딱딱하게 굳어지자 의아해진 리즈는 투희야의 말처럼 일이라도 터진 건가 싶은 생각에 불안해졌다.

"왜 그러세요?"

"그 피스라는 녀석이 주술사라고 했었지?! 이런 망할! 도대체 이 배에서 무슨 짓을 하려는 거야?!"

단단히 화가 난 듯 그녀의 목소리가 한층 더 높고 앙칼져졌다. 양미간에 잔뜩 주름이 질 정도로 인상을 찌푸리며 밖으로 뛰쳐나간 훼이나를 따라, 그녀가 왜 화가 났는지 영문도 모르면서 무작정 뒤따라갈 수밖에 없었던 리즈는 그녀가 멈춰 선 피스의 방 앞에서야 겨우 가쁜 숨을 돌릴 수 있었다.

"왜 그러세요? 피스가 무슨 일을 저지르기라도 한 거예요?"

"들어간다!"

훼이나는 리즈의 말을 가볍게 무시하고는 발로 문을 뻥 차버리며 명령조의 말을 내뱉었다.

"이 배에서 무슨 짓을 벌이는 거야?!"

리즈 역시 훼이나를 따라 후닥닥 안으로 뛰어 들어갔지만 애버딘과 카디프… 심지어 피스마저 훼이나의 말에 아무런 대답이 없었다. 자신의 말이 씹혀 버린 훼이나가 신경질적으로 발을 쿵쾅거려 대자, 그제야 카디프가 그녀들 쪽으로 고개를 돌렸지만 여전히 침묵한 채 손으로 바닥을 가리켰다.

"바닥이 뭐?!"

신경질적으로 카디프가 가리킨 바닥을 무심코 내려다본 훼이나와 리즈의 입에선 작은 신음이 새어 나왔다.

"리, 리도스?!"

리도스, 위기일발!

"싫어요! 갈 땐 아저씨도 함께 가는 거예요."

"이 철부지야, 지금 그런 말하고 있을 때가 아니야. 인정하긴 싫지만, 다른 놈이라면 몰라도 투루랑 베니핏을 때려눕히려면 백년은 멀었어. 그런데 저놈들이 함께 있어. 옵션으로 로잔이랑 루시아까지 달고서 말이야."

리도스는 자존심 다 구겨가며 거의 사정하다시피 떼떼를 구슬렸으나, 그는 구슬린다고 말을 듣는 보통 꼬맹이가 아니었다.

"아저씨에게서 떨어지지 않으면 되잖아요? 아저씨는 강하니까 저런 신들에게 당하진 않을 거란 거 잘 알고 있다구요! 날 떼어놓지 말아요, 아저씨……"

간절한 눈으로 자신에게 매달리는 떼떼를 힘겹게 뿌리치며 리도스는 자신의 힘으로도 어쩔 수 없는 상황이니만큼 최대한 냉정한 목소리로 그를 나무랐다.

"떼떼! 내 말뜻 무슨 뜻인지 잘 알고 있잖아! 단순히 널 떼어놓느니 떼어놓지 않느니 하는 그런 문제가 아니야. 이런 말은 하고 싶지 않았지만 단도직입적으로 말하마. 난 널 보호하면서 저놈들 이랑 맞붙어 이길 자신이 없다!"

세 손가락 안에 꼽히는 최강의 드래곤이라는 리도스에게서 튀어나오는 말이 '신에게 이길 자신이 없다'는 것이라니… 떼떼는 도저히 믿을 수가 없었다.

이제까지 약 200여 년이 넘는 세월 동안 그는 한 번도 자신 앞에서 무너진 적이 없었다. 그래서인지 그가 떼떼에게 세상에는 자신보다 강한 자가 얼마든지 있을 수 있다고 하는 말도 믿을 수 없었거니와 그 터무니없는 강함 덕분에 리도스는 떼떼에게 있어 살아 있는 우상 중에 우상이 될 수 있었다. 리도스야말로 이 세상 어떤 누구보다도 강하고 긍지있는 드래곤임을 떼떼는 잘 알고 있었던 것이다. 자기 자신에게 그 사실을 한번 더 상기시킨 떼떼는 '자신이 잡히면 도망가'라는 말에 고개를 끄덕이기로 했다.

절대로 자신의 우상인 그가 저 오만방자해 보이는 신들 따위에 질 리가 없고, 저들에게 잡힐 리가 없다. 그렇다면 자신이 리도스를 버리고 도망칠 일 역시 벌어지지 않을 테니까 그까짓 고개 끄덕이는 일이야 일도 아닌 것이다. 그는 리도스를 믿기만 하면 된다.

방해되지 않게 정신 바짝 차리고 리도스가 동굴에서 징그러운 벌레들을 청소했듯 저 건방져 보이는 작자들을 쓸어버리기를 기다리기만 하면 되는 것이다.

"만일 아저씨가 저들에게 잡힌다면… 그래요, 아저씨 말에 따르도록 하죠."

떼떼의 속마음을 알 리 없는 리도스는 해맑게 웃는 그를 바라보며 한시름 놓았다는 표정으로 고개를 끄덕였다. 그렇게 서로 바라보는 것도 잠시뿐.

'짝짝짝!' 하는 박수 소리와 함께 그들을 조롱하는 소리가 쏟아졌다.

"하하핫, 놀랍도록 눈물겨운 부성애로군요. 리도스님의 가장 큰 약점이라는 게 바로 그 꼬맹이였나 보죠? 하하… 푸… 푸하하핫."

루시아가 그를 비웃어대자 이제까지 가만히 있던 베니핏이 손을 들어 보이며 루시아를 말렸다.

"그를 자극하지 마십시오. 만만한 상대는 아닙니다."

"그렇군요. 베니핏님께서 주의를 주실 정도라면, 더구나 루시아님 당신에게는 더 더욱 만만한 상대가 아니란 말씀이시겠죠? 그러니 물러나 계세요."

이제까지 가만히 있던 베니핏과 로잔이 나서서 자신을 갈궈대자 루시아는 두 손을 들어 보이며 한 발짝 뒤로 물러났다.

"좋아요, 좋아. 어차피 악역을 싫어하는 당신들이라 내가 깐죽거려 준건데 그게 거슬린다면 이만 순순히 물러나 드리죠."

그의 말에 로잔은 살짝 양미간을 찌푸리며 루시아를 노려보았다.

"하루 종일 말싸움만 하다가 언제 신계로 돌아갈 건가요?"

"아, 글쎄! 난 물러나 드린다고 이야기하지 않았습니까. 괜한 시비 걸지 마시고, 잘난 로잔님께서 선제공격을 날리든지 당하든지 알아서 하시라구요."

생글생글 웃으며 로잔의 속을 벅벅 긁은 루시아가 '탁탁' 두 손을 털어 보이기까지 하며 여전히 그들을 향해 이죽거려 대자, 로잔은 더 이상 참을 수가 없다는 듯 베니핏과 투루에게 도움을 요청했다.

"베니핏님, 투루님. 루시아님을 조용히 시켜주신다면 무척 고맙겠군요."

"저 시끄러운 바보 녀석 따위는 무시하고 볼일 있으면 어서 끝장을 보자구."

리도스는 성질 급한 드래곤 티를 팍팍 내며 신들을 쭉 훑어보았다.

인간의 육체를 빌린 신들은 마나의 양도 한계가 있고 전투력도 현저하게 떨어졌다. 만일의 경우 육탄전이 벌어진다 해도 신들이 빌린 육체가 프리스트인만큼 치명적인 타격을 줄 만한 무기가 있을 리 없고, 체력 역시 떨어진다. 상황만 놓고 본다면 여러 가지로 리도스에게 유리하게 돌아가는 듯하지만 상대는 신이니 뭔가 리도스가 알지 못하는 비장의 무기가 있을지도 모르고, 리도스가 이긴다 한들 그들의 육체가 없어지면 그때부터의 싸움에서는 절대적으로 리도스에게 불리해지는 노릇이다.

"수피아님, 누구의 편을 드실 건가요?"

"신 편을 들겠다면 당신부터 없애주지."

로잔의 질문에 그녀가 뭐라고 대답할 새도 없이 리도스가 말을 뚝 잘라 버리자 로잔은 한숨을 내쉬며 수피아를 바라보았다.

"하아, 그래요. 당신은 그냥 가만히 있는 게 낫겠군요. 그럼 먼저 시작하죠."

로잔은 바짝 긴장하며 리도스를 향해 숨 돌릴 틈도 주지 않으려는지 연달아 파이어 볼을 날렸고, 계속되는 폭발음에 다들 멍하니 구경만 하고 있을 뿐이었다.

"저런저런, 아까운 마나만 낭비하는군. 이 몸은 인간들의 것이라는 걸 잊고 있는 모양이군요. 정신이 신이라 한들 비어 있는 그릇을 가지고 배를 채울 수 있나."

루시아가 빈정거리는 것과 동시에 리도스가 떼떼를 감싸 안고 있던 손을 풀어주는 모습을 발견했다고 생각했으나, 어느새 리도스는 로잔의 등 뒤에서 불쑥 튀어나와 그에게 일격을 가해 버렸다. '퍽' 하는 둔탁한 소리와 함께 리도스의 공격에 타격을 받은 로잔은 무릎을 꿇어버리자 신이 그 정도 공격도 버티지 못한다는 생각이 들어서일까? 리도스는 로잔을 향해 비웃음을 흘렸다.

"후훗, 신이 내 앞에서 무릎을 꿇는다는 것도 기분 좋은 일인데?"

"뭐… 제가 할 말은 아니지만 어째… 꼴 좋군요. 하핫."

같은 편인 루시아까지 자신을 빈정거리자 로잔의 얼굴은 부끄러움으로 새빨갛게 물들었다.

"닥쳐요!"

이제까지 여성스런 분위기를 풀풀 풍기던 로잔에게 독기가 풍겨났다.

"잘도 날 창피하게 만들었겠다!"

로잔의 목소리가 점점 굵어지는 듯하더니 어느새 완전한 남자의 목소리로 변해 버리자 리도스는 이내 고개를 저어버렸다.

"중성 신인가? 이젠 별거별거 다 하는군?"

리도스의 말에 더욱더 열이 받았는지 로잔은 리도스의 손을 기세 좋게 뿌리쳤다.

"후회하게 만들어주지. 파이어 에로우!"

그의 입에서 주문이 떨어지기가 무섭게 불로 이루어진 화살이 리도스를 향해 날아들었다. 가뿐하게 피하며 비웃음을 흘리려는 것도 잠시, 그 화살이 단 하나가 아니라는 것을 깨달았을 때는 이미 떼떼를 향해 화살이 날아들고 있을 때였다. 리도스는 결국 앞뒤 분간도 하지 못하고 떼떼를 구하기 위해 몸을 날렸고, 덕분에 손 하나가 그대로 박살나 버렸다.

"크으웃! 괜… 찮냐?"

"아저씨!"

떼떼가 눈을 동그랗게 뜨며 리도스의 팔을 붙잡자 리도스는 초인적인 인내심으로 떼떼에게 한마디를 던졌다.

"날 죽일 셈이냐?"

고통으로 일그러진 그의 얼굴에서 '이거 빨리 놔라. 아니면 나중에 나한테 죽지 않을 만큼만 브레스 세례를 받게 될 것이다'라는 무언의 압력을 받은 떼떼는 언젠가 리도스에게 배웠던 치료 마법을 떠올렸다. 곧 떼떼의 손에는 푸르스름한 기운이 맺혔고, 망설임없이 리도스의 손에 그 빛을 얹자 그의 손은 언제 그랬냐는 듯 깨끗하게 재생되었다.

"호~ 훌륭한 솜씨인걸."

리도스는 자신의 망토 안에 있던 시미터를 꺼내 들고는 바닥에 원을 그렸다.

"뭐, 아무래도 좋아. 떼떼, 이 원 밖으로 한 발짝도 나오지 마라."

리도스는 원 안으로 고위 마법을 잔뜩 걸어두고는 가뿐하게 떼떼를 안아 올렸다.

"지루하면 그 안에서 자도 좋으니까 나오지 마라."

"네!"

떼떼는 자신 때문이라고 하지만 리도스의 한쪽 팔이 날아갔었다는 사실에 꽤 충격을 먹었는지 고분고분한 얼굴로 고개를 끄덕였다.

"이제 귀찮은 혹을 떼어내셨다?"

"흥! 혹이라고 했나? 그 아이가 내게 약점이라고 생각하는 모양인가 보군? 바보 같은 녀석들. 난 그 아이 덕분에 강해지는 거다. 지킬 수 있는 것이 있으니까 말이다. 그렇지만 넌 아무것도 없지. 알량한 목숨마저도."

리도스의 얼굴에 잔뜩 노기가 서려 있었다. 그 얼굴을 언뜻 보기만 한 수피아의 얼굴이 사색이 될 정도로……

'로잔, 당신은 상대를 잘못 골랐군요. 해츨링을 건드리려 하다니……'

이러니저러니 해도 수피아 역시 드래곤이었다. 해츨링은 드래곤에게 있어 무엇보다도 소중한 존재이다. 게다가 골드 일족은 떼떼밖에 남지 않았다.

"아무래도 로잔님만으로는 힘에 부치는 것 같으니까 도와드리기로 하죠."

루시아는 로잔의 곁으로 다가가서 리도스를 향해 인정사정없이 파이어 볼을 날려댔지만 리도스가 요리조리 잽싸게 피하며 워프를 해대는 통에 결국 그의 손끝 하나 건드릴 수가 없었다. 신전 곳곳에 쳐진 결계만 아니었던들 폭발로 인해 생긴 지진이라던가, 건물이 파괴되면서 떨어지는 것들로 부상을 입힐 수 있는 부수적인 공격 효과를 노려볼 수 있었을 테지만, 전쟁이 터진다 한들 신전만은 무사할 수 있도록—만일의 경우 대피소로 이용하기 위해—곳곳에 여러 가지 결계와 신성 마법을 걸어두었기에 멀쩡할 수 있는 것이다.

"베니핏님, 투루님. 이곳에 소풍 온 게 아닙니다. 어지간하면 그렇게 구경만 하는 것보다 저를 도와주시는 것이 낫지 않겠습니까?"

루시아가 잔뜩 인상을 찌푸리며 재밌다는 듯 로잔과 자신을 뒷짐을 진 채 가만히 구경만 하고 있는 투루와 베니핏에게 도움을 청하자, 둘은 내키지 않는다는 표정이긴 했지만 리도스를 향해 각각 라이트닝 볼과 파이어 에로우를 날리기 시작했다.

전류가 흐른다는 것이 한눈에 보이는 번개가 끊임없이 스파크를 일으켜 위력을 과시하며 리도스를 향해 날아들고 연달아 불의 화살이 리도스를 노렸다. 하지만 리도스는 그를 따라다니는 최강의 드래곤이라는 수식어답게 끊임없이 공격을 피해 다니며 한 번도 공격에 적중당하지 않았다.

리도스는 드래곤이지만 몸은 신들과 마찬가지로 인간의 모습을 하고 있었기에 드래곤일 때에 비해 턱없이 약했다. 그러나 인간이라는 육체를 벗을 수 없는 신과는 달리 리도스는 자유자재로 폴리모프가 가능했다. 사실 폴리모프해서 밟아버리면 끝나는 일을 그는 굳이 인간의 모습으로 싸우는 것을 고집하고 있었다. 단순히 자신이 폴리모프해서 신을 없애 버리면 인간계에 끼치는 피해가 너무 크기 때문이다. 일단 신전이 박살나는 것은 당연한 일이고, 아렌이라는 작은 마을 정도가 지도에서 사라져 버리는 것쯤은 불보듯 뻔한 일이다.

리도스는 애버딘에게 용서받지 못할 일(아렌을 파괴하는 일)은 저지르고 싶지 않았다. 애버딘이 드래곤을 저주하게 되는 것 정도는 아무 상관 없지만, 만에 하나 자신이 잘못되었을 때 애버딘이 드래곤을 저주한다면 떼떼는 의지할 만한 곳이 단 한 곳도 없게 된다. 리즈가 아무리 마법을 좋아한다 한들 그녀도 인간. 애버딘에게 등을 돌리면서까지 떼떼를 편들 이유가 없다(일방적인 리도스의 생각이긴 하지만 말이다).

불안한 마음에 미쳐 날뛰는 해츨링만큼 위험한 존재는 없다. 떼떼가 폭주해서 닥치는 대로 파괴를 일삼는다면 피해를 입은 종족들이 가만히 있을 리가 없다. 딱한 일이긴 하지만 그렇다고 그 종족들이 떼떼를 죽이거나 상처를 입힌다면 그것은 곧 그들 종족의 멸망을 뜻한다.

"귀찮군. 성질 같아서는 브레스로 깔끔하게 처리하면 좋을 텐데……."

비록 인간의 몸이라고 해도 자신이 수련을 쌓은 몸이라 신들에 비해 유리하면 유리했지 자신에게 불리한 싸움은 아니라고 여기며, 그는 또다시 날아드는 라이트닝 볼을 피해 다른 쪽으로 워프를 했지만 미처…….

"리도스! 위험해!"

자신의 등 뒤에 있는 베니핏을 발견하지 못했다.

갑작스럽게 날아드는 훼이나의 목소리에 놀라 고개를 든 리도스는 파이어 에로우를 직통으로 맞아버린 그녀를 발견할 수 있었다.

그녀의 심장을 정확하게 꿰뚫어 버린 화살이 리도스의 두 눈에 똑똑히 들어왔다. 그리고 무슨 일인지 모르지만 그녀는… 순식간에 사라져 버렸다.

드래곤하트

"꺄악! 훼이나 언니!"

누가 뭐라고 할 틈도 없었다. 그녀들이 리도스가 보이는 바닥을 내려다봤을 때는 이미 리도스를 향해 파이어 에로우가 날아드는 그 순간이었거니와 훼이나가 화살을 맞고 나타난 것도 순식간이었으니 말이다. 신력과 드래곤의 마력만 통하게 걸어놓은 결계 덕에 워프도 통하지 않으니 그들이 할 수 있는 일이라고는 갑판 위로 뛰쳐나가 훼이나가 돌아오길 기다리는 일뿐이었다. 그리고 그녀가 돌아온 지금 높은 비명을 지를 수밖에 없었고…….

"언니! 괜찮아요?!"

"…시끄러워."

그녀가 혼신의 힘을 다해 쥐어짜 낸 목소리로 그들을 조용히 시키자 카디프는 치료 마법을 걸기 위해 다가갔다.

"홋! 쓸 데 없는 짓."

그녀는 카디프를 뿌리쳤다. 화살의 불길은 그녀의 마력으로 꺼 뜨렸지만 이미 심장을 관통해 버린 뒤다. 살아남을 길이 없다.

"…내 심장을 리즈! 너에게 주겠어. 리도스를 부탁해."

어느덧 드래곤으로 폴리모프한 그녀는 스스로의 가슴에서 심장 을 꺼내 들었다.

"크… 크아아아앗!"

선혈이 뚝뚝 떨어지는 심장… 고통으로 가득 찬 비명 소리에 리즈는 질끈 눈을 감아버렸지만 훼이나는 실로 대단하다고밖에 할 수 없는 강인한 정신력으로 자신의 고통을 버텨냈다. 그리고 마지막의 힘을 짜내 자신의 심장을 리즈의 목걸이의 펜던트 크기 로 줄이는 것에 써버렸다. '털썩' 소리를 내며 인간으로 폴리모프 한 그녀는 초점을 잃어가는 눈으로 리즈를 바라보았다.

"리도스에게 마지막 인사를… 할 수 있게……."

"말하지 말아요!"

리즈는 정신을 바짝 차리고는 워프 게이트를 열었다. 그리하여 리도스의 품으로 덥석 안기게 된 훼이나는 아직도 멍하게 서 있 는 그를 향해 미소를 지어 보였다.

"훼… 훼이… 나……?"

"하아… 역… 시… 빠진 쪽이… 손해… 라니… 까… 하……."

입가에 희미한 미소를 띠며 초점을 잃은 그녀가 자신의 두 눈 동자를 끝내 감아버리자 그것을 지켜보고 있던 리도스의 눈동자 가 일순 크게 흔들렸다.

"…이… 이게 무슨 일이지……? 방금 무슨 일이 일어난 거야?!"

리도스의 눈에서 눈물이 한 방울 툭 떨어졌다.

"하! 하하하! 하얀 마녀의 최후가 고작 이거라니… 말도 안 돼!

놀리지 말고 그만 일어나!"

그는 자신의 고함 소리에도 아무런 반응이 없는 그녀의 몸을 조심스럽게 흔들었다.

"일어… 나, 일어나, 일어나라구! 제발……."

그녀의 하얀 머리카락이 어지럽게 휘날릴 정도로 점점 손에 힘을 준다 한들 그녀가 일어날 리 없건만 리도스는 그 사실을 이해할 수 없다는 듯 고개를 흔들었다.

"내가 유일하게 두려워하는 드래곤이 어째서 이렇게 죽어버리는 거지?"

"아, 아저씨?"

떼떼가 본능적으로 위험을 느낀 듯 그의 어깨를 붙잡았으나 이미 리도스는 떼떼가 시야에 들어오지 않을 정도로 훼이나의 죽음에 쇼크를 받았다.

"내가 왜 그녀를 두려워한 거지? 따지고 보면 나보다도 훨씬 연약한 그녀인데……."

그가 중얼거리는 소리에 투루는 코웃음을 쳤다.

"흥! 적에게 등을 돌린 채 언제까지 아량을 베풀어달라고 할 셈인가?"

리도스의 귀에는 적의 목소리마저 들리지 않는다는 듯 미친 듯이 폭소를 터뜨렸다.

"핫! 하하하핫! 그래, 이왕 이렇게 된 거 할 수 없지. 떼떼야… 미안하다."

리도스는 눈을 질끈 감고는 손으로 공중에 워프 게이트를 열어 한 손으로 떼떼를 덥석 집어 들고 그 안으로 던져 버렸다.

"아, 아저씨?!"

"미안하다……."

리도스의 말을 끝으로 워프 게이트는 사라져 버렸고, 어느덧 그의 눈에는 살기가 실려 있었다.

"너 죽고 나 죽자!"

쩌렁쩌렁하게 울리는 그의 목소리에도 기가 질릴 만한데 어느새 리도스의 몸 전체에서는 핏빛과도 같은 섬뜩한 붉은 기로 충만해졌다.

"호~ 다섯 개의 속성 중 레드의 속성으로 가득 찼다~ 대충 그런 건가요?"

다른 신들은 말없이 긴장한 낯빛으로 그를 견제하고 있었으나 루시아만이 깐죽거리며 그의 앞에 나섰다. 리도스는 입가에 싸늘한 미소를 흘렸다.

"매태오를 써도 당신들이 그런 말을 할 수 있을까?"

"그만둬, 리도스! 모두를 죽일 셈이야?!"

애버딘의 목소리에 리도스는 잠시 아무 말도 하지 않았지만 곧 씁쓸한 미소를 지어 보였다.

"너희들인가? 훗, 날 설득하려는 거라면 미안하지만 이미 늦었어."

"이런, 망할! 잘도 매태오를 썼군?! 그렇다면 우린 이대로 있으면 안 되는 거잖아! 빨리 신계로 돌아가 뒷수습을 해야지!"

로잔이 거친 숨을 내쉬며 천계로 돌아갈 의사를 밝히곤 털썩 쓰러졌다. 그런 로잔의 뒤로 루시아와 베니핏, 투루 역시 마치 주인을 잃은 꼭두각시 인형처럼 털썩털썩 쓰러지자 리도스는 이제까지의 투기도 완전히 사라진 듯 넋이 나간 사람 같은 허망한 얼굴로 털썩 주저앉아 버렸다.

"앞으로 한 시간 남짓 남았어. 어디로든지 도망가라."

"마법을 무효화시킬 수 있는 건 없어?"

애버딘의 말에 리즈는 고개를 저었다.

"컨트롤에 실패하면 리도스는… 아마도 죽을 거야."

리즈의 말에 절망한 애버딘은 리도스의 멱살을 움켜잡고 그를 흔들어댔다.

"이 마을에는 인간들이 살고 있어! 인간들이 무슨 잘못인데?! 어떻게 할 거야? 어떻게 할 거야?!!"

모두들 침울한 표정으로 애버딘을 말릴 생각조차 못하고 있자, 이제까지 곤란한 표정으로 그들을 지켜보던 피스가 조용히 입을 열었다.

"방법은 있어요."

모두의 시선이 일제히 피스에게로 쏠리자 그녀는 자신의 말을 이었다.

"난 마법을 쓸 줄 모르니까… 제 말대로 하기 위해서는 우선 카디프님과 리즈 언니의 도움이 필요해요. 리도스님도 도와주시면 고맙겠지만, 솔직히 지금 그럴 정신이나 여유가 있어 보이진 않으니까 뭐라고 하진 않겠어요."

"어떻게 하려고 그래?"

"언니와 카디프님께서 마을 곳곳에다 워프 게이트를 뚫어주세요. 되도록 아렌에서 아주 멀리 떨어진 곳으로."

"그렇게 한다고 해도 시간 안에 마을 사람들을 대피시킬 수는 없어. 작은 마을이라서 집집마다 돌아다니며 사람들 보고 모이라고 하고, 왜 게이트에 들어가야 하는지 설명하는 것만 해도 한 시간은 족히 넘을 텐데……."

애버딘의 나약한 말에 리즈는 버럭 화를 내며 리도스와 애버딘을 떼어놓았다.

"아무것도 하지 않는 것보단 낫잖아! 내가 도움이 될지 어떨지는 모르겠지만 하겠어. 나 같은 초급 마법사라도 어딘가 쓸 데는 있겠지. 리도스!"

자신에게로 시선을 돌리는 리도스를 바라보며 그녀는 매서운 시선을 보냈다.

"네 지금 꼴을 보고 훼이나 언니가 아주 좋아할 것 같아? 정신 차려! 이게 뭔 줄 알아?! 훼이나 언니가 줬어, 널 부탁하겠다고. 아무 힘도 없는 나한테 그랬어. 그러니까… 네가 벌인 일, 네가 수습해! 난 정신 나간 얼간이 드래곤을 통제할 능력 없어. 그렇지만 훼이나 언니의 말을 들어주고 싶어. 네가 제대로 정신이 박혀 있다는 걸 나한테 보여줘 봐. 적어도 네가 일족의 왕이라면 무고한 희생이 얼마나 고통스러울 거라는 것쯤 잘 알고 있을 거 아냐! 계속 그러고 있을 거야?! 지금 당장 드래곤으로 폴리모프해서 하늘이라도 몇 바퀴 날아다니란 말이야! 사람들이 그것 보고 도망가려고 나올 정도로만 소란을 피우던가! 그리고 복수는… 그렇게 하는 게 아니야. 내가 나중에 정식으로 가르쳐 주겠어! 너한테는 못 맡기겠어. 같이 해! 훼이나 언니의 복수… 같이 해!"

두 눈이 붉게 충혈된 리즈의 눈에 금방이라도 눈물이 떨어질 듯했다. 그녀의 얼굴을 한참 들여다보고 있던 리도스의 멍한 눈에 다시 생기가 돌았다.

"그거… 훼이나의 심장?"

"그래! 일이 제대로 끝나면, 복수가 완전히 끝나고 나면 이걸 너한테 줄게. 훼이나 언니도 그 편이 행복할 테니까……"

리즈가 마법 아이템 중 최강인 드래곤 하트를 자신의 입으로 리도스에게 주겠다는 말을 하자 다들 멍한 얼굴로 그녀와 리도스를 번갈아 보았다.

"좋아. 내가 벌인 일, 내가 멋지게 수습해 주지."

어느새 리도스의 입가에는 희미한 미소가 지어졌다. 평상시와 다름없는 모습에 안심한 피스는 한숨을 내쉬며 할 일을 설명했다.

"괜찮아요. 워프 게이트나 많이 뚫어주세요. 다 구할 수 있으니까."

"응?"

"제가 시간을 멈추면 다 구할 수 있어요. 워프 게이트가 만들어지는 그 시점부터 시간을 멈출 테니까, 가능하면 곳곳에 워프 게이트를 만들어주세요."

피스의 말에 다들 놀랍다는 듯 탄성을 질러댔다.

"시간을 멈출 줄 안다고?!"

"…지금 일일이 그런 거 설명할 겨를이 없을 텐데요? 빨리 게이트를 뚫어주세요. 나중에 설명해 드리죠."

피스의 말에 문득 정신을 차린 리즈는 고개를 끄덕이며 일행들을 재촉했다.

"좋아. 이곳에서 마을로 가는 워프 게이트를 뚫어."

리즈는 단순히 카디프나 리도스에게 워프 게이트를 뚫어달라고 부탁하는 의미의 말이었지만 그녀의 말이 떨어지기가 무섭게 바닥에 워프 게이트가 생겨났다.

"와! 리즈 언니 대단한걸요. 어떻게 벌써 워프 게이트를……?"

피스가 놀랍다는 듯 리즈를 바라보았지만 사정을 모르는 건 리즈도 마찬가지. 리즈 역시 어리둥절한 표정으로 자신이 만들어낸 워프 게이트를 바라보고 있을 뿐이었다.

"드래곤 하트의 위력이라는 거다……."

리도스가 제일 먼저 그 게이트 안으로 들어가며 중얼거리자 리즈는 그제야 왜 구태여 훼이나가 드래곤으로 폴리모프해 가며 고통스러운데도 자신의 심장을 꺼내주었는지 이해할 수 있었다. 가공을 전혀 거치지 않은 만큼—훼이나가 그 크기를 줄였을 뿐, 실제로 일정 부분을 잘라내거나 모양을 만들지는 않았다—현존하는 최강의 아이템이 자신의 손에 들어온 것이다.

'훼이나 언니는 내게 자신의 힘을 모두 주고 가버린 거구나. 만일의 경우 리도스를 도와주라고… 그 정도로 리도스를 사랑했던 걸까?'

"빨리 가지 않고 뭐 해요?"

"응? 아, 그래……."

어느덧 이곳에는 자신과 피스만 남아 있다는 것을 깨달은 리즈는 워프 게이트 안으로 발걸음을 옮겼다.

"밖으로 뛰쳐나가면 바로 워프할 수 있게 지금 지나다니는 길마다 아예 도배를 해버리자. 그 편이 빠르겠어."

카디프가 엘프답지 않게 단순 무식한 말을 내뱉자 다들 어이없다는 표정을 지었지만 리도스는 좋은 생각이라며 반색하고 나섰다.

"시간 단축되고 좋잖아."

드래곤이 마법을 쓰는데 뭐가 힘들겠는가? 마법의 종족이 괜히 폼으로만 마법의 종족이라고 불리는 것이 아니다. 리도스는 간단명료한 말로 워프 게이트를 뚫고 다녔다.

"뚫어~ 뚫어~ 뚫어엇~!"

리즈 역시 드래곤 하트를 지녀서일까? 리즈가 지치지도 않고 워프 게이트 뚫기에 나서자 카디프 역시 질 수 없다는 듯 주문을 읊으며 워프 게이트를 만들어내기 시작했다. 행여나 집에서 나오지 않는 사람이 있다고 한들 시간을 멈춰놓고 난 뒤 피스가 확인을 해보면 되는 것이니 적어도 아렌에서의 인명 피해는 걱정하지 않아도 될 듯싶었지만, 애버딘의 얼굴은 내내 어두워 보였다. 그것이 거짓된 기억이라 한들 자신이 태어나 지금까지 자라온 마을이 없어진다고 생각해서일까.

"이제 길은 대충 다 됐어. 리도스, 적당히 난동 부려줘."

리도스는 공중에서 드래곤으로 폴리모프를 했다.

"맡겨 둬."

"아아악! 드래곤이다!"

"꺄아아악!"

찢어지는 비명 소리와 함께 하나둘 거리에 있던 사람들의 모습이 사라지자 리도스는 일행들을 등에 태우고는 힘찬 날갯짓을 시작했다. 마치 거대한 태풍이 불어오는 듯 집집마다 창문들이 깨어지자 겁에 질린 사람들이 참다못해 집 밖으로 뛰쳐나가기가 무섭게 사라졌다.

"이 정도면 됐어요. 워프 게이트가 완전히 사라지기 전에 시간을 멈추려고 하니까… 적당한 곳에 내려주세요."

피스의 말에 리도스는 알아들었다는 듯 워프 게이트를 열지 않은 곳을 찾아 천천히 아래로 내려갔다. 일행들을 안전하게 땅으로 내려준 리도스는 자신도 인간으로 폴리모프하고는 피스에게 고개를 돌렸다.

"이젠 뭘 하면 돼?"

"다들 물러나 주세요. 이제부터는 제 몫이니까요."

일행들이 약간 뒤로 물러서자 피스는 오래된 고목에 커틀러스가 있던 동굴에서 얼핏 봤던 하얀 종이를 붙였다. 피스는 허공에 두 손으로 별 모양의 도형을 그려내고는 조용히 주문을 외우기 시작했다.

"그대의 시간은 곧 내가 가지고 있는 시간, 우리는 같은 시간을 살아가는 자들… 나의 시간을 포기할 터이니, 너의 시간을 나에게 다오. 모든 것들은 그대로 멈춰라!"

시간이 완전히 정지한 듯 사람들의 비명 소리를 비롯한 주변의 모든 소리와 모든 것의 움직임이 사라져 버렸다.

"슬슬 시작해 볼까?"

그녀는 일행들을 뒤로하고 발걸음을 마을 쪽으로 급하게 돌렸다.

"…피스?"

순간 그녀의 머리 속이 어찔해졌다. 분명히 시간을 멈췄는데 누가 자신의 이름을 부른단 말인가? 그녀는 머리카락이 곤두서며 등줄기가 서늘해짐을 느끼며 천천히 뒤를 돌아보았다. 익숙한 목소리, 익숙한 얼굴…….

"리즈… 언니?"

"이게… 어떻게 된 거야?"

"언니야말로 어떻게 된 거죠? 어떻게 움직일 수 있는 거죠? 왜 언니만……?"

리즈는 주변을 돌아보았다. 그녀의 말대로 주변에서 움직이고 있는 자는 오로지 자신과 피스, 둘뿐이었다.

"네가 한 게 아니란 말이야?"

리즈의 말에 피스는 고개를 세차게 저었다.

"아니요. 전 사람을 움직이게 하고 싶어도 할 수 없어요. 이곳에서 움직일 수 있도록 허락받은 자는 오로지 저와 제 소유의 것들뿐이니까요. 잠깐, 잠깐만요. 언니, 지금 확실히 움직일 수 있는 거죠? 뭐, 말만 할 수 있다거나 하는 거 아니죠?"

그녀의 말에 리즈는 자신의 몸을 이리저리 움직여 보았다.

"우왓! 정말로 움직이는 거예요? 다른 일행들은 어때요? 한번 잘 살펴봐요."

리즈는 피스와 함께 애버딘과 카디프, 그리고 리도스를 이리저리 살펴보았지만 마치 돌처럼 그 자리에 우뚝 서 있을 뿐이었다. 리즈가 아무리 눈앞에서 손을 흔들어도, 심지어 꼬집기까지 했지만 그들은 아무런 움직임이 없었다.

"좋아요! 그럼 언니. 우리 모험 좀 해볼까요?"

"모험?"

"시간을… 거슬러 올라가 되돌리는 거예요."

"엣?! 시간을 되돌린다고? 넌… 시간을 멈추기도 한다면서 되돌릴 수도 있다는 거야?"

리즈가 의심스럽다는 어투로 피스에게 되묻자 그녀도 자신없다는 듯한 표정을 지어 보이며 말을 이었다.

"한 번도 해보진 않았지만… 시간을 멈출 수 있다는 건 되돌릴 수도 있다는 말이에요. 이제까지 움직일 수 있는 사람이 없었기 때문에 실험해 보진 않았지만… 그래서 모험이라고 하는 거죠. 어때요? 해볼 생각 있어요? 억지로 하라고는 하지 않을게요."

그녀의 말에 리즈는 고민스러운 듯 잠시 인상을 찌푸렸다.

"정확하게 과거 어느 시점으로 돌리는지 알 수 있어?"

피스는 너무도 당당하게 고개를 저었다.

"괜히 처음 한다고 하는 줄 아세요? 당연히! 모르죠. 다만… 과거로 들어갈 대상을 정할 수는 있어요. 그런데 우리 중에서는 불행하게도 그 대상이라는 것이 애버딘님밖에는 지정할 수 없군요."

"어째서?"

"마법과 주술은 상반되는 힘이라서 마나를 움직일 줄 아는 사람에게는 제대로 먹혀 들어가지 않습니다! 드래곤은 말할 것도 없고 카디프님도 엘프잖아요."

"그런가? 그런데 지금 구태여 과거로 돌아가서 뭘 하자는 거야?"

"…만일 애버딘님이 말도 통하지 않는 어린아이라면 할 수 없겠지만 어느 정도 우리 말을 이해할 수 있는 나이라면 어떻게든 세인트에 대한 단서를 줄 수 있지 않을까요? 게다가 신에게 대항하지 않게 잘 설득해 둔다면 이 파티는 애초부터 모여지지도 않았을 거구요. 애버딘님을 만날 수 없다는 게 아쉽긴 하지만 여러 목숨 살리는 길 아닌가요?"

"음… 그게 가능할까?"

리즈의 말에 그녀는 답답하다는 듯 언성을 높였다.

"모험이에요! 모험! 조건이니 뭐니 따진다면 그건 이미 모험이 아니죠. 내가 갈 수 있다면 구차하게 이런 이야기하지도 않아요. 자! 간다, 안 간다 둘 중 하나로 대답해요. 강요하진 않으니까."

피스는 자신의 왼손을 내보였다.

"간다."

이번에는 오른손을 내보였다.

"안 간다."

피스가 잔뜩 긴장한 표정으로 리즈를 바라보자 그녀는 생긋 미소를 지으며 왼손을 부여잡았다.

"간다! 둘 중 하나만 선택하라면 난 당연히 간다고 하지."

"휴~ 다행이에요. 뭐, 이쪽으로 오는 문제는 염려하지 말아요. 제 손이 언니를 이곳으로 다시 인도할 테니까요. 그건 아데스 최고의 주술사, 이 피스의 이름을 걸고 맹세해 드리죠."

리즈는 고개를 끄덕이며 애버딘을 향해 싱긋 미소를 지어 보였다.

"적어도 저 애버딘이 코찔찔이만 아니길 바랄게. 애버딘, 잘 부탁해. 피스, 난 준비됐어."

리즈의 승낙이 떨어지자 그녀는 비장한 표정으로 자신 주변의 흙을 한 움큼 집어 들고는 리즈의 주변에 뿌리기 시작했다.

"내가 하려는 행동은 운명을 깨뜨리려는 일, 내가 하는 일은 미래를 바꾸려는 일, 내가 했던 일은 절대로 해서는 안 되었던 일. 그러나 나는 과거의 문을 열고 저 여인을 암흑 속으로 들여보낸다. 이 모든 일의 책임은… 내가 진다!"

피스가 자신의 손가락을 깨물어 자신의 붉은 피 방울을 리즈가 서 있는 대지에 골고루 떨어뜨리자 황토 빛이었던 흙이 점점 새카맣게 변하기 시작했다. 그리고 새카맣게 변해 버린 대지는 리즈를 삼켜 버렸다.

"만일을 대비해서 사람들은 이동시켜야겠지?"

피스는 사라져 버린 리즈 쪽을 흘끔 쳐다보고는 아무 일도 없었다는 듯 마을을 향해 느긋하게 걸음을 옮겼다. 부적을 붙여둔 나무가 부러지지 않는 한 피스만의 시간은 영원하니까……

"아저씨이~!"

떼떼는 벽을 치며 절규했지만 이미 워프 게이트는 자신을 레이피어가 있었던 곳으로 보내 버린 채 사라진 지 오래였다.

"날 떼어놓지 말아요! 아저씨!"

손에서 피가 흐를 정도로 벽을 쳐댔지만 들려오는 소리는 듣기 싫은 자신의 목소리뿐이었다. 어느덧 그의 눈에서 눈물이 양 뺨을 타고 흘러내렸다.

"거짓말쟁이… 아저씨가 잡힐 때까지 함께 있어도 된다고 해 놓고는… 거짓말쟁이……."

차마 소리를 내서 울지는 못했지만, 분하고 서러운 마음에 떼떼는 바닥에 드러누워 한참을 울어댔다. 낯익은 아버지의 기운이 풍겨오는 검과 그 검이 잠들어 있던 동굴이라 그런지 점점 더 서러움이 복받쳤다. 그렇지만 언제까지나 울고 있을 수만은 없었다. 떼떼는 명색이 사나이 아니던가!

"영웅이 될 내가 이런 일이 있었다고 해서 좌절해선 안 돼. 어떻게든 아저씨를 찾아가자. 여긴 한번 왔던 곳이고, 아니면 루디안 아저씨를 찾아서……."

걸걸한 드워프 루디안을 떠올렸던 그의 머리 속에 문득 리도스가 했던 말이 떠올랐다.

신탁이 내려졌을지도 모르니까 가능하면 애버딘 일행을 찾아서 합류해라.

"결국 이 던전 안에서 믿을 자는 아무도 없어. 가출도 했었잖아. 이 정도도 못해낼 내가 아니야. 일단은 여기서 나가고 보자."

떼떼는 위아래를 둘러보다 신발을 집어 던졌다. 신발이 높게 위로 뜨자 그는 비장하게 고개를 끄덕였다.

"그래, 북쪽이야."

떼떼는 위로 올라가며 고개를 갸웃거렸다.

"그런데… 이거… 위로 올라가는 게 맞나? 뭐… 인간들의 모험담을 들어보면 주인공이 가는 곳은 어디든지 길이 나왔으니까 맞겠지 뭐."

자신을 인간의 모험담에 나오는 주인공쯤으로 착각한 떼떼는 무작정 걸음걸이도 씩씩하게 한참을 위로 걸어가기 시작했다. 그러나 그 씩씩하던 걸음은 걷기 시작한 지 30분도 채 지나지 않아 울상으로 변해 버렸다.

"우씨, 아무것도 없고 다리도 아프고… 심심해에~!"

우측으로 길이 꺾어지는 모퉁이에서 떼떼는 별 생각 없이 쿵쾅거리며 뛰기 시작했다. 또다시 30분 가량 아무것도 없이 이어지는 길이 지루했는지 기분 전환 삼아 노래를 부르기 시작했다.

"이슬비 내리는 이른 아침에 아저씨랑 떼떼가 목욕합니다. 노란 이태리 타올, 찢어진 이태리 타올, 길다란 이태리 타올. 험악한 아저씨 인상에 쫄아버린 떼떼가 매 맞으며 어쩔 수 없이 목욕합니다~ 아. 앗싸아~!"

한쪽 발까지 껑충거리며 신나게 노래를 부르던 떼떼는 뭐가 쿵쿵 울린다는 것도 느끼지 못한 채 신나게 껑충거리며 다른 노래를 불러 젖히기 시작했다.

"리도스 아저씨~ 왜 불러~? 내 방에 묶어뒀던 오크 한 마리 못 봤어요? 봤지~ 어쨌어요? 배고파서 너 모르게 한 입 먹어버린다는 게 몽땅 삼켜 버렸지~ 아저씨! 아저씨! 똥배는 어쩌려고 자꾸 먹고 그래요~! 그래도 난 배 안 나왔다. 앗싸아~!"

껑충거리며 한 발짝 앞으로 내딛는 순간 커다란 돌덩이가 아까까지 자신이 있던 곳으로 굴러 떨어지는 것을 본 떼떼는 비명을 꽥꽥 질러댔다.

"으아아아~! 이 길이 아닌가 봐!"

깨달았다고 한들 이미 늦은 법. 길을 꽉 막아버린 돌에는 손가락 하나가 겨우 들어갈 만한 틈만 있을 뿐이었다.

"우에에엥~! 나가야 되는데… 어떻게 해……."

억지로 손을 집어넣으며 꼼지락거리던 떼떼는 자신의 옷자락이 틈새에 끼어버렸다는 것을 깨닫고는 파닥거리기 시작했다.

"우웃! 빠져라~! 빠져… 히잉, 빠지라니까~"

반 울상이 되어 여기저기 긁힌 떼떼는 갑자기 좋은 생각이 났는지 빙긋 웃으며 손을 탁탁 털었다.

"이 정도 크기라면 나비로 폴리모프해서 빠져나가면 되겠지."

간신히 그 틈을 빠져나간 떼떼는 다시 인간의 모습으로 돌아와 예전에 리도스와 함께 들렀던 기억을 되살려 레이피어가 있던 방으로 되돌아 나갔다. 남은 곳은 좌측.

"영웅도 간혹 실수는 하는 법이야."

스스로 자신을 위로하며 또다시 30분 가량을 걸어 내려갔다. 계속해서 좌측으로 이어지는 길과 아래쪽으로 갈리는 길에서 그는 얼핏 예전의 기억을 떠올리며 아래로 계속해서 걸어 내려갔다. 이내 막다른 곳으로 들어오긴 했지만 지난번에도 지나쳤던 길이라 떼떼는 큰 의심 없이 눈을 질끈 감고는 '우랴, 우랴~!' 하는 이상한 기합 소리와 함께 벽으로 보이는 한가운데를 돌진해 갔다.

"이젠 아는 길만 나오겠지."

안도의 한숨을 돌리며 떼떼는 한참 동안을 걸어나갔다. 그간의 길에 몬스터를 만나지 않은 것은 어찌 보면 떼떼에겐 지루하지만 다행스러운 일이었다. 갈림길이 나오긴 했지만 오로지 한 길로 쭉 걸어나가기 시작한 떼떼는 좌측으로 꺾어 또다시 걷기 시작했다. 몇 시간을 걸어나간 그는 갈래 길을 발견했지만 귀찮아진 생각에 뒤로 돌아갔다.

계속해서 우측과 좌측의 길을 몇 번씩 돌아나간 떼떼는 한참을 헤매던 끝에 예전에 리도스와 함께 갔던 비명을 질러대는 버섯의 소리를 들을 수 있었다. 예전의 빛나는 형광 색의 투구벌레를 떠올리자 떼떼는 참을 수 없는 유혹에 빠져 버렸다. 아저씨도 안 계시겠다, 한 마리 정도 들고 나가도 되지 않을까 싶은 생각이 굴뚝같이 들기 시작한 것이다.

"모르겠다! 한번 구경만 하는 거라면 나쁘지는 않잖아."

떼떼는 자신도 모르게 투구벌레가 있는 곳으로 발걸음을 돌렸다.

"꾸이익~ 인간입니다. 꾸이익~"

"꾸이익~ 이런 곳에 꾸이익~ 인간이 있을 꾸이익~ 리가 꾸이이익~ 없을 텐데?"

"으아아아앗! 왜 여기에 오크가 있는 거야?! 리도스 아저씨~!"

떼떼는 이번에도 길을 잘못 든 것만 같아 길게 비명을 지르며 있지도 않은 리도스의 이름을 불러댔다.

"리도스? 꾸이익~ 리도스님을 꾸이익~ 말씀하시는 꾸이이이익~ 건가요? 꾸이이익~"

이제까지 떼떼를 잡아먹을 듯 노려보던 오크의 표정에 놀랍게도 공손의 빛이 드리워졌다.

"응?! 너희들, 우리 아저씨를 아는 거야?"

기가 막힌다는 표정으로 떼떼는 오크들을 돌아보았다. 이곳은 분명 예전에 리도스와 함께 들어온 곳. 달라진 거라면 전에는 보지도 못했던 오크 두 마리가 깝죽거리며 돌아다니고 있다는 것이다.

"나도 참, 그럴 리가 없지. 아저씨는 오크를 트롤보다 싫어하시 잖아."

"아저씨? 꾸이이익~ 리도스님과 꾸익~ 아시는 꾸이이익~ 사인가요?"

오크는 최대한 호의적으로 보이는 표정을 지으며—그래봐야 떼떼는 고사 지낼 때가 생각날 뿐이었다. 웃는 얼굴의 돼지 머리라니… 어린애가 떠올릴 만한 게 아니긴 하지만 떼떼는 고사 지낼 때를 제외하고는 웃는 얼굴의 돼지 머리를 본 적이 없었다—부드러운 목소리로—그래봐야 떼떼에겐 돼지가 꾸익~ 거리는 소리로 밖에는 들리지 않았지만—떼떼에게 잘 보이기 위해 애를 썼다.

"우리 아저씨야."

"꾸이이익~ 혹시 같이 꾸이이익~ 오시진 꾸이이익~ 않았나요? 꾸이익~"

"왜 그러는데?"

의아한 눈으로 오크를 바라보는 떼떼에게 오크들은 최대한 부드러운 목소리로 아부성의 멘트를 날려댔다.

"꾸이이익~ 그러면 꾸이이익~ 당신도 꾸이익~ 드래곤인가요? 꾸이이익~"

"나? 드래곤이야. 보면 몰라?! 아… 모르겠구나. 그런데 너희는 이름이 뭐야? 하긴 오크의 이름 따위를 알아서 뭐 하겠어. 그냥 넌 오순이, 넌 오팔이라고 부르도록 할래. 불만없지?"

떼떼가 불쾌한 표정으로 오크들의 이름을 정해 버리자 오크들은 감히 불만을 터뜨릴 수도 없기에 그저 연신 허리를 굽히며 머리를 조아려 댔다.

"꾸이이익~ 위대한 꾸이익~ 드래곤이시여. 꾸이이익~ 실례가 되지 꾸이익~ 않는다면 꾸이익~ 저희의 꾸이익~ 이야기를 꾸이이익~ 들어주세요. 꾸이익~"

"뭔데?"

오크는 간절한 눈으로 자신들의 신세 한탄을 늘어놨다. 자신은 샤아플린 쪽에 있던 오크의 족장이었는데 리도스의 던전에 세가 놓였다는 것을 알고 안전한 루트를 통해—도대체 어떻게 들어온 것인지는 알 수 없었지만, 떼떼는 오크의 말에 따라 그저 멍하니 고개를 끄덕끄덕거리고 있었다—이곳으로 들어왔는데… 이미 드워프가 한 자리 차지하고 있는지라 오도 가도 못하고 갇혔다는 것이다. 샤아플린은 점점 오크들이 살아가기에 힘든 곳이 되어가고 있었고, 자신들은 안전한 곳에서 살길 원하고 있다는 이야기에 떼떼는 고개를 갸웃거렸다.

"안전한 곳? 오크들이 그런 걸 알아? 너희는 파괴를 즐기는 종족 아니었어?"

"꾸이익~ 이번 계절이 꾸이익~ 지나면 꾸이이익~ 오크들은 꾸이이익~ 번식기를 꾸이이이이익~ 갖게 됩니다. 꾸이이익~ 저희들은 꾸이이익~ 괜찮지만 꾸이익~ 암컷들은 꾸이이이익~ 안전하게 꾸이이익~ 지냈으면 꾸이이익~ 좋겠어요. 꾸이이익~ 그렇지만 인간들은 꾸이이이익~ 암컷, 수컷 꾸익~ 따지지 않고, 꾸이이이익~ 몬스터만 보면 꾸이이익~ 없애기에 꾸이이익~ 혈안이 되어 있으니 꾸이이이익~ 저희도 꾸이이익~ 종족 번식을 꾸이이익~ 위해선 꾸이이이익~ 위대한 드래곤의 꾸이이익~ 아래로 꾸이익~ 들어가고 꾸이익~ 싶습니다. 꾸익~"

제법 영리해 보이는 오크가 자신을 족장이라고 소개하고 줄곧 이야기를 꺼내는 동안 다른 오크는 그저 떼떼가 두렵다는 듯 시선 맞추는 것도 꺼리며 고개만 숙이고 있었다.

'인간들의 모험 이야기나 영웅 이야기에서 나왔던 글이랑 많이 다른 것 같은데? 자신들의 아내나 아이들을 생각하는 건 인간과 크게 다를 바가 없잖아?'

떼떼는 생긴 걸로 보면 그다지 정이 가지 않았지만 장로의 말에 고개를 끄덕거리며 알겠다는 표정을 지어 보였다.

"음… 무슨 이야기인지는 알겠어. 그렇지만 아저씨가 세를 내놓았던 건 아주 오래전 이야기 같던데? 아래는 드워프들이 미궁까지 짓고 있고, 여기서 살아온 지도 제법 오래되었다고 했어. 그리고 계속 드워프들이 살도록 놔둘 것 같고… 안됐지만 다른 곳을 찾아야 할 것 같아."

떼떼의 말에도 아랑곳없이 그들은 떼떼를 붙잡고 늘어졌다.

"꾸이이익~ 드래곤님, 당신의 꾸이이익~ 던전은 꾸이이익~ 없습니까? 꾸이이익~ 저희는 꼭 꾸이이익~ 리도스님이 꾸이이익~ 아니더라도 꾸익~ 상관없습니다. 꾸이이익~ 인간들이 함부로 들어오지만 꾸이이익~ 못하면 됩니다. 꾸이이익~"

떼떼는 살짝 인상을 찌푸렸다. 물론 자신에게 던전이 있을 리 없지만 있다 해도, 아니, 만든다 해도 처음으로 세를 들여놓을(?) 종족이 오크라는 것은 내키지 않는 일이었다.

"미안하지만 난 그러고 싶지 않아. 차라리 아저씨를 만나면 너희가 여기서 조금 더 살 수 있도록 물어는 봐줄게."

떼떼의 말에 오크들은 감격했는지 머리를 조아리며 연신 고마워했다.

"꾸이이익~ 고맙습니다. 꾸익~ 고맙습니다. 꾸이이익~"

"꾸익~ 고맙습니다. 꾸이익~ 고맙습니다. 꾸이익~"

"뭘. 오순이, 오팔이, 그런데 너희 여기서 계속 있을 거야?"

"꾸이이익~ 괜찮아요. 꾸익~ 계속 꾸이익~ 돌아다니다가 꾸익~ 고생만 해서… 꾸이익~"

"꾸이익~ 길을 꾸이이익~ 외우지 꾸이익~ 못하거든요. 꾸익~"

"…그렇구나. 언제부터 들어와 있었어?"

"꾸이익~ 일주일쯤 꾸이익~ 된 듯 꾸이익~ 싶네요. 꾸이이익~"

"어라? 일주일? 그런데 왜 아저씨랑 우린 못 봤지?"

"꾸이익~ 함정에 꾸익~ 빠졌다가 꾸이이익~ 간신히 살아 나왔어요. 꾸이이익~"

"흠… 안됐구나."

떼떼는 말은 담담하게 하면서도 슬슬 걱정이 되기 시작했다. 자신도 함정에 빠져서 바둥거려 대다가 나중에 리도스가 자신을 찾아 이곳으로 왔을 때… 자신을 발견할 때쯤이면 이미 죽어서 뼈만 남아 있는 게 아닐까 고민되었던 것이다.

'아저씨가 날 찾아서 오실지도 모르는데 그냥 레이피어가 있던 곳에서 얌전히 있을 걸 그랬나?'

"꾸이이이익~ 위대한 꾸익~ 드래곤이시여, 꾸이이익~ 언제까지 꾸이이익~ 이곳에 꾸익~ 계실 겁니까? 꾸이이익~"

그 말에 흠칫한 떼떼는 잠시 고민하는 표정을 지어 보였다.

"뭐… 너희들 때문에 여기서 아저씨가 오실 때까진 있어야 할 것 같아. 드워프들도 돌아다니고, 아무래도 너희들만 남겨뒀다간 오해가 생겨도 단단히 생길 것 같거든."

떼떼의 속마음을 알 길이 없는 오크는 감격한 표정으로 연신 머리를 조아려 댔다.

"꾸이이익~ 감사합니다. 꾸익~ 대신 꾸이익~ 심심하지 않게 꾸이익~ 저희들이 꾸이이이익~ 재밌게 꾸익~ 해드리겠습니다. 꾸이이익~"

"후후후, 그럼 어디 놀아볼까?"

떼떼는 반드시 아저씨가 자신을 찾아오리라는 것을 믿기로 하고는 그동안 멍청한 오크들과 재밌게 놀아야겠다라는 생각으로 활짝 미소를 지었다.

제6장
원점으로의 회귀

안남 또는 어설픈 재회

"꺄아아아아!"

하늘에서 점점 바닥으로 자신이 곤두박질치기 일보 직전이라는 것을 깨달아 버린 리즈는 공포에 비명을 꽥꽥 질러대기 시작했다.

"안 돼! 천천히! 천천히!"

무의식 중에 천천히를 외친 리즈의 말에 따라 놀랍게도 그녀가 바닥으로 떨어질 때는 가뿐하게 누군가가 자신을 내려준다는 느낌마저 들었다.

"이것도 훼이나 언니 덕분인가 보네. 뭐, 그건 그렇고… 여긴 어디지?"

정신을 차린 그녀가 사방을 둘러보았지만 눈에 보이는 것이라고는 오로지 매캐한 연기와 함께 불타오르고 있는 마을의 광경뿐이었다. 이미 인기척이라고는 눈을 씻고 찾아봐도 찾아볼 수 없는 오로지 을씨년스러운 바람 소리만 주변을 에워싸고 있을 뿐인

폐허.

그렇다. 그녀가 떨어진 곳은 그야말로 지옥도를 방불케 할 정도의 아수라장이 되어버린 마을이었다.

리즈는 황당함과 두려움으로 두 눈을 떴다 감으며 제발 상황이 바뀌기만을 기다렸으나 주변의 풍경은 전혀 변함이 없었다.

"말도 안 돼! 여기서 어떻게 애버딘을 찾으라는 거야?"

약간은 체념하는 듯한 탄식 섞인 말을 내뱉으면서도 그녀는 조심스럽게 마을 안으로 들어섰다. 입구에서는 더 이상 탈 것도 없다는 듯 회색의 잿더미가 바람을 타고 새로운 목표물인 리즈를 향해 날아들었지만 그녀는 재 따위에 의해 옷이 더러워지는 것에 신경 쓸 형편이 아니었다. 재 섞인 공기 때문에 목이 따끔거려서 인지 연신 기침이 터져 나오고 두 눈에서 흘러내리는 눈물로 온통 시야가 뿌옇게 흐려지고 있어서 고통스러운 판에 옷이 문제겠는가. 떨리는 손으로 무언가를 찾는 듯 배낭 속을 뒤지던 그녀는 물통을 꺼내 들고는 조심스럽게 자신의 손수건을 적신 후 물통에 먼지나 재 따위가 들어가지 않도록 재빠르게 다시 배낭 속으로 물통을 집어넣었다.

"콜록, 콜록! 마을에… 콜록! 대체 무슨 일이… 콜록, 콜록, 콜록! 있었던 거야?"

이미 참혹하게 없어진 마을에 사람이 남아 있을 리가 없었다. 간신히 젖은 손수건으로 코와 입을 막고는 새빨갛게 충혈된 눈으로 이리저리 사방을 둘러보았으나, 이곳이 마을이었음을 알려줄 만한 것은 검게 그슬린 군데군데 이 빠진 찻잔처럼 들어서 있는 건물들뿐이었다.

'물어볼 사람도 없는데 어떻게 애버딘을 찾으라는 거야?'

리즈는 그래도 혹시나 어딘가로 피신해서 생존해 있는 사람들이 있을지도 모른다는 생각에 조금 더 안쪽으로 걸어 들어갔다. 여기저기 나뒹굴고 있는 시체에서 살 타는 냄새가 바람에 실려 역하게 그녀의 코를 찔렀으나 리즈는 그저 양미간을 한번 찡그리고 계속 안으로 들어갈 수밖에 없었다.

"정말 몬스터의 습격이라도 있었던 걸까?"

손수건 덕에 한결 숨 쉬기 편해진 리즈는 전에 카디프가 알려 줬던 시력 강화 마법을 떠올리고는 자신의 눈에 직접 마법을 걸었다.

"이것도 훼이나 언니의 힘인가?"

떠올리는 것만으로 마법을 걸 수 있다는 사실에 그녀는 적지 않게 당황했지만 계속 멍하게 있을 정도로 멍청하진 않았기에 그녀는 주위를 두리번거리며 인기척 찾기에 몰두했다. 연기나 기타 재 같은 이물질이 더 이상 그녀를 괴롭히지 못하자 그녀는 다소 위안을 얻은 듯 어깨에 힘을 주었다.

"한결 낫군."

평소라면 무섭게 느껴졌을 타버린 시체들과 역겨운 냄새, 타다 만 어린아이들의 인형과 가재도구들은 왠지 그녀의 마음을 아프게 만들었다.

"오크 떼라도 몰려들었던 걸까?"

종종 자신의 힘으로 도구를 만들거나 농사를 지을 수 없는 오크들이 부족해진 식량과 노예 등을 구하기 위해 마을로 쳐들어오는 일이 종종 있다는 것을 전해 들은 리즈는 잠시 걷던 발걸음을 멈췄다. 인력, 즉 노예가 필요해 인간들을 잡아갔다면 가까운 숲으로 가서 지나가는 오크를 덮친 뒤 아지트를 불게 하면 안 될까 싶은 생각이 들었던 것이다.

'이런이런, 생각마저 위험한 드래곤을 닮아가는 건가? 나 혼자 어떻게 들어가려고 이런 무모한 생각을……'

그녀는 고개를 흔들며 자신의 두 뺨을 손으로 찰싹 소리가 나도록 두들겼다.

'난 드래곤이 아니야. 무슨 힘이 있다고 쳐들어가? 그들은 인간이 아니라 오크야. 내가 오크라면 인간을 가만히 두겠어?'

자신을 한참 나무라던 그녀는 손뼉을 마주치며 환하게 웃었다.

"그래! 내가 오크라면 싸울 필요 없이 필요한 정보만 빼내 올 수 있겠지."

그녀의 입에서 손수건이 떨어져 나가자 그녀는 고통스러운 듯 살짝 양미간을 찌푸렸지만 입가는 여전히 환한 미소를 짓고 있었다.

"꾸에에～ 벌써 꾸엑～ 오크가 된 건가?"

그녀는 다소 작아진 듯한 자신의 키와 내려다보이는 건 아랫배 뿐인 한심스러운 체형을 바라보며 고개를 끄덕이고는 마을 밖으로 나갔다. 숲은 그녀가 걸을 때마다 가지각색의 소리를 들려주었다. 쿵쿵 울리는 발소리에 놀란 새들은 푸드덕거리는 날갯짓을, 바닥의 여린 나뭇가지들은 '우지끈' 하고 생명이 다했음을, 그리고 두세 마리의 오크들에게는 '꾸에에～ 누구냐?' 하는 경계의 목소리를 들려준 것이다.

오크……?

오크!

그렇다. 리즈의 발소리를 들은 보초를 서는 듯한 오크들에게 걸린 것이다. 그녀는 순간 바짝 긴장하고는 어딘가로 숨으려 했지만 오크화되어 둔해진 그녀의 몸이 따라주지 않았다.

"꾸에에~ 동료인가?"

"꾸에에~ 이런 시간에 꾸에~ 여긴 꾸에엑~ 뭐 하러 꾸엑~ 있는 거요? 꾸에엑~"

낯설긴 해도 자신의 일족의 모습을 하고 있는 리즈를 수상하게 생각하지 않는지 그들은 다소 호의적인 얼굴을 하고 다가왔다.

"꾸에에~ 인간의 마을 쪽을 꾸에에엑~ 거쳐 꾸에~ 왔습니다. 꾸에엑~ 여행 중이라서. 꾸에엑~"

"꾸에엑~ 여행? 꾸에에에~ 여행이라니? 꾸에엑~ 오… 크가?"

"꾸에엑~ 인간의 꾸엑~ 마을 쪽을 꾸에엑~ 거쳐 꾸엑~ 왔다면 꾸에엑~ 고생이 꾸엑~ 많았겠군? 꾸에엑~"

한 오크가 시커멓게 얼룩지고 더러워진 그녀의 옷을 보며 동정의 눈빛을 보냈다. 인간의 마을을 거쳐 왔다는 것은 몇 번이고 죽을 위기에서 벗어났다는 의미. 여행을 할 만한 배짱이 있다는 뜻이었다. 그러나 오크들이 혼자 다니는 것은, 더군다나 암컷, 그것도 성년이 채 지나지 않은 어린 암컷들을 밖으로 돌리는 일 따위는 무슨 일이 있어도 결코 일어나지 않는 일이었다.

"이봐, 꾸에엑~ 솔직히 꾸에~ 말해 봐. 꾸에엑~"

"꾸엑~ 뭘요?"

"오크들 꾸에엑~ 오크들이 꾸엑~ 암컷들을 꾸에엑~ 밖으로 꾸엑~ 내돌리는 꾸엑~ 일은 꾸에엑~ 하지 않는다는 꾸에엑~ 것은 꾸엑~ 지나가는 꾸에에엑~ 인간들도 꾸에엑~ 알고 있는 꾸엑~ 사실이야. 꾸에엑~"

리즈의 심장이 대번에 굳어버렸다.

'그런가? 암컷은 동굴 밖으로 잘 나오지 않았던가? 이걸 어쩌

지? 인간이 그런 걸 알 리가 없잖아!'

갑작스런 혼란으로 머리 속이 온통 뒤죽박죽되어 버리자 그녀의 안색이 대번에 창백해졌다.

"꾸엑~ 복수 꾸에에엑~ 복수를 꾸엑~ 위해서겠지. 꾸엑~ 위험을 꾸에엑~ 무릅쓰고 꾸에엑~ 인간의 꾸엑~ 마을을 꾸에에에엑~ 거쳐 꾸엑~ 왔다는 꾸엑~ 것은 꾸에엑~ 뻔한 거 아냐? 꾸에에에엑~"

한 오크가 오크치고는 굉장히 놀라운 추리력을 발휘하자 다른 오크 역시 동의한다는 듯한 낯빛으로 고개를 끄덕였다.

"꾸에엑~ 어린것이 꾸엑~ 기특하군. 꾸엑~"

리즈는 졸지에 복수를 하기 위해 위험을 무릅쓰고 인간을 찾아다니며 복수심을 불태우는 전형적이고도 신파적인 오크가 되어 버렸지만, 일단 살기 위해서는 고개를 끄덕일 수밖에 없었다. 그들은 그런 그녀를 보며 잠시 자기들끼리 뭐라고 속닥거리고는 마침내 결심했다는 듯 주먹을 불끈 쥐고 자신들을 따라오라는 듯 손짓해 보이고는 앞으로 걸어갔다.

"꾸에엑~ 요즘 꾸엑~ 외부에서 꾸에에엑~ 온 자들은 꾸엑~ 받지 않지만 꾸에에엑~ 오늘은 꾸엑~ 우리 집에서 꾸에에에엑~ 쉬다 가렴. 꾸엑~"

리즈는 속으로 '됐다!'를 외치며 안도의 한숨을 내쉬었지만 곧 또다시 바짝 긴장을 해야만 했다.

"꾸에엑~ 그런데 꾸엑~ 넌 꾸엑~ 어디서 꾸에에엑~ 온 거냐? 꾸엑~"

"이름 꾸에엑~ 이름은 꾸엑~ 뭐냐?"

연이어 그녀의 정체를 묻는 듯한 질문에 긴장한 것이다.

"꾸에엑~ 리즈, 아니, 꾸에엑~ 리즈아니에요. 꾸엑~"

대충 얼버무리듯 답해놓고 보니 왠지 이름이 이상했다. 리즈가 아니란 말인지, 리즈아니라는 이름인지… 아무튼 오크들은 그다지 이상하다는 것을 느끼지 못했는지 그저 이름 한번 특이하다라고 말하고는 그녀의 다음 대답을 기다렸다.

"꾸에엑~ 마을 꾸엑~ 이름은 꾸에엑~ 말해도 꾸엑~ 모를 텐데요. 꾸에엑~"

그녀의 말에 오크들은 별로 신경 쓰지 않아도 된다는 듯한 태도로 답했다.

"꾸엑~ 우리는 꾸에엑~ 몰라도 꾸엑~ 괜찮아. 꾸엑~ 장로님은 꾸에엑~ 아실 테니까. 꾸에엑~"

"꾸에엑~ 맞아. 꾸엑~ 어쨌거나 꾸에에엑~ 장로님께 꾸엑~ 보고는 꾸엑~ 해야 꾸에에엑~ 하니까 꾸엑~ 말이야. 꾸엑~"

한참을 무슨 이름을 대야 하나 속으로 궁리하던 그녀는 옛 지명 가운데 하나를 떠올리고는 조심스럽게 입을 열었다.

"꾸에엑~ 두리안이라는 곳을 꾸엑~ 아세요? 꾸에에엑~"

두리안이라는 지명을 들은 그들은 갑자기 걷던 걸음을 멈추고 살기 어린 눈빛으로 들고 있던 글레이브로 땅을 세차게 내려쳤다.

"꾸에엑~ 두리안. 꾸에엑~ 두리안을 꾸엑~ 모를 리가 없지! 꾸엑."

"꾸에엑~ 더러운 꾸엑~ 인간들의 꾸에에엑~ 전쟁에 꾸엑~ 휘말려 꾸엑~ 사라진 꾸엑~ 비통한 꾸엑~ 일을 꾸에엑~ 모를 리가 꾸에엑~ 있겠냐."

리즈는 잠시 자신의 귀를 의심했다. 두리안은 고대사 속에서 오크의 활동으로 없어진 지역이라고 배운 곳이라 그들이라면 기억

할 수도 있겠다는 생각에 덥석 말해 버린 것이지만, 인간들의 전쟁에 휘말리다니……?

"꾸에엑~ 너도 꾸엑~ 알고 꾸에에엑~ 있는지는 꾸에에엑~ 모르겠다만 꾸엑~ 이곳도 꾸엑~ 빌어먹을 꾸에엑~ 신들을 꾸에엑~ 믿는 게 꾸에에에엑~ 유난스럽게 꾸에엑~ 난리를 꾸엑~ 치는 거 아니냐? 꾸에에엑~"

리즈는 가치관의 혼란이 일어나기 시작했다. 신들을 믿는 게 분명 인간들뿐만은 아닐 것이다. 그러나 신들을 믿는 것으로 싸우는 일은 인간들밖엔 없다. 그것도 자신들뿐만 아니라 다른 종족들에게도 큰 피해를 줄 만큼 살벌한 전쟁이라니…….

"꾸에엑~ 인간들끼리 꾸에에엑~ 죽이고 꾸엑~ 살리는 꾸에엑~ 일에는 꾸에엑~ 관심없어. 꾸에에에엑~ 이쪽에 꾸에엑~ 피해나 꾸에엑~ 주지 꾸엑~ 말라고 해. 꾸에엑~ 꾸엑."

금방이라도 욕지거리가 튀어나올 듯한 그들의 입에선 리즈를 의식해서인지 가까스로 참아내는 것이 역력했다.

'누가 오크를 멍청하다고 한 걸까? 오히려 인간보다 똑똑해. 아니, 어쩌면 진리라는 것은 단순한 것에서 시작되고 끝난다는 걸까?'

리즈는 오크에 대한 경계심을 잊은 듯 호감이 담긴 듯한 미소를 지어 보이며 입을 열었다.

"꾸에엑~ 이러다가 꾸엑~ 여기서 꾸에엑~ 시간 꾸엑~ 다 보내겠어요. 꾸에에엑~"

"꾸에엑~ 아무튼 꾸에엑~ 인간이란 꾸엑~ 종족들은 꾸에에엑~ 불행의 꾸엑~ 근원이지. 꾸엑~ 몽땅 꾸에엑~ 사라져 꾸엑~ 버렸으면 꾸에엑~ 좋겠어. 꾸엑~"

"꾸에엑~ 그래. 꾸엑~ 그 빌어먹을 꾸에엑~ 종교 꾸에엑~ 전쟁인가 꾸에엑~ 뭔가를 꾸엑~ 한다고 꾸에에엑~ 자기네 꾸엑~ 마을을 꾸엑~ 불 지르고 꾸에엑~ 서로를 꾸엑~ 죽이는 꾸에에엑~ 바보 같은 꾸엑~ 짓을 꾸에에엑~ 했잖아. 꾸엑~ 그 와중에 꾸에엑~ 숲도 꾸엑~ 태워먹고 꾸에엑~ 꾸엑~ 말야."

"꾸에에엑~ 네?"

멍한 표정으로 반문하는 리즈에게 그들은 알아듣기 쉬운 말로 설명을 해줬다.

"꾸에엑~ 인간들의 꾸에엑~ 마을을 꾸엑~ 지나왔다면서? 꾸에에엑~ 잿더미로 꾸엑~ 변해 버린 꾸에에엑~ 곳을 꾸에엑~ 보지 못한 꾸에에엑~ 거야?"

'그러니까 그 마을은 오크들이 습격한 것이 아니라 인간들 스스로 지옥을 만든 거라는 거야? 믿을 수 없어!'

리즈는 고개를 세차게 흔들었다. 두리안은 오크의 습격으로 없어진 마을이라고 배운 그녀이기에 더욱더 믿을 수가 없었다. 그녀는 잠시 멍한 표정으로 오크들을 번갈아 보고는 슬금슬금 뒷걸음질치기 시작했다. 저들이 마을을 쑥대밭으로 만든 것이 아니라면 저들의 아지트에 마을 주민들이 있을 리 만무했다. 애당초의 목표가 사라진 이상 오크들과 함께 있어야 할 이유가 없는 것이다.

"꾸에엑~? 뭐 하는 꾸에에엑~ 거야?"

오크들은 뒷걸음질치고 있는 리즈를 걱정스러운 듯 바라보며 다가갔지만 다가갈수록 리즈의 안색은 창백해질 뿐이었다. 그러다 리즈는 무언가에 놀란 듯 자신에게 다가오는 오크들의 뒤를 손으로 가리키며 다급한 목소리로 외쳤다.

"꾸엑~ 저, 저기 꾸에엑~ 인간이 꾸엑……"

"꾸엑~?! 어디?"

"꾸에에엑~ 저기요!"

리즈가 가리키는 손끝의 방향으로 달려가며 오크들은 그녀에게 당부의 말을 잊지 않았다.

"꾸엑~ 우리가 꾸에에엑~ 올 때까지 꾸에에엑~ 그 자리에 꾸에에엑~ 있어!"

"꾸에에엑~ 네."

리즈의 대답을 뒤로한 채 그들은 그녀의 시야에서 점차 사라져 갔다.

'다시 원점이군. 마을로 돌아가야겠네. 하~'

한숨을 내쉬기가 무섭게 그녀는 처음 도착했던 마을로 단숨에 워프해 버렸다. 아마도 그녀는 드래곤의 마법적 능력을 고스란히 사용할 수 있게 된 것이리라.

'이러니 마법사들이 드래곤 하트라면 환장을 하고 덤벼드는 거겠지?'

별로 힘들이지 않고 자신이 꿈꾸던 위대한(?) 마법사가 되어버린 리즈는 성취감보다 허탈함을 느끼며 바닥을 내려다보았다. 그러나 그녀는 오크의 몸, 당연히 바닥은 그녀의 두툼한 뱃살에 가려 보일 리가 없었다.

'혜~ 몸이 둔하긴 했지만 아직도 오크로 있다고는 생각하지 못했어. 인간으로 돌려야겠는데……'

그녀의 몸은 예전처럼 날씬해졌지만 어딘지 기분만은 더 축 쳐진 것을 느끼며 마을 안쪽을 살피기 시작했다. 몬스터의 침입이라고 해도 손색이 없을 정도로 처절한 황폐함이 그녀의 마음속 깊이 새겨지고 있었다. 불타 버린 집은 그렇다 치지만, 어떻게 사람이 사람을 죽일 수 있는 건지⋯ 공주로서는 그다지 곱게 자란 것은 아니지만, 리즈 역시 보호받으며 그 또래가 배웠을 인간의 추악함은 알지 못했다.

"우욱!"

아까보다 더한 역겨움이 엄습해 오자 그녀는 참지 못하고 토악질을 해댔다. 처음으로 그녀는 인간이 두려워졌다. 지금 이 상황에선 오크나 다른 어떠한 몬스터들보다 살기 띤 표정의 인간이 그들보다 몇십, 아니, 몇백 몇천 배는 더 몬스터다워 보일 것이리라.

"우욱! 우우욱!"

그대로 풀썩 앉아서 내뱉는 몇 번의 토악질로 오늘 먹었던 메뉴를 일일이 파악할 수 있을 정도가 되자 겨우 평정을 되찾은 그녀는, 어느새 얼굴이 눈물 범벅이 되어 소매 끝으로 연신 눈물을 훔쳐 냈다. 그렇게 한참 훌쩍대던 그녀는 이대로 있을 수 없다는 듯 비틀거리면서도 자리에서 벌떡 일어났다. 나름대로의 자존심이 그녀가 쉽게 무너지지 않도록, 혼자 있더라도 공주로서의 최소한의 품위는 지킬 수 있게 도와주고 있었던 것이다. 그나마 집의 형상을 최대한 갖추고 있는 곳에 들어가 하나하나 샅샅이 뒤져 봤지만 어떻게 된 일인지 왕궁에 흔히 있는 비밀 통로 같은 것 하나 구비되어 있지 않았다.

그렇게 미친 사람 마냥 반나절 동안 마을을 헤집고 돌아다니고 있자니 점점 머리 속이 텅 비어 가는 느낌을 지울 수가 없었다. 울어서 그런지 머리는 점점 더 무거워졌으며, 몽롱한 정신은 이미 제어하기에는 늦어버린 듯 그 자리에서 털썩 쓰러져 깊은 잠에 빠져들었다.

타닥, 타닥.

마른 가지들이 요란한 소리를 내며 타 들어가자 주변의 공기는 점점 따스해져 갔다. 기분 좋은 시원한 무언가가 자신의 이마를 쓸어 내리고 지나가자 리즈는 억지로 두 눈에 힘을 주며 간신히 잠에서 깨어났다.

"여기는 어디?"

"저희 집이에요. 누나는 어디에서 왔죠?"

금발 머리가 눈부신 꼬마 아이 하나가 등을 돌린 채 모닥불 속으로 마른 장작 하나를 들이밀었다.

"난… 저……"

뭐라고 해야 할지 난감한 표정을 지으며 일어나 앉는 그녀에게 꼬마는 딱딱해 보이는 빵 하나를 던져 주며 힐끔 그녀의 얼굴을 살펴보았다. 곱게 자란 듯 얼굴에 그 흔한 잡티 하나 없는 하얗고 부드러워 보이는 피부부터가 뭔가 자신들과는 틀리다는 분위기를 풍겼다(구태여 설명하자면 예전에 언뜻 봤던 귀족이라는 사람들에게서 풍기는 특유의 기품이 흐르고 있다고나 할까). 얼굴이야 이 마을로 들어서면서 정신없이 흩날리던 잿더미로 더러워졌을 것이고, 옷만 봐도 그는 저런 부드러워 보이는 천을 태어나서 지금까지 한 번도 본 적이 없었다. 구태여 비슷한 천을 대라면 마을에서 제일 가던 상인이 결혼식을 할 때… 그의 신부가 입었던 드레스랄까. 꼬마는 따끈하게 데워진 수프를 그릇에 따르고는 조심스럽게 그녀에게 건넸다.

"뜨거워요."

"아, 고마워."

무슨 우울한 일이라도 있는지 그녀의 안색은 내내 어두워 보였다.

"길에서 자면, 특히 누나 같은 사람은 얼마나 위험한지 몰라서 그러고 있었던 거예요? 누나를 여기까지 옮기는 것만으로도 난 정말 죽는 줄 알았다구요."

핀잔인지 충고인지 모를 소리를 내뱉으며 자신의 양미간을 험악하게 찌푸리는 꼬마에게 한번 피식 웃어 보이고는 주위를 둘러보았다.

"다른 사람을 찾는 거라면 그만둬요. 이 마을에 살아 있는 사람이라고는 누나와 저, 둘밖에 없을 테니까. 자급자족하며 살아온 지가 벌써 일주일도 넘었어요. 일주일 내내 사람은 고사하고, 그 흔한 쥐새끼 한 마리 지나가는 걸 못 봤으니……."

꼬마의 말에 리즈의 안색이 대번에 바뀌었다.

"호, 혹시 그렇다면 네 이름이 애버딘?"

"내 이름을 어떻게……?"

꼬마가 움찔거리며 리즈를 정면으로 바라보자 거의 하늘빛에 가까운 푸른 눈에서는 잔뜩 경계의 빛이 드리워진 것이 그대로 보여졌으나, 리즈의 얼굴 표정은 마치 사막에서 오아시스를 만난 사람처럼 반가운 얼굴로 덥석 꼬마 애버딘을 끌어안았다.

"애버딘 맞구나!"

"내 이름을 어떻게 아시죠?"

"흐어어엉~ 내가 얼마나 흑흑, 찾았는데에~"

리즈는 그의 말에 대답 대신 안도의 눈물을 흘리며 그를 더욱 꼭 끌어안았다. 그는 영문도 모른 채 빨개진 얼굴을 수습하려 애쓰며 그녀의 손을 뿌리쳤다.

"왜, 왜 이러세요?"

"흑… 나쁜 놈. 나도 못 알아보고 흐어엉~"

리즈는 자신이 뿌리쳐지자 분했던지 아예 목놓아 울기 시작했다.

"흐엉~ 내가 얼마나 찾아다녔는데 흑흑, 얼마나 흑흑, 무서웠는데 끅~! 어떻게 흐끅! 나도 못 알아봐! 흐어어엉~"

아예 패닉 상태에 빠져 논리 따윈 아랑곳없이 감정적으로 분한 마음만 앞세워 눈물만 펑펑 쏟아내고 있는 리즈를 보고 있자니 애버딘 역시 패닉 상태에 빠져 버렸다.

'여자를 울렸다. 여자를 울렸다아~!'

머리 속에 반복되며 메아리치는 죄책감에 일단 그는 리즈를 달래기 시작했다.

"그, 그러니까 누나 이름이 뭐라고 했죠?"

"흐어어어엉! 리즈야, 흑, 리즈! 흐끅흐끅! 리즈~! 리즈! 리즈으~!"

"네. 아, 알았어요, 리즈 누나."

"애버딘은 흐어어엉~! 날 흑흑, 리즈라고 흐끅~! 불렀어. 흑흑~"

리즈의 말에 애버딘은 비지땀을 흘리며 그녀를 달랬다.

"나보다 3~4살은 많을 것 같은데 어떻게 이름만 불러요?"

애버딘의 말에 리즈의 흐느낌 소리는 거의 발악 정도의 수준으로 바뀌었다.

"우씨! 애버딘이 흐어어어엉! 흐엉! 오빠란 말이야. 흐에에엥~ 애버딘이 흐엉~ 나보다 나이가 훨씬~ 훠어~ 얼씬 많아!!"

거의 거짓 반 울음 반이 섞이긴 했지만 이미 리즈의 페이스에 말려든 그가 리즈의 손아귀에서 벗어날 수 있을 리가 없었다.

"좋아요, 리즈. 좋다구요!"

"우에엥~!"

"이번엔 또 뭐예요?!"

"애버딘은 그렇게 예의 바르지 않아. 느끼한 건 바닥에 왁스칠이 따로 없을 정도고, 싸가진 치킨에 구워 먹을 정도라구. 후엥! 반말 쓴단 말이야, 나한테! 우에에엥~ 나한테 반말 썼단 말이야. 훌쩍훌쩍."

그녀의 말에 애버딘은 머리가 지끈거리는 표정으로 고개를 끄덕였다.

"좋아좋아. 이젠 됐지?"

"꾸에엥~! 우엥! 우에엑~~!"

"뭐… 뭐냐?"

"애버딘은 이렇게 쪼그맣지 않아! 후에엥~!"

"그러니 날더러 어쩌라구?! 흑~"

애버딘은 끝내 눈물을 터뜨리며 자신의 이름을 '애버딘'이라고 지은 사람에게 마음속으로 아낌없는 원망을 퍼부어주었다.

"흑흑… 애버딘이… 흑… 나한테 화를 내다니. 훌쩍훌쩍……"

리즈의 말에 애버딘은 아예 고개를 내저었다. 첫 만남, 또는 어설픈 재회는 리즈의 땡깡과 애버딘의 절망이 뒤범벅된 눈물로 흘러갔다.

"으응… 추워."

몸을 뒤척거리던 리즈는 한쪽 구석에 최대한 몸을 웅크리고 앉은 채 잠이 든 꼬마를 발견하고는 머리를 긁적거렸다. 눈은 떴지만 어째 머리는 더 무겁고 몽롱한 것이 제대로 자고 일어난 것 같지가 않았다.

"내가 왜 여기에 있는 거지?"

몸을 일으키며 꼬마가 있는 곳까지 두세 걸음 걷자 차가운 공기가 그녀의 무겁고 몽롱했던 정신을 되찾아주었다.

'어떡해! 어떡해?!'

정신이 맑아진 것은 좋지만 어제 자신이 저질렀던 일들(?) 역시 조금씩 기억이 되살아나기 시작하자 그녀는 속으로 조바심을 치기 시작했다.

'제정신이 아니었어! 어쩜 좋아.'

그녀는 애버딘이 깨지 않게 조심스럽게 한 걸음 그에게서 뒤로 물러섰다.

'이, 일단 꼬마니까 먹는 걸로 꼬셔보는 거야.'

당황한 그녀는 마법을 떠올리고는 남자아이들이 좋아할 만한 음식들을 줄줄 읊어대기 시작했다.

"고기! 전골도 좋고 스테이크도 좋아! 아, 초콜릿 무스! 사탕! 초콜릿! 과일! 그리고… 그리고… 소다수!"

천장 없는 지붕에선 그녀의 말이 떨어지기가 무섭게 수북한 음식들이 담긴 접시들이 떨어져 내렸다. 만족스런 표정으로 음식들이 차곡차곡 쌓이는 것을 바라보던 그녀의 귀에는 어느덧 놀라움에 가득 찬 탄성이 들려왔다.

"이야~ 이게 다 뭐예요? 혹시 누나 마법사예요?"

애버딘의 목소리에 움찔한 그녀는 간밤의 일이 떠오른 듯 부끄러움으로 발그레해진 얼굴로 그를 바라보았지만, 그는 그녀가 또 울 것이라 착각했는지 진땀을 빼며 손을 내저었다.

"우아아앗! 내가… 내가 잘못했어요. 제발 울지만 말아요."

리즈는 그가 분명 놀리거나 따질 거라고 생각했는데 의외의 반응에 '어라? 이것 봐라?' 하는 표정으로 잠시 동안 애버딘의 행동을 관찰하기로 했다. 그는 수북하게 쌓인 음식들을 바라보며 군침을 삼켰다. 허기가 질 만큼 그의 눈빛이 간절하다는 것을 느낀 리즈는 미소를 지으며 과일을 하나를 그에게 건넸다.

"먹어. 이거 우리 아니면 먹을 사람도 없을 텐데 뭐. 마음껏 먹어도 돼."

그녀의 허락이 떨어지기가 무섭게 그는 자신의 곁에 있던 사과를 덥석 베어 물고는 씨익 미소를 지었다.

"고마워요, 리즈 누나."

"너, 그런데 정말 애버딘이 맞는 거니?"

얼굴에 '100% 보증. 크면 절세의 미녀가 될 소녀'라는 보증 마크가 찍혀 있을 만큼 뚜렷한 이목구비, 상냥할 것 같은 선량한 눈매, 어리지만 묘한 매력이 있는 아이였다. 더군다나 그는 소년! 날이 밝아서인지 지금은 어떻게 내가 애버딘을 몰라봤을까 싶은 생각마저 들 만큼 쏙 빼닮았지만 행동은 그와 대조적이었던 것이다.

"누나는 도대체 어떻게 절 알고 있는 거죠? 혹시 누나 예언가예요?"

"예언가? 글쎄… 난 그런 거 잘 몰라. 다만 네 미래라면 조금 알고 있지."

리즈의 말에 애버딘의 표정이 대번에 구겨졌다.

"역시… 예언가로군요? 뭐, 상관없겠죠. 전 제 미래에 관한 것 크게 알고 싶은 생각 없어요. 누나를 돌봐주는 것에도 관심없으니까, 이제 그만 누나는 누나 갈 길 가보세요."

매정하게 등을 돌리는 애버딘에게 리즈는 그의 호기심을 자극시키기 위해 바짝 약을 올리기 시작했다.

"너, 크게 알고 싶지 않다는 건 사소한 일상의 일들은 알고 싶다는 거지? 네 속마음이라면 내가 훤히 꿰뚫고 있어. 관심없는 척하다가 내가 실망하면 복채라도 깎고 싶은 거겠지. 미안하지만 난 점쟁이도 예언가도 아니야. 복채 같은 건 받지 않아. 공짜라구, 공짜."

"쳇, 그렇게 이야기해 봤자 난 미래를 알고 싶은 생각 같은 거 없어요."

"호~ 이제 보니까 너, 두려운 거구나? 네 미래에 나쁜 일이 생기면 어떻할까 미리 겁먹은 거지?"

"말도 안 돼! 억지 부리지 말아요. 괜히 날 자극해서 어떻게 해보려는 속셈 같은데, 나한테는 단돈 1세르도 없어요!"

예전에 한번 이 마을에도 예언가를 자처하며 떠돌아다니던 노파가 있었다. 그는 그녀를 떠올리며 단도직입적으로 으름장을 놓아댔다.

"보나마나 뻔해요. 누나도 제가 5년 새에 10세르는 클 거라고 하면서 돈을 요구하겠죠? 아니면 멋진 남자 친구라든지… 쳇, 예언가라면서 제가 남자인지도 모르는 한심한 그 예언가처럼 망신당하기 싫으면 그만 물러서요."

입을 삐죽거리며 새침을 떠는 모습이 영락없는 여자아이다. 리즈는 피식 미소를 지으며 그의 뺨을 살짝 꼬집었다.

"아얏! 왜 그러세요?"

"난 돈 같은 거 안 받아. 그리고 네가 말한 그런 건 정말로 이루어져. 특히 네 수명이라면 남들보다 훨씬~ 훨씬~ 길다고 말해주지. 뭐, 네게 말하려는 건 보다 추상적인 것들이야. 네 말 따라 굳이 예언가가 아니더라도 해줄 수 있는 것들이지만, 내가 하는 말은 반드시 이루어져서는 안 될 말이야."

가만히 리즈의 말을 듣고 있던 애버딘의 얼굴에서는 그녀의 말이 흥미롭다는 표정과 말려들면 안 된다는 표정이 교차되었다. 리즈는 그를 좀 더 충동질해 보자고 판단하곤 옆에서 무표정하게 그의 행동을 지켜보고 있을 뿐이었다.

"쳇! 예언가가 아니라고 해놓고선 역시 예언가였던 거야. 그렇죠, 누나?"

"뭔가 듣고 싶다면 그렇게 배배 꼬아서 말하지 말고 단도직입적으로 물어봐. 말했지만 난 예언가가 아니야. 예언으로 돈을 벌 생각도 없고, 유감스럽지만 그럴 만한 능력도 없어."

"헤~ 그런데 누나는 어떻게 미래를 안다는 거죠? 예언가도 아니라면서요. 설마 미래에서 왔다든지 하는 애들도 믿지 않을 소릴 해대는 건 아니겠죠?"

"그래서 듣겠다는 거야, 말겠다는 거야? 뭐, 싫다고 하면 더 이상 강요는 안 하겠지만 공짜라는데 나 같으면 말이라도 들어보겠다."

그녀는 예의 그 포커 페이스적 기질을 발휘하고는, 마치 그런 것은 중요한 것이 아니라는 듯 은근슬쩍 자신이 말하고자 하는 방향으로 화제를 전환시켜 버렸다.

"좋아요, 좋아. 어디 한번 말해 보세요. 내가 반드시 이루면 안 되는 것. 그게 뭐죠?"

그의 초롱초롱한 눈망울을 보며 안도의 한숨을 돌린 그녀는 최대한 그가 알아들을 수 있도록 하기 위해 머리를 굴렸다.

"오래 살면… 사람이 너무… 가령 주변의 사람들은 모두 죽고 온통 새로운 사람들로 주변이 바뀌면 넌 어떻게 할 거 같아?"

"…글쎄요. 죽기를 기다리겠죠. 뭐, 아직 나하고는 거리가 먼 이야기니까요."

"제일 좋은 방법은 빨리 잊고 현실에 적응하는 거야. 잊.어.버.리.는.거."

"그건 너무 무책임한 거잖아요."

"무책임한 게 아니라 책임감이 강한 거야. 언제까지 추억에 젖어 살면서 현실 도피하는 쪽이 무책임한 거야. 책임과 오기를 혼동하지 마. 이미 네 주변이 현실을 향해 달려가고 있는데 정작 너 자신은 과거를 돌아보며 제자리걸음만 하고 있다면 영원히 괴로울 수밖에 없어. 괴로움이 추억이 될 때까지는 잊어버리는 망각 작용도 한몫 톡톡히 하는 거라구. 알겠니? 현실에 적응하는 거야."

만일에 있을 폭주를 사전에 방지하기 위해 그녀는 현실에 적응하라는 말을 몇 번이나 되풀이해 가며 쐐기를 박았다. 그는 약간 수긍한다는 듯 고개를 끄덕이고는 더 말해 보라는 듯 기대에 찬 눈만 깜빡거렸다.

"희생하려 들지 마. 아무리 다수가 잘된다 한들 많은 것을 참아 가며 네가 희생한다는 건 의미가 없는 거야. 세상은… 너의 세상은 네가 있어 존재하는 거야."

리즈의 말에 애버딘은 살짝 눈살을 찌푸렸다.

"그래도 너무 이기적인 거 아닌가요?"

리즈는 고개를 저었다. 물론 그녀도 어쩌면 한 나라를 책임져야 할지도 모르는 자신 스스로가 개인의 책임이니 뭐니 하는 것을 시시콜콜 말하게 될 줄은 몰랐지만, 지금 내뱉는 자신의 말들 하나하나가 그녀 스스로에게 해주고 싶은 말들이었다. 개인이 누릴 권리와 책임은 비례해야 하지만, 정작 강요당하는 것은 책임이었다. 왕은 자신의 백성에게 근엄해 보일 책임 덕분에 자유라는 권리를 얻지 못하고, 백성은 왕에게 맹목적 충성을 바쳐야 하기에 선택할 권리가 없어진다. 개인은 다수를 위해 희생한다지만 때로는 다수가 개인을 위해 희생하기도 한다. 모두 희생을 한다지만 권리, 자유로울 권리를 누린다는 사람은 단 한 사람도 없다.

"너에게 있어 세상이란 뭐니? 네가 살아가는 곳이 너의 세상이야. 만일 수많은 사람들이 힘들게 사는데 그걸 핑계로 너의 희생을 강요한다면 넌 어떻게 할 거야? 만일 네 목숨으로 수많은 사람들의 목숨을 구한다면 어쩔 건데?"

그는 조금의 망설임도 없이 바로 대답했다.

"구해야죠."

"말했잖아. 너의 세상은 네가 있어 존재하는 것이고, 남들의 문제와는 별개로 생각하라구. 그건 네 생을 너 스스로가 포기하는 거야. 왜 그래야 하는데? 누가 알아준다고……."

그녀의 거의 쉰 듯한 갈라지는 목소리에 애버딘은 귀를 막아버렸다.

"더 이상은 듣지 않을래요. 들어봤자 하나도 도움이 되지 않을 것 같아요. 모두 하나같이 지킬 수 없는 것들인데……."

그는 매정하게 고개를 돌려 버렸다. 리즈는 이내 한숨을 내쉬고는 입을 열었다.

"나도 네가 내 말을 곧이곧대로 들을 거란 기대는 하지 않아, 애버딘. 그냥 네가 힘들 때 충동적으로 나서지 말고 내가 한 이야기를 떠올려 보라는 거야. 꼭 도움이 될 테니까. 꼭!"

리즈의 흥분된 듯한 말투에 그는 잠시 주춤하다가 다시 고개를 끄덕였다.

"떠올리는 것 정도라면 얼마든지… 그렇다고 변할 것 같진 않지만……."

"분명히 변할 거야. 생각 역시 사람을 변하게 하는 거니까."

"왠지 날 잘 아는 듯한 말투네요. 누나는… 누구예요?"

"난 리즈야. 리즈. 만난 지 얼마 되진 않았지만 벌써 헤어지게 되었구나. 가능하다면 내가 했던 말들 잊지 말아줘. 그리고 만일 신에게 실망하게 되는 일이 생기더라도 반기는 들지 마. 좋지 않아, 너에게."

그녀의 말에 그가 고개를 갸웃거렸다.

"누나, 어디 가요?"

"내가 있어야 할 곳으로……."

리즈는 말을 끝내기가 무섭게 어린 애버딘의 머리를 쓰다듬었다. 피스의 손으로 추정되는 커다란 하얀 손이 리즈를 향해 뻗어오자 그녀는 애버딘에게 호의가 담긴 미소를 지어주고는 그 손을 잡았다.

피스는 환한 미소를 지으며 리즈를 반겨주었다.

"리즈 언니, 잘 다녀왔어요?"

"덕분에 무사히 다녀왔어."

피스가 창백한 얼굴로 묻자 그녀는 걱정스런 얼굴로 고개를 끄덕였다.

"피스, 괜찮아? 안색이……."

"괜찮아요. 사람을 이동시켜 보긴 처음이라서……."

"이제 앞으로 뭐가 달라지는 걸까?"

"우선 기억의 혼재가 찾아올 거예요. 물론 언니와 나만 그런 거겠지만."

리즈는 주변을 돌아보았다. 나무에 붙어 있는 부적들, 그리고 마치 돌처럼 움직이지 않는 일행들… 곳곳에 열린 워프 게이트들……

"…도대체 뭐가 달라진 거니?"

리즈는 조심스럽게 피스에게 질문을 던지자 그녀는 가볍게 고개를 저었다.

"아직까지는 달라진 게 없어요. 시간을 돌리지 않았으니까… 이 나무를 부순다면 그때부터 알 수 있게 되겠죠. 언니, 이것만은 알아둬요. 절대로 티를 내선 안 된다는걸. 그 드래곤 하트에 대해서도 감출 수는 없겠지만 먼저 말하진 말아요."

"알겠어."

리즈가 심각한 표정으로 고개를 끄덕이며 자신의 배낭 안에 기척을 지우는 마법을 걸어두고는 드래곤 하트를 숨겨두었다. 피스는 다시 한 번 꼼꼼히 주변을 돌아보고는 또 다른 부적을 붙이자 나무는 그 자리에 있지도 않았다는 듯 사라져 버렸다.

그래도 달라진 것이라면…

리즈는 자신의 눈에 안개가 낀 듯했다. 처음에는 온 세상이 희뿌옇게 보여서 당황했지만 눈을 비비고 나니 곧 깨끗하게 모든 것이 보였다. 신전에 서 있는 리도스, 그가 리즈를 바라보며 크게 당황해했다.

"너희 어떻게 온 거야? 어떻게 알고?"

리즈 역시 화들짝 놀란 얼굴로 물었다.

"뭐가 어떻게 된 거지?"

"응? 뭐가 어떻게 되다니? 너희는 나랑 이곳에 왔잖아."

훼이나는 리즈의 배낭 속에 들어 있는 자신의 심장의 고동을 느끼지 못했는지 그저 이애가 왜 자다가 봉창을 두드리나 싶은 의아한 표정으로 그녀를 바라보았다.

"훼, 훼이나 언니! 살아 계셨던 거예요?"

"얘가 왜 이래? 못 본 걸 본 사람처럼……."

"언니는 죽었잖아요?"

"죽다니? 무슨 그런 끔찍한 농담이니? 난 이제 막 너희와 함께 리도스가 걱정돼서 달려온 거잖아."

과거가 변하면 현재 역시 변하는 법이라 했던가. 리즈와 일행들의 기억은 차이가 있는 듯했지만 리즈는 입을 닫기로 했다. 자신의 기억의 혼란은 일행들에게 하등 도움이 될 것이 없기에⋯⋯.

"저⋯ 우리가 이곳에 있는 이유는 뭐였지?"

리즈의 말에 카디프는 자신이 한 말도 모르는 걸까 싶은 생각에 정말 이상하다는 느낌이 들긴 했지만 엘프다운 차분한 어조로 그녀의 말을 받았다.

"모든 것을 원점으로 돌려놓기 위해 이곳에 온 거야. 신을 만나 담판 짓기 위해⋯⋯."

애버딘은 자신의 파타를 내려다보며 생긋 미소를 지어 보였다.

"안 되면 죽기밖에 더 하겠어?"

"도대체 무슨 말을 하고 있는 거야?"

리즈는 놀란 표정으로 일행들을 둘러보다 한숨을 내쉬었다. 적어도 훼이나와 리도스가 무사하다는 것. 리도스가 폭주하지 않고, 모두가 운명에 끌려 다니지 않고 운명을 끌고 나갔다는 것. 이 모두가 달라진 것이지만, 모든 일이 술술 잘 풀린 거라면 자신들은 왜 이 자리에 있는 것일까?

"리즈⋯ 너, 어디 갔다가 온 거야? 도대체 오늘 왜 그러는 건데?"

애버딘이 이상하다는 듯 따져 묻자 피스는 살짝 리즈에게 귓속말을 건넸다.

"말했죠. 티 내지 말라고."

"아, 그… 그래, 미안해."

신전에서 바라본 아렌의 하늘은 그녀가 바라보았던 그 어떤 하늘보다 푸르렀고, 날씨는 금방이라도 잠이 들 만큼 포근했다.

'어떻게 된 걸까?'

주변을 두리번거리던 그녀는 신전 안에 프리스트 네 명이 쓰러져 있는 것을 발견했다. 아마도 훼이나가 죽고 막 자신들이 워프해 왔던 그 시점에서부터 일이 시작되는 듯하다는 생각에, 그녀는 일단 아무런 참견 없이 상황이 돌아가는 것을 관찰하기로 했다. 피스는 그녀의 곁에 바짝 붙어서 또다시 귓속말로 소곤댔다.

"조만간 또다시 신이 우리를 향해 공격해 올 거예요. 신전이니만큼 프리스트들도 우글우글거릴 테고 그만큼 신탁을 받을 수 있는 사람도 많을 테니까요."

그녀의 말에 리즈는 꿀꺽 군침을 삼켰다. 리즈가 어린 애버딘을 찾아간 과거의 시간과 현재까지의 피스와 리즈의 기억은 고인 물처럼 조금도 흘러가지 않았다. 어떤 이유로 쓰러져 있는진 모르겠지만 바닥에 쓰러져 있는 저 네 명의 프리스트들의 속에는 분명 신들이 들어 있을 것이다.

"인간들의 육신이란 역시 불완전하군."

베니펏이 음울한 목소리로 말하자 루시아가 코웃음을 쳤다.

"그런 불완전한 육신을 만든 것도 원한 것도 신들이요, 바로 우리란 이야기죠."

투루는 피스를 흥미로운 얼굴로 바라보았다. 마법도 신력도 아닌, 인간들이 만들어낸 다른 차원의 힘…….

"뭐… 모든 것은 우리들의 시나리오대로다. 잠시 인간의 모습으로 있는 우리를 몇 번 눌렀다고 해서 우리를 이기는 것은 아니지."

"결국 우리들이 만나는 일들은 정해져 있었다는 건가?"

허탈한 얼굴로 카디프가 묻자 훼이나는 버럭 짜증을 냈다.

"떨떨하게 뭐 그런 걸 묻고 그래? 순순히 답해줄 만큼 신이 그 렇게 바보, 멍청일 거라고 생각하는 거야? 하여간 엘프들은 이래 서 싫다니까."

그녀는 수피아를 노려보며 입이 걸걸하기로 소문난 화이트 드 래곤 일족에서도 최고라는 자신의 몇천 년에 걸친 철학이 듬뿍 담긴 울화통 터질 듯한 말들을 쏟아내기 시작했다.

"드래곤 로드의 자리는 아무나 앉을 수 있는 자리가 아니라고, 이 쪼잔한 여편네야! 잘도 우리 사랑스런 자기야를 피곤하게 굴 었겠다? 너 같은 여편네가 뒤로 호박씨나 까대니까 신들이 우리 알기를 똥개같이 알지. 적어도 카시우스님 땐 큰소리치고 살았다 구! 실버 드래곤만이 고귀한 것처럼 고고한 척은 혼자 다 하다니, 확실히 속물들은 어딜 가나 있다니까."

거기에서 그치지 않고 걸쭉한 몇 마디의 욕설들이 수피아를 향 해 던져졌으나 정작 그녀는 그다지 충격을 받지는 않은 듯했다. 오히려 생전 처음 그런 욕설들을 접해보는 카디프의 안색이 조금 창백해졌지만 그것은 양호한 편이었다. 리즈는 한술 더 떠서 그 욕설들에 대한 이해를 하기 위해서인지 옆에 있는 애버딘에게 해 설을 부탁했고, 그런 리즈를 애버딘은 대단하다는 눈빛으로 고개 를 절레절레 흔들어댔으니 말이다. 이에 신들은 수피아와 훼이나 를 번갈아 보며 누가 상전인지 모르겠다는 듯한 표정으로 유심히 그녀들을 살펴보는 중이었다. 그런 그들의 시선을 느낀 걸까? 한 참 시끄럽게 떠들던 훼이나가 입을 다물자 루시아가 흥미롭다는 듯한 얼굴로 훼이나에게 물었다.

"이제 다 한 건가요?"

"다 하긴 뭘 다 했다는 거야? 흥! 염감탱이가 루시아라고 했었지? 아무튼 그 변태 같은 낯짝으로 날 보지 마. 확 브레스 뿜어버리고 싶어질 것 같으니까 말이야."

"하핫, 그렇게 칭찬을 해주시다니 몸둘 바를 모르겠군요."

루시아와 훼이나가 한바탕 서로에 대해 욕설을 퍼붓는 동안 투루는 날카로운 눈빛으로 리즈를 바라보았다.

"아가씨가 장애물이 될 줄이야. 아가씨는 분명 우리 계산 속에 있었는데도 장애물이 되고 말았거든. 정말 의외야."

리즈는 무엇 때문에 자신을 장애물이라고 하는지 알 수 없었지만, 일단 투루의 '장애물'이라는 말에 발끈했는지 이제까지 자신이 얌전히 있었다는 사실이 무색할 정도로 그에 대해 비난을 퍼부어댔다.

"장애물? 장애물이라구요?! 창조자라면 창조물에게 그런 식으로 대하는 건가 보죠? 착각하지 말아요, 위대한 신님! 당신들이 게임하듯 즐기는 순간에도 창조물들은 그 결정을 받아들이지 않고 잘난 운명과 싸우고, 당신들을 원망하고 있는 거랍니다. 당신들이 진정으로 전지전능하다면 당신들의 일에 우리를 끼워 넣지 말아요. 인간은, 우리들은, 저는! 장난감도 도구도 아니에요!"

새빨개진 얼굴로 열변을 토하는 리즈를 애버딘이 황급히 말렸다.

"리즈, 그렇게 말한다고 해결되는 문제가 아니야."

"그럼, 어떻게 해? 손 놓고 잘나신, 위대하신 신의 뜻대로 모든 일이 결정되길 기다려야 하는 거야?"

애버딘은 자신의 근처에 있던 투루의 곁으로 다가갔다.

"당신이 리절트의 주신 투루라고 하셨던가요?"

다소 건방진 애버딘의 말투에 그는 험악하게 인상을 찌푸렸다.

"그렇다면?"

애버딘은 예의 부드럽고 선량하기 그지없는 미소를 지으며 리즈를 바라보았다.

"이게 바로 내 대답이야."

트로의 안면을 향해 있는 힘껏 주먹을 날린 애버딘은 모두가 뻥진 얼굴을 하고 있는 가운데 넘어진 투루를 향해 아까와는 다른 냉랭하기 그지없는 조소를 지었다.

"이 쪼잔한 신아! 아프냐? 열받아? 이게 인간인 우리가 신인 너희들에게 느끼는 감정이야. 불행히도 너희 신들이 인간의 몸을 차지했을 때가 아니고는 이렇게 패지도 못하지만."

"보는 내가 다 속이 후련하다! 잘했어."

리즈의 말에 어깨가 으쓱해진 애버딘은 여전히 뻥진 표정의 그들을 돌아보며 혀를 낼름거렸다.

"당신들이 만들어낸 인간이란 생물은 당신들을 조롱할 만큼 발전했어. 그렇다고 인간들을 버린다면, 멸망시키겠다면, 당신들이 우리 인간들보다 낫다고 할 만한 게 뭐지? 드래곤이 마음에 안 든다고 우리까지 세트로 말아먹으시겠다? 우리가 무슨 수프 먹을 때 덤으로 주는 빵인 줄 알아? 기가 막혀서……."

애버딘의 말에 잔뜩 열받은 투루가 뿌드득 이를 갈아댔다.

"네 말대로 쪼잔한 신이 무슨 일을 벌일지 겁은 나지 않는 모양이군. 감히 내게 시비를 거는 걸 보면."

그의 말에 얼굴이 빨개진 로잔이 투루를 조용히 나무랐다.

"그게 무슨 유치한 말씀입니까? 인간과 눈 높이를 맞추시려는 건가요? 저희는 신입니다. 저희가 관리해야 하는 것은 인간뿐만이 아닙니다. 그런데 언제까지 인간에게 시간을 낭비하고 있을 셈인가요? 그들의 말에 현혹되어 일을 그르치지 마세요."

"로잔님이야말로 재미없게 그렇게 딱딱하게 굴 것 없지 않습니까. 이렇게 당돌한 인간들은 이제 찾아보기도 쉽지 않으니… 그러지 말고 우리 내기하는 건 어떨까요?"

"내기?"

"무슨 내기 말씀입니까?"

양쪽 모두 흥미로운 듯한 얼굴로 루시아를 바라보자 그는 흡족한 얼굴로 도박의 신답게 술술 이야기를 풀어 나갔다.

"어차피 우리들에게 대항하겠다는 것은 파멸을 가져다 주는 것입니다. 그것은 저 아가씨들, 저들 일행 모두라도 피해갈 수 없는 일이지요. 일행들이 지닌 동전으로 소원을 빌면 자신들의 종족은 살아남을 수 있겠죠. 그러나 쉽진 않을 겁니다. 그 동전은……"

루시아는 자신의 왼손을 펼쳐 보이며 그의 손에 들린 동전을 확인시키듯 오른손으로 집어 들었다.

"그 동전은 바로 여기 있으니까요."

애버딘 일행은 당황한 듯 루시아를 바라보았으나 그의 손에 들려 있는 것은 분명히 소원의 동전이었다. 그는 잠시 눈을 감았다 뜨면서 그의 손에 들려 있던 동전을 흔적도 없이 감춰 버렸다.

"동전을 원래 있던 곳으로 되돌려 놓았습니다. 제한 시간은 한 달. 동전을 찾아 자신의 종족을 살려달라고 애원해 보세요. 그리고 우리를 한번 불러내 보시죠. 물론 신탁이라든지 인간의 육체를 빌린 것이 아닌, 완전체의 우리들을 불러내셔야 합니다. 인간들에게 그 정도의 능력이 있다고 하면 우리들도 조금은 생각이 바뀔 테지요. 그리 손해보는 게임은 아닐 텐데, 어때요?"

즐거움을 기대하는 어린아이의 눈처럼 빛나는 루시아의 눈에 오싹 소름이 끼친 애버딘은 재빠르게 그의 말을 받았다.

"만일 싫다고 하면?"

"그런 유감스러운 대답이 나온다면 저희는 그냥 계획대로 일을 처리할 수밖에 없겠죠."

유들유들한 그의 말투에 애버딘은 주먹을 꽉 쥐었다. 정말 패주고 싶을 정도로 밉살스러운 제의지만 그들에겐 선택권이 없었다. 그러나 외교에 능통한 리즈는 조금이라도 더 많은 정보를 빼내기 위해 물에 빠진 사람이 지푸라기나마 잡고 매달리는 심정으로 루시아를 향해 질문을 던지기 시작했다.

"물론 내기에서 진다면 그에 상응하는 대가가 있겠죠?"

"호~ 아가씨는 뭔가를 좀 아는군요. 훗, 그렇게 긴장할 것까진 없어요. 대가라고 해도 대단한 게 아니니까. 당신들이 진다면 우리는 우리들의 계획대로 밀고 나갈 테니 당신들의 당돌한 영혼을 갖게 되는 것이 그 대가라면 대가겠죠. 사실은 뭐, 이러니저러니해도 크게 다른 것은 없답니다. 당신들이 내기에서 이기지 않는 한 말이죠, 하하."

애버딘은 짜증 섞인 얼굴로 루시아를 바라보았다. 같은 인간의 모습을 하고 있을지언정 그 속에 들어 있는 것은 신이라고 불리는 자이니 묘한 이질감마저 드는 것이 점점 화가 치밀어 올랐다. 그러나 지금 화를 낸다고 해서 자신들에게 좋은 일은 하나도 없다는 것을 잘 알고 있는 그로서는 그저 치밀어 오르는 화를 꾹꾹 눌러 참는 수밖에 없었다. 주먹이 운다는 것은 바로 이런 상황에서 쓰는 이야기이리라.

"좋아요. 대신 당신들의 기준이 아니라, 철저하게 인간의 시선으로 우리를 지켜보도록 하세요. 솔직하게 까놓고 말해서 이 애버딘이 바보같이 맹목적으로 누군가의 말을 따르는 프리스트들처럼, 아니, 누군가의 장난감이 될 정도로 시시한 놈이라고 생각하진 않거든요."

자신의 기분을 최대한 억눌러 가며 정중한 말투를 내뱉는 애버딘을 거칠게 밀쳐 내며 리도스가 같잖다는 듯 오만상을 찌푸렸다.

"드래곤을 완전히 똥개 보듯 하는군! 드래곤 모두에게 선전 포고를 하듯 오만하게 굴더니만, 이번엔 감히 날 밀어제쳐 두고 인간과 놀아보시겠다?!"

누군가가 말릴 틈도 없이 그는 작은 빛의 구를 만들어내고는 마치 누구에게 던져 버릴까 고르는 듯한 눈으로 신들을 훑어보았다. 그의 손에 들려진 빛의 구에선 쉴 새 없이 스파크가 일어나는 것이 작긴 하지만 상당한 위력을 지니고 있다는 것을 암시해 주는 듯했다.

"내가 너희 모두를 없앨 수는 없겠지만 빌어먹을 육체에서 분리시켜 버릴 수는 있다는 걸 깨달았어."

"어떻게?"

훼이나가 흥미로운 표정으로 그의 말에 끼어들어 참견을 하자, 리도스는 분위기를 흐려놓는 그녀가 불만스러운 듯 은근슬쩍 자신의 눈에 힘을 주어 그녀를 흘겨보고는 이내 입을 열었다.

"육체를 없애 버리면 돼. 간단하잖아? 불완전하고 연약하기 짝이 없는 인간의 육체이니만큼 밟아버려도 그만이고 말이야."

리도스의 말에 순간 피스의 몸이 움찔거렸다. 일행에게 상냥했다고 한들 그는 태생이 드래곤이다. 인간이라는 종족은 드래곤의 관점에서 볼 때 바닥에서 스멀스멀 기어 다니고 있는 벌레와 크게 다를 것이 없다. 뭐 하러 인간들의 존재 여부를 신경 쓰겠는가.

가볍게 무시하면 그만인 것이다. 인간들 주변의 식물들이나 곤충에게 그러하듯……

"그래서 지금 시비라도 걸어보겠다?"

루시아의 말에 리도스는 어딘가 모르게 사악해 보이는 미소를 지으며 스파크로 불꽃마저 튀고 있는 빛의 구를 루시아를 향해 던져 버렸다. 파지직거리는 소리와 함께 맹렬한 기세로 날아간 빛의 구가 미처 손쓸 틈도 없이 루시아의 가슴을 꿰뚫고 지나가자, 그의 눈에는 이제까지의 증오스러울 정도로 기세등등한 오만함이 서려 있는 그것이 아닌, 허무함과 분함이 그대로 실린 채 쓰러져 버렸다. 신이라고 한들 겉은 견습 프리스트. 드래곤과 같이 생각하는 것만으로 마법을 만들어낼 수는 없는 법이다.

"도전인가?"

이제까지 가만히 있던 베니핏이 특유의 어눌한 말투로 묻자 그는 코웃음을 쳤다.

"도전? 오크 허벅지 뜯는 소리하고 있네. 착각하지 마! 난 너희들이 꼴 보기 싫어서 쫓아내고 있는 것뿐이야. 유감스럽게도 전쟁을 치를 생각은 없거든."

리도스의 말에 바짝 긴장하고 있던 애버딘 일행은 안도의 한숨을 내쉬었다. '고래 싸움에 새우 등 터진다'고 그들의 싸움은 레벨이 틀리다. 말리거나 제재를 가할 수 있는 것은 그들의 레벨을 훨씬 뛰어넘어야 가능한 이야기인만큼 애버딘 일행에겐 일단 신들과 리도스의 전투는 벌어지지 않는 편이 반가울 수밖에 없다.

"너희들에게 어울릴 만한 육체를 만나게 되거든 그땐 기꺼이

상대가 되어주겠지만, 지금의 너희는……."

리도스는 가소롭다는 눈빛으로 신들을 쭉 훑어보며 천천히 입을 열었다.

"너무 재미없는 녀석들이야."

"하긴, 리도스는 약해 빠진 자는 상대하지 않는 주의였지?"

훼이나가 옆에서 한마디 거들자 신들은 자존심에 큰 상처를 받았는지 울컥한 표정으로 그들을 노려보았다.

"그럴지도 모르죠. 그렇지만 상관없어요. 이건 진정한 우리의 모습이 아니니까요. 우리의 힘은……."

그녀가 잠시 말을 멈추고 왼손을 들어 보이자 놀랍게도 마나의 기운이 그녀의 손을 향해 모여들기 시작했다.

"파이어 볼!"

그녀의 입에서 주문이 떨어지자마자 거의 어린애 크기만한 불의 구가 무서운 속도로 리도스를 향해 날아들었다. 애버딘이 두 눈을 질끈 감으며 절망 어린 표정으로 리도스가 있던 방향을 외면해 버리는 순간, 카디프가 애버딘의 목덜미를 잡아끌며 언제 뚫어두었는지 바닥에 그려진 워프 게이트로 뛰어들었다.

"후후후, 인간의 모습으로 있는 것이 약점인 자는 신들만이 아니란 건가?"

"우왓! 리도스!"

리도스의 목소리에 놀란 애버딘은 주위를 둘러보았다.

언제 이곳으로 워프를 한 것인지… 리도스를 가운데에 두고 신들과 맞은편에 거리를 두고 떨어져 있는 자신들을 발견할 수 있었다.

"너희는 인간의 모습에서 벗어나면 안 되겠지만 난 사정이 틀리다구."

의기양양한 표정으로 콧김을 뿜어대던 그는 신들을 향해 계속해서 비아냥거렸다.

"뭐… 결계 친 솜씨만큼은 칭찬해 주지. 신전의 어디 한 군데도 손상된 곳이 없다는 건 그나마 너희들이 웬만한 인간들보다 높은 경지에 있다는 거니까 말이야."

신전의 지붕은 이미 리도스의 다섯 개의 머리에 마치 앙증맞은 장신구처럼 대롱대롱 매달려 있었고, 신전 자체는 몸에 맞지 않는 옷을 억지로 껴입으면 그러하듯 조각조각난 채로 그의 발 아래로 떨어진 지 오래였다.

"이봐, 리도스. 너, 우리까지 죽일 셈이야?!"

앙칼진 리즈의 목소리에 엄숙하던 리도스의 목소리가 움찔거렸다.

"핫하하! 안 죽었잖아. 그럼 됐지, 뭘 그런 걸 가지고 그래. 실수좀 한 걸 가지고."

리도스의 말에 성난 살쾡이 같던 리즈의 목소리가 한층 더 사나워졌다.

"뭐어엇~?! 그래, 네 목숨 아니다 이거지이잇~?! 배짱 부릴 걸 부려. 나 죽이고 나서 '앗차! 실수했네' 그러면 그걸로 끝이라는 거야?!"

"…마법 지팡이 하나……."

"호호홋! 그걸 가지고 흥정하시겠다?"

"추가로 내 이빨 하나."

리도스의 말에 그녀는 단단히 화가 났는지 몸을 부르르 떨며 간신히 고개를 들어 보였다. 애버딘을 비롯한 일행들은 여차하면 그녀를 말리기 위해 그녀의 곁에 바짝 붙어 섰다. 한참 동안 리도스를 노려보던 그녀의 입에서 떨어진 말, 그것은…….

"…일봐."

"훗! 역시 마법 마니아라 이건가? 아무튼 좋아, 거래 완료. 앞으로도 네 목숨은 네가 관리하는 거다."

"이… 이봐, 그런 게 어딨어?!"

"흥! 내 이빨 값은 비싸다구."

리즈의 당황한 듯한 목소리에 리도스가 가차없이 쏘아붙이고는 그대로 신들을 향해 발길질을 시작했다. 육중한 몸이 이리저리 움직이자 마치 커다란 지진이 일어난 것처럼 땅이 갈라지며 모든 것을 땅 아래로 집어삼켜 버리자, 이제까지 나무 위에 편안하게 쉬고 있었을 새들은 자신들의 몸을 보호하기 위해 일제히 날아올랐다. 애버딘 일행 역시 자신들의 몸을 보호하기 위해 카디프가 만들어놓은 워프 게이트로 다시 한 번 뛰어들었고, 덕분에 무사히 아렌으로 도망칠 수 있었다.

"으… 이건 너무했잖아."

드래곤인 휘이나마저 인상을 찌푸리며 고개를 젓자 이제까지 가만히 있던 애버딘의 안색이 새파랗게 질려 버렸다.

"저, 저기……."

"뭐? 저기에 뭐가 있는데?"

애버딘이 가리키는 방향으로 얼굴을 돌린 리즈는 무심코 내뱉은 자신의 말에 소스라치게 놀라 버렸다.

"어?! 저기 있던 산 어디 갔어?!"

"…이런, 리도스가 정말 화가 단단히 난 모양인데 얼른 게이트 하나 더 뚫어!"

훼이나의 말이 끝나기가 무섭게 바닥에선 거대한 워프 게이트가 새겨졌다.

"서둘러. 안됐지만 아렌은 사라질 거야."

피를 연상시키는 섬뜩한 붉은빛의 한줄기의 섬광이 아렌의 하늘을 뒤덮었다. 그리고 그 빛은 점차 아래로 내려왔고, 마침내 바닥을 붉게 적셨다. 그것이 애버딘과 그 일행들이 마지막으로 보게 된 아렌의 풍경이 되어버렸다.

"드래곤 역시 인간에 대한 관점이라면 신과 크게 다를 바가 없어. 괜한 기대를 갖는 쪽이 잘못이야."

훼이나의 말에 애버딘의 눈동자가 붉게 물들었다.

"그런 말이라면 그만둬요. 난 그런 걸 따지고 싶은 생각 없으니까. 난 그곳에 내 의형과 집과 마을에서 뛰어다녔을 꼬마 녀석들을 떠올리는 것만으로도 어이가 없어지니까… 그런 말이라면 가만히 있어요!"

애버딘은 자신의 격한 감정을 지그시 누르며 리도스가 나타나기를 눈이 빠지도록 기다렸다. 마침내 리도스가 멀쩡한 얼굴로 나타나자 애버딘은 자신의 파타를 휘둘렀다. 자칫하면 리도스의 목이 베어졌을지도 모를 일. 훼이나는 도끼눈을 치켜뜨며 애버딘의 멱살을 잡았다.

"이게 무슨 짓이야?! 우리 자기를 죽일 셈이야?"

"그 정도로 죽는 드래곤이 세상에 있기나 한가요?"

애버딘의 말에 리도스는 너털웃음을 터뜨렸다.

"훼이나, 그만둬. 그 녀석의 말대로야. 이 정도로 죽는 드래곤은 세상에 없어."

"무슨 생각으로 그랬어? 단순히 열받는다고? 그래서 아렌에 살고 있는 사람 따위는 안중에도 없다, 그런 거야?!"

애버딘이 따지듯 묻자 리도스는 금시초문이라는 표정으로 그를 바라보았다.

"무슨 소리야? 이곳에 사람은 애초부터 없었어."

"사람이 없다니? 무슨 소리야!"

그 말에 이제까지 조용히 있던 카디프가 애버딘을 뜯어말렸다.

"사람은 없었어. 생명 탐시 마법을 걸어봤었는데… 이상하게도 누군가에 의해 마을 사람 전체가 사라진 듯해."

"거짓말 아니지?"

"엘프가 하는 말까지 의심할래?"

훼이나가 기가 막힌다는 듯 애버딘을 윽박지르자 애버딘은 미심쩍은 표정으로 카디프를 한참 동안 바라보다 이내 고개를 끄덕였다.

"그래, 믿어. 엘프가 아니라 카디프의 말이니까 믿어."

"그래, 진작 그렇게 나와야지. 이제 어떻게 할 거야?"

"난 돌아가야 해. 언제까지나 성을 비워둘 수는 없는 일이야."

"잘 생각했어, 훼이나. 어차피 같이 있을 수도 없는 거 지금 돌아가. 수피아님, 당신의 죄 값은 원로회를 소집해서 묻도록 하겠습니다."

리도스는 냉랭한 눈으로 수피아를 바라보았지만 그녀에게는 지금 리도스의 말이 귀에 들어올 정도로 뚜렷한 정신은 남아 있지 않았다.

"일단 내가 감시하도록 할게. 어차피 지금의 그녀는 드래곤 로드의 자리를 대신할 만한 자질이 되지 않으니까. 이런 음흉한 드래곤을 계속 드래곤 로드의 자리에 두느니 차라리 떼떼를 세워두는 게 낫겠어. 그럼 나중에 또 기회가 되면 보기로 하지."

훼이나는 워프 게이트를 뚫어버리고는 멍한 얼굴로 서 있는 수피아와 함께 그 자리에서 사라져 버렸다.

"음… 다음에 훼이나에게 한턱 단단히 내야겠는걸?"

리도스의 중얼거림에 리즈는 피식 웃음이 새어 나왔다. 분명 리도스는 훼이나를 좋아하고 있는 것이다. 본인은 아직 잘 모르지만… 언젠가 깨닫는 날이 오게 되겠지. 그러던 리즈는 문득 자신들의 주변에 떼떼가 보이지 않는다는 것을 깨달았다.

"떼떼는 어디에 있어?"

"아, 아… 레이피어 던전에 잠시 피신시켰어."

리도스의 말에 리즈가 정말 어디까지가 변한 것인지 분간이 되지 않았다.

'피스는… 어떤 걸까?'

흘끔 피스를 바라보던 리즈는 너무나도 태연한 그녀의 표정에 의아한 생각이 들었다.

'어떻게 처음 해보는 것이라면서… 저렇게 무덤덤할 수가 있는 거지? 피스가 원래 저런 아이였던가? 아니면 주술사들은 다 저런 걸까? 게다가 강해도 너무 강한 거 아닌가? 신들도 우리가 과거에 다녀왔다는 걸 알지 못한 것 같은데……'

한번 터지기 시작한 호기심은 점점 피스에 대한 의혹을 만들어 냈다. 주술사라고 해도 어떻게 저렇게 강할 수가 있는 건지, 게다가 그 정도 강하다면 왜 다크처럼 전쟁을 일으키고 싶어하는 나라에서 그녀를 가만히 내버려 두는 건가. 나라에서 직접 기른 것이나 다름없는 그녀인데, 그녀의 강함을 몰랐다는 것은 말도 안 되는 일이다.

"소원의 동전은 어떻게 해? 다시 던전으로 가야 하는 거야?"

애버딘이 루시아의 말이 떠올랐는지 살짝 인상을 찌푸리며 동전에 대해 묻자 리도스는 살짝 고개를 저었다.

"내 물건을 내가 못 꺼내오겠어? 동전 쪽은 염려 마. 정확한 지점을 아니까 워프를 해도 금방 해."

"어? 그런데 왜 우릴 그 고생을 시킨 거예요?!"

피스가 따지듯 리도스에게 달려들자 그는 어색한 미소를 지으며 말을 이었다.

"시간 좀 벌어두려고 그랬지 뭐. 너희들이 커틀러스를 가지러 가는 동안 신들과 이야기 좀 하려고 했던 거고… 아무튼 내가 잘못했어."

"순순히 잘못을 시인하다니 왠지 리도스가 아닌 것 같아."

리즈의 말에 리도스는 빙긋 미소만 지을 뿐이었다.

"뭐, 나도 지은 죄가 있으니까… 애버딘이 화가 풀렸다면 지금 당장 떼떼부터 찾으러 갔으면 싶은데, 어때?"

"내 화가 풀렸든 그렇지 않든 그런 것보다 일단 떼떼가 중요하니까 움직이자."

애버딘의 무뚝뚝한 말에 리즈는 애버딘의 빰을 꼬집었다.

"아얏! 왜 그래?"

'바보야, 아렌이 날아가지 않았으면 아마 다 죽었을 거야. 매태오를 썼던 것 뒷수습하는 거보다는 인명 피해 없이 작은 마을 하나 없어지는 게 낫잖아.'

리즈는 땍땍거리는 애버딘을 향해 속으로 팩 쏘아주었지만, 애버딘이 독심술을 배우지 않은 이상 그녀의 속마음을 알 리가 없었다.

"너, 아까부터 좀 이상해. 왜 그러는 건데?"

"내가 뭘?"

"마을 때문에 싸우는 거라면 그만둬. 이번에 갈 때 드워프들에게 마을을 하나 지어달라고 부탁할 테니까. 어차피 나 때문에 생긴 일, 책임질게."

리도스의 말에 애버딘은 조금이나마 마음이 풀린 듯 겸연쩍은 미소를 지으며 팔을 앞으로 쭉 뻗었다.

"자, 그렇게 결정했으면 가자! 리도스, 떼떼가 있을 만한 곳은 네가 더 잘 알겠지?"

"지난번에 한번 다녀왔으니까⋯ 레이피어가 있는 곳이라면 정확하게 알지. 떼떼가 있는 곳으로 바로 워프할 테니까 염려 붙들어 매."

"제발 그래줘."

리즈의 구박이 쑥스러웠는지 리도스는 머리를 긁적이며 워프 게이트를 열었다.

던전 속에서…

"떼떼?"

"떼떼야! 어딨어?"

"리도스, 떼떼가 있는 곳으로 바로 온다고 하지 않았어?"

"이상하다. 분명 이곳으로 보냈는데… 혹시 밖으로 나간 건가?"

드래곤만이 들어갈 수 있는 비밀의 방 안까지 편법을 써서 들어왔건만, 있어야 할 떼떼가 보이지 않자 일행들의 시선이 리도스에게로 집중되었다.

"혹시나 해서 하는 소린데요… 저… 커틀러스 구하러 갔을 때처럼 또 동굴 안을 헤매고 다니거나 하는 건 아니겠죠?"

피스의 조심스러운 질문에 리도스는 땀을 삐질삐질 흘렸다.

"저… 그게… 아마도 뒤져야 할 것 같은데……."

"설마, 여기도 커틀러스가 있었던 곳처럼 이상한 벌레들이 있다거나 스켈레톤이 있다거나 하진 않겠지?"

리즈의 질문에 리도스는 먼 천장을 바라보며 그녀의 시선을 회피했다.

"리도스, 혹시나 해서 묻는 말인데, 이곳 드워프들이 살고 있지는 않겠지?"

카디프마저 합세해서 질문 공세를 펼치자 리도스는 애처롭게도 답을 회피하기 위해 귀까지 후비며 열심히 딴청을 부렸다.

"리도스!"

애버딘마저 리도스를 불러 젖히자 이제까지 딴 짓을 하던 리도스는 땅에 털썩 무릎을 꿇어 앉고는 최대한 비굴한 표정으로 두 손을 모아 싹싹 빌기 시작했다.

"내가 잘못했어. 제발 그만 해 줘. 응? 응?"

"…저기 난 네 신발에 뭐 묻었다고 이야기하려던 참이었는데……."

"그, 그래?"

"자, 리도스 놀리는 건 이쯤 해두고, 떼떼 찾으러 가자. 리도스, 우리 어떻게 할까? 편 갈라서 갈까?"

리즈가 아무래도 떼떼가 몬스터라도 만나면 어쩌나 걱정이 되었던지 제일 먼저 의욕적인 반응을 보이자 리도스는 고맙다는 표정으로 고개를 끄덕였다.

"의사 소통이 되는 몬스터를 만나면 내가 보냈다고 하면 공격하지 않을 거야. 걱정 말고, 함정만 잘 가려서 다니면 돼. 리즈 말대로 편을 가르는 게 좋겠지?"

"음… 리즈랑 애버딘, 나머지는 리도스 따라서 가자."

"어? 왜 일행이 그렇게 나눠지는 거죠?"

피스가 불만스러운 표정으로 카디프에게 항의하자 그는 간단하다는 표정을 지어 보였다.

"떼떼의 엄마랑 아빠니까 둘이서 가는 게 당연하잖아? 그리고 우리야 리도스랑 다니는 쪽이 좋지. 애버딘이라면 함정 해체도 잘 할 테고."

"그건 억지죠. 제가 애버딘님과 갈 테니까 언니는 리도스님과 카디프님하고 같이 가세요."

"피스, 너 길치라며? 길치는 사람이 많은 안전한 쪽으로 가는 게 좋지 않겠어?"

"카디프님, 끈질기시네요. 이쪽에 사람이 어딨어요? 드래곤과 엘프인데… 뭐, 아무튼 좋아요. 그럼… 만일 애버딘님께서 떼떼를 먼저 발견하시게 되면 이 구슬 보이죠? 이걸 땅에 묻어주세요."

피스가 건네준 구슬을 만지작거리던 애버딘은 신기하다는 듯 호기심을 보였다.

"이 구슬을 땅에 묻으면 뭐가 어떻게 되는 건데?"

"애버딘님이 어디 있는지 현재 위치를 알 수 있게 돼요."

"호~ 신기하다. 어떻게 아는 거야?"

"거기선 보통 사람이 들을 수 없는 높은 소리의 발신음이 나거든요. 음… 리도스님과 카디프님은 들을 수 있을지도 모르겠어요. 아무래도 사람들에 비해 청각이 훨씬 예민하실 테니까. 여러 가지로 저희 쪽에선 유리하죠."

"우리가 먼저 발견할 때는 그렇다 치고 피스 쪽이 먼저 발견하면 우린 어떻게 해?"

리즈의 질문에 피스는 난감하다는 듯 고개를 갸웃거렸다.

"음… 글쎄요. 마법이랑 주술은 서로 약간 상반되는 것들이 있어서 말이죠… 저한테는 방법이 없네요. 리도스님이나 카디프님,

그리고 리즈 언니는 마법사잖아요. 마법사끼리 의사 전달하는 마법 같은 거 뭐 없어요?"

"리도스, 너 텔레파시 같은 거 잘하지 않아? 드래곤들은 그런 거 잘하던데……."

"당연하지. 명색이 마법의 종족인 드래곤인데 텔레파시 하나 못하겠어? 텔레파시 보내는 거야 일도 아니지. 그럼, 우리가 먼저 발견했을 땐 리즈에게 텔레파시 보내면 되는 거지?"

"그래, 리즈에게 네가 찾았다고 텔레파시 보내면 리즈가 그 구슬을 땅에 묻고 우리가 애버딘이 있는 곳으로 가면 되지 않겠어? 아무래도 이쪽 지리에 밝은 리도스가 애버딘을 찾는 편이 애버딘이 우리 찾아 헤매는 것보다 여러모로 나을 테니까."

"난 상관없어. 피스는 어때?"

"저도 뭐, 상관없죠. 일단 리도스님과 함께 가는 거니까 아무래도 리도스님의 의견에 따르는 게 좋을 듯싶어요."

"그래. 그럼 북쪽은 함정이고, 그애도 여기서부터 헤매지는 않았을 테니까 아래쪽부터 가는 게 어떨까? 아참! 내가 한 가지 깜빡했는데… 여긴 드래곤만이 출입할 수 있도록 해놓았거든. 밖으로 나가려면 벽을 통과해야 하는데… 너희는 드래곤이 아니니까 그냥 다같이 워프 써서 갈림길까진 함께 가자."

리도스는 곧바로 워프 게이트를 만든 뒤 일행들과 함께 갈림길에 들어섰다.

"여기서부터 우리는 위로 갈 테니까 애버딘, 넌 좌측으로 가줘."

"알겠어. 그럼 나중에 보자."

"애버딘님, 몸조심하세요. 리즈 언니, 나중에 봬요."

"피스도 몸 조심해."

"다들 나중에 봐."

"조심해라."

리도스와 헤어진 애버딘과 리즈는 계속 이어지는 길을 걸으며 서로 어색함을 느꼈다. 여행하면서 단둘만 있어 보기는 처음이었고, 특히 리즈는 자신의 또래와 어울려 볼 기회가—남자라면 더 어울리기 힘들었다—전혀 없었기 때문에 더욱 조용할 수밖에 없었던 것이다.

"다리 아프지 않아?"

30분째 이어지는 길을 걷기만 하다 문득 지루해졌는지 애버딘이 처음으로 리즈에게 건 말에 그녀는 고개만 흔들었다. 아래로 방향을 바꾸고 꽤 오랫동안 걸었는데도 한참 동안 침묵이 이어지자 영 갑갑한 생각이 들었는지는 리즈가 말을 걸기 시작했다.

"떼떼… 괜찮겠지?"

"그래도 명색이 드래곤인데 괜찮을 거야."

"지난번 던전보다 훨씬 조용하지 않아?"

"그러게. 지난번보다 길만 단순히 긴 것 같아. 별다른 함정도 없고."

한참을 또다시 말없이 걷던 리즈는 갑자기 미소를 터뜨렸다.

"풋… 푸후훗… 애버딘, 왠지 우리 우습지 않아?"

"뭐가?"

"둘만 있다고 긴장하는 거. 서로답지 않게시리."

리즈의 말에 애버딘은 마치 지금 무슨 소리를 하는 거냐는 듯 두 눈을 동그랗게 치켜뜨며 물었다.

"오호! 이제 보니 너, 긴장하고 있었던 거였어? 그렇다고 나까지 세트로 넘겨짚으면 안 되지. 난 아무렇지도 않거든."

애버딘의 너스레에 리즈는 어이가 없다는 듯 피식거렸다.

"하여간 애버딘, 너 능글맞은 건 알아줘야 해."

"하핫, 뭐, 심심하지 않아서 좋잖아."

"난 너 같은 사람은 처음 봤어."

"그래? 하긴 나 같은 미남이 너무 많으면 곤란하지 않겠어? 이 멋진 모습에 사람들이 밤잠을 못 이룰 테니까. 하핫!"

"그런 말하고 나면 쑥스럽지 않아?"

리즈가 정색을 하며 질문을 하는데도 애버딘은 뭘 당연한 것을 묻느냐는 듯 고개를 끄덕여 댔다.

"당연하지! 쑥스럽긴 뭐가 쑥스럽다는 거야? 잘생긴 걸 잘생겼다는데."

그의 말에 리즈는 골치 아프다는 듯 고개를 설레설레 흔들어댔다. 20여 분을 그렇게 이야기하며 걷다 보니 긴장감은 이미 풀어질 대로 풀어진 지 오래였으며, 너무 지루해서인지 하품까지 늘어질 정도였다. 혹시라도 있을지 모르는 떼떼를 찾아 주변을 두리번거리던 그들은 지루한 표정을 감출 수 없었다.

"있지, 애버딘. 이곳은 함정이나 몬스터도 없나 봐."

"왜?"

"전의 동굴 같았으면 벌써 돌이 떨어졌거나 화살이 빗발쳤을 텐데……."

그녀의 말이 끝나기도 전에 마치 기다렸다는 듯 '딸깍' 하는 소리가 들려왔다. 순식간에 불길한 예감에 휩싸인 그들은 누가 뭐라고 할 것도 없이 불안한 표정으로 서로를 바라보았다.

"…리즈야, 혹시 뭐 밟았니?"

"으응… 발에 뭔가가 밟히는데?"

"우왓! 엎드려!"

리즈의 말에 애버딘은 긴장한 듯 리즈를 밀쳐 내고는 자신도
땅에 납작 엎드렸다.

'쏴아아' 하는 날카로운 바람 가르는 소리와 함께 마치 비라도
내리듯 화살들이 날아들었다.

"애버딘, 괜찮아?"

"괜찮아. 일어서지 말고 그대로 기어서 가자."

"뭐?! 또?"

예전의 상처가 채 아물기도 전에 또다시 포복 자세라니… 리즈
는 한숨이 저절로 나왔다.

'떼떼 녀석, 제자리에 가만히 있을 일이지, 왜 밖으로 튀어나와
가지고 사람을 고생시킨담?'

울상을 지으며 바닥을 기던 그들은 한참 동안을 고생하다 간신
히 일어날 수 있었다.

"애버딘, 잠시만 있어봐."

배낭에서 드래곤 하트를 꺼내 든 리즈는 자신의 목걸이에 드래
곤 하트를 펜던트처럼 걸고는 이윽고 자신과 애버딘을 향해 '상
처 하나 남기지 말고 깨끗하게 낫길…' 이라고 말하자 거짓말처럼
깨끗하게 상처들이 아물어 버렸다.

"리즈, 대단해! 언제 이런 마법을 익힌 거야?"

"후훗, 그런 거야 아무려면 어때? 빨리 가자."

위쪽으로 10여 분을 걸어 올라가던 그들은 자신의 머리카락이
바람에 휘날린다는 것을 느낄 수 있었다.

"바람? 이 근처 어디에 출구라도 있는 건가?"

리즈의 말에 애버딘은 눈을 감고 한참 동안 바람이 불어오는 곳을 관찰했다.

"혹시 떼떼가 있을지도 모르니까 좌측으로 가보자."

애버딘의 말에 그녀는 고개를 끄덕이고는 앞장을 서서 걸어가기 시작했다. 기운이 다 빠질 정도로 걷고 또 걸었다.

"애버딘… 아직도 멀었어?"

"지쳤어?"

"조금 힘드네."

"그럼, 쉬었다 갈까?"

"아니, 쉬었다 가면 더 힘들어. 출구까지 갔다가 거기서 잠시 쉴래."

리즈는 측은할 정도로 땀을 흘리며 아예 다리를 절뚝거리기 시작했다.

지금까지 걸었던 시간만 따져도 성에서 곱게 자란 그녀에겐 차라리 고문과도 같은 일이었다. 더구나 마법사들의 기본 체력이란 오크의 뇌 주름만큼이나 찾아보기 힘들 정도로 형편없었다. 그러나 마법사들의 집념은 무서울 정도로 끈질겼다.

마침내 죽자 사자 버틴 결과 거의 2, 30분을 더 걷고서야 출구에 도착한 리즈는 안도의 한숨을 돌릴 수 있었다.

"하~ 해가 지네."

시원한 바람과 함께 붉은 석양이 지는 모습이 한눈에 들어오자 리즈는 털썩 그 자리에서 주저앉고 말았다.

"하아, 힘들어……."

"내가 지금 왜 이 고생을 하나 싶지?"

애버딘이 자신의 정곡을 찌르는 소리를 해대자 그녀는 그가 얄밉다는 듯 살짝 흘겨보고는 툴툴거렸다.

"애버딘, 넌 내가 그렇게 미워? 왜 그렇게 얄미운 소리만 골라서 하는 건데?"

"오옷! 정색한다, 정색한다~ 후후, 이 오빠가 귀여워서 그러는 거 가지고… 삐쳤니?"

"…내가 말을 말지."

"삐치지 마. 일종의 애정 표현이야. 리즈, 넌 친구끼리 툴툴거리며 놀아본 적 없어?"

"없어."

단호한 리즈의 말에 애버딘은 피식 미소를 지었다.

"하하, 거짓말. 나한테는 처음부터 툴툴거리면서 엄청 긁어놓고는."

"정말 없어. 그거야 애버딘이 처음부터 나한테 밉게 굴었으니까 그런 거고……"

"홋, 약한데? 밉게 굴었던 사람한테 겨우 그 정도야?"

"그럼?"

"나중에 기회있으면 가르쳐 줄게."

애버딘의 말에 리즈는 피식 미소를 지으며 자리에서 일어났다.

"슬슬 가자. 떼떼 찾으러 돌아다니려면 다시 제일 처음 갔던 곳으로 되돌아가야 하는데… 시간이 너무 많이 걸려서… 워프하는 게 좋겠지?"

"길은 외운 거야? 워프하려면 정확한 지점을 알아야 한다며?"

"외웠어, 걱정 마. 처음 갔던 곳으로 데려다 줘."

리즈의 말이 떨어지기가 무섭게 워프 게이트가 생겨나자 애버딘은 미심쩍은 얼굴로 리즈를 아래위로 훑어보았다.

"이상해… 주문도 외우지 않고 바로 마법을 쓰질 않나… 너, 정말 리즈가 맞는 거야?"

애버딘의 말에 그녀는 배시시 웃으며 애버딘의 등을 떠다밀었다.

"농담 말고 빨리 가기나 해."

"으앗! 안 그래도 갈 거니까 밀지 마."

다시 원점으로 돌아온 리즈와 애버딘은 리도스가 가지 않았던 아래로 가는 길로 쭉 내려가기 시작했다. 이제까지 화살 빼고는 별다른 함정도, 그렇다고 몬스터도 보지 못한 애버딘과 리즈는 지겨운 기분이 들긴 했지만 한참을 걷고, 또 걸었다. 그렇게 하루를 꼬박 걷는 것으로만 새고 나니 머리가 멍해져 왔다.

"바람인가?"

애버딘은 자신의 얼굴을 스쳐 지나가는 기분 좋은 느낌에 고개를 갸웃하더니 손가락에 침을 묻혀 들었다.

"출구가 또 있었던 건가?"

"떼떼야! 거기 있니? 있으면 대답해!"

"…대답이 없네. 리즈, 괜찮겠어? 힘들면 여기서 조금 쉬고 있을래?"

"아니, 같이 갈래."

잠 오는 것 반, 피곤에 절어 있는 것 반.

쇳덩이보다 더 무거운 것 같은 눈꺼풀을 깜빡이며 자신을 쫓아 부지런히 걷는 리즈를 보고 있자니 안됐다는 생각이 저절로 드는 애버딘이었다.

"뭐야? 이번에는 낭떠러지야?!"

리즈는 짜증스러운 얼굴로 자리에서 털썩 주저앉았다. 깎아지른 듯한 낭떠러지는 별다른 고소 공포증이 없는 그녀에게도 아찔하게 보일 정도로 가팔랐다. 깜깜해진 밖은 어느덧 새벽이 찾아오고 있었다.

'하아, 자고 싶어……'

리즈는 한숨을 내쉬고는 피곤에 겨운 얼굴로 아래를 향해 별생각 없이 내려가기 시작했다 그리고 곧 '풀썩' 하는 소리와 함께 아래로 곤두박질치는 자신을 깨달았다.

"꺄아아아아!"

"리, 리즈?!"

애버딘이 놀란 표정으로 그녀가 떨어진 구덩이를 발견했을 때는 이미 그녀는 바닥에 인정사정없이 곤두박질쳐진 뒤였다.

"리즈! 괜찮아?!"

애버딘이 걱정스러운 듯 아래를 향해 외쳤지만 리즈로부터는 아무런 대답도 들려오지 않았다.

"이를 어쩐다?"

그는 한참 고민하다 아래로 내려가기로 결심했다.

"아아… 이거이거, 한참 돌아다녔지만 떼떼 녀석 어디 있는지 통 보이지가 않네."

리도스가 볼멘소리로 투덜거리자 피스는 잠을 자지 못해 퀭하게 충혈된 눈으로 그를 노려보았다.

"그러게 조금만 자고 가자니까요. 피스는 졸려 죽겠다구요!"

"미안하지만 조금만 참아. 애버딘들도 잠을 못 자긴 마찬가지일 거야. 일단 떼떼를 찾아서 애버딘들과 합류하고, 드워프 마을에 들른 다음 하루 신세 지자고."

"난 드워프 마을은 가고 싶지 않은데……."

드워프 마을에서 신세를 지겠다는 이야기에 카디프는 왠지 꺼림칙한 표정을 지어 보였다.

"카디프님, 미안하지만 피스는 자고 싶어요. 만일 드워프 마을에 들를 게 아니라면 여기서라도 자게 해주세요."

잠에 찌들린 표정으로 카디프에게 매달리자 그는 어쩔 수 없이 드워프 마을에 들르는 것을 승낙할 수밖에 없었다. 사실 애버딘과 헤어지고 난 뒤 자신들은 위로 올라가서 좌측 아래로 쭉 내려가다 우측으로 3기간 갈림길에서 한참을 돌아다니다가 드워프 마을 코앞까지 갔다가 돌아오는 짓을 밤새도록 반복했다.

이제까지 안 들른 곳이 없건만 떼떼는 어디 갔는지 코빼기조차 보이지 않았다. '떼떼, 너 나중에 보이기만 해봐라. 반드시 몸에다 이 구슬을 달아주고 말 거야!' 라고 꽥꽥거리는 피스를 뜯어말리는 것도 수차례, 이젠 피스도 지쳤는지 얌전하고, 만일 피스가 날뛴다고 한들 말리고 싶은 생각도 사라져 버렸다.

"리도스, 떼떼가 어디에 있을지 짐작 가는 곳도 없어?"

카디프의 말에 그는 일전에 루디안과 함께 갔던 투구벌레가 있던 곳을 떠올렸다. 그리고는 두말할 것도 없이 그곳으로 워프 게이트를 열었다.

"이랴! 이랴~! 이랴!"

떼떼가 신난다는 듯 오크의 등에 올라타고는 마치 말을 몰듯 난리를 쳐댔다.

"꾸이이익~ 재, 재밌습니까? 꾸익~?"

오크는 비지땀을 흘리면서도 떼떼가 시키는 대로 방향을 돌렸다.

"더 빨리! 더 빨리!"

"꾸이이익~ 꾸익~"

오크는 힘들지만 자신이 내뱉은 '재밌게 해드리겠습니다' 라는 말실수 덕에 꼼짝달싹 못하고 떼떼의 장난감이 될 수밖에 없었다.

"떼떼?"

낯익은 목소리에 놀란 떼떼가 오크의 등에서 뛰쳐나와 뒤를 돌아보자 그곳에는 그토록 기다렸던 아저씨가 자신을 의아한 눈으로 바라보고 있었다.

"아저씨!"

떼떼가 쪼르르 리도스에게 달려가 안기는 것을 확인한 오크들은 정중하게 고개를 숙이고는 리도스를 향해 말을 걸었다.

"꾸이이익~ 위대한 꾸익~ 드래곤이시여, 꾸이익~ 당신이 꾸이이익~ 리도스님이 꾸이이익~ 십니까 꾸익~?"

"그래, 내가 리도스인데, 왜 오크들이 여기에 있는 거냐?"

"아저씨, 이 오크들이 여기서 세 들어 살았으면 한다는데요?"

"세 들어 살아? 대가로 나에게 뭘 줄 수 있는데?"

"꾸이이익~ 저희의 꾸이이익~ 노동력을 꾸이이익~ 제공하겠습니다. 꾸익~ 원하신다면 꾸이이익~ 약탈물도 꾸이이익~ 바치겠습니다. 꾸이익~"

"에이, 오크들 노동력을 뭐 하러? 세공 기술이나 노동력 같은 건 이미 이 안에 세 들어 사는 드워프들에게 제공받는 것들이야. 난 오크에게 원하는 게 없어, 불행히도"

리도스의 매몰찬 거절에 오크들은 간절한 눈으로 떼떼를 바라보았다.

"꾸이이익~ 저희가 꾸익~ 저분을 꾸이이익~ 즐겁게 꾸익~ 해드린 것처럼 꾸이이익~ 원하신다면 꾸익~ 리도스님께도 꾸이이이익~ 똑같이 꾸이이익~ 해드리겠습니다. 꾸이익~"

비장한 표정으로 자신의 의견을 말하는 오크에게 리도스는 의아한 듯 되물었다.

"저분에게 해드린 것? 떼떼야, 너, 오크에게 뭐 받았냐?"

"아저씨 오실 때까지 말 태워주고, 목마 태워주고, 이것저것 놀아줬어요."

"호오! 그랬단 말이지?"

"꾸이이익~ 잘 좀 부탁 꾸익~ 드립니다. 꾸이이익~"

너무나도 비굴한 오크의 표정에 리도스는 피식 미소를 지어 보였다.

"우리 꼬마를 돌봐줬으니 목숨만은 살려주마. 좋은 말할 때 이곳에서 나가라."

"꾸이이익~ 네? 꾸익~?"

"원래는 내 허락을 받지 않고 들어온 이상 살아 나갈 수 없지만, 너희는 우리 떼떼를 돌봐줬으니 그냥 보내준다는 말이다. 어서 나가라, 마음 변하기 전에."

오크들은 리도스의 말에 불만이 가득 찬 표정을 짓긴 했지만 감히 드래곤에게 대들 배짱은 없는지 그대로 줄행랑을 쳐버렸다.

"아저씨, 너무해요. 이 던전은 넓기도 넓은데 조금 살라고 하면 어때서 그러세요?"

"떼떼야, 이야기했지? 이런 곳은 내 허락이 없으면 들어오기 힘들다고. 들어왔다는 건 뭔가 수상한 녀석이라는 말이다. 그런 녀석을 던전에서 살도록 허락하란 말이냐?"

리도스의 말에 떼떼는 고개를 갸웃거려 댔다.

"아무튼 늦어서 미안하다, 떼떼."

"괜찮아요. 아저씨가 절 찾아올 거라고 믿고 있었으니까."

떼떼는 금방이라도 울먹일 것만 같은 얼굴이 되었지만 '헤~'
하고 미소를 지어 보였다.

'아저씨가 그대로라서 다행이야. 정말 다행이야. 난 걱정했었는
데……'

"자! 자! 감격에 겨운 상봉은 그 정도로 해두고 빨리 리즈 언니
에게 텔레파시인가 뭔가 좀 보내봐요. 피스는 졸려 죽겠다구요!"

짜증을 부리는 피스를 카디프가 조용히 미소를 지으며 말렸다.

"후후, 그래그래. 곧 잘 수 있을 거야."

떼떼를 목마 태운 리도스는 빙긋 미소를 지었다.

"리즈, 지금 어디에 있니?"

"으음… 아파라……."

"정신이 들어?"

리즈는 자신이 눈을 뜨자 바로 옆에 애버딘이 있다는 사실에
놀라움을 금치 못했다.

"왜 여기에 있는 거야? 구덩이 안으로 빠진 건 나였잖아."

"걱정돼서 내려왔지. 그나저나 리즈, 몸은 좀 괜찮아?"

"아, 응… 그럭저럭……."

"다행이다."

빙긋 웃는 애버딘을 보고 리즈는 이상하다는 듯 고개를 갸웃거
렸다.

발이 욱신거리는 것을 제외하고는 딱히 어디가 다친 것 같지는 않았지만 몸이 몹시 추웠다. 게다가 졸음이 참을 수 없이 쏟아지자 간신히 눈을 떴음에도 불구하고 자꾸만 눈이 감겨왔다. 그런 그녀를 애버딘이 툭툭 쳤다.

"여기서 나가면 제일 먼저 뭘 하고 싶어?"

애버딘이 추워서 오들오들 떨고 있는 리즈의 곁에 주저앉으며 묻자, 그녀는 자신의 두 무릎에 파묻었던 얼굴을 들며 자신을 바라보고 있는 애버딘을 물끄러미 바라보았다.

"글쎄… 잘 모르겠어. 넌?"

"웃! 내가 먼저 물었잖아. 그렇게 대충 넘기지 말고 잘 생각해서 대답해 봐."

그의 말에 한참 동안 생각에 잠겨 있던 리즈는 추운 듯 다시 한번 온몸을 움찔거리고는 꿈을 꾸는 듯한 생기있는 눈동자로 그를 바라보며 입을 열었다.

"음… 내가 하고 싶은 걸 하려면 우선 마을을 찾아야 해. 가장 푹신한 침대가 있는 여관을 찾아야 하거든."

의외의 말에 애버딘은 장난기 어린 미소를 지었다.

"여관을 찾아서는?"

"미친 듯이 잠만 자는 거지. 누가 깨워도 아주 꿋꿋하게 잠만 잘 거야."

"이봐이봐, 네가 어린애냐? 이런 상황에서 잠만 자겠다니……."

어이없다는 듯한 애버딘의 말에 리즈는 피식 미소를 지으며 대답했다.

"후, 아무렴 어때? 생각만 해도 너무 행복한걸."

"…하아~ 어리다, 어려."

길게 한숨을 내쉬는 그를 보며 울컥한 리즈는 뾰로통한 얼굴로 퉁명스럽게 물었다.

"그러는 넌?"

"나? 난 제일 먼저 신전을 찾아갈 거야."

"짜증나는 신전은 뭐 하러 가?"

"결혼의 서약서 가지러."

"스무고개 하는 거야?"

리즈가 잔뜩 인상을 찡그리며 묻자 겸연쩍어진 애버딘은 머리를 긁적거리며 말했다.

"알았어, 알았어. 요점만 간단히 말하라 그거지? 뭐… 중매나 서 주려고… 쪼잔한 신이랑 이 빌어먹을 추위를 맺어주면 의외로 어울리지 않을까 싶어서 말이야."

애버딘의 시답잖은 농담에 리즈는 의외로 반색을 하며 동감을 표시했다.

"그것 좋겠네. 훗! 그나저나 난 신 따위 믿고 싶지 않아졌어. 인간들만 졸지에 불쌍하게 됐지. 결혼의 서약서? 신 앞에서의 맹세? 다들 실체부터 알라고 그래."

리즈의 말에 애버딘은 동의한다는 듯 고개를 끄덕거리며 어느새 굳은 자신의 손을 입가에 가져갔다.

"하아~ 손이 얼어버렸어. 리즈, 넌 어때?"

"나도 얼음장이야."

말할 때마다 입에서 새하얀 입김이 뿜어져 나오는 것을 보고 더 춥게 느껴지자, 리즈는 다시 자신의 얼굴을 무릎 사이로 푹 파묻어 버렸다.

'마법도 제대로 쓰지 못하고, 그렇다고 애교도 없는 나 같은 애

는 내가 생각해도 지지리도 매력없는데… 애버딘은 어떻게 생각할까?'

애버딘은 그녀가 졸려서 그런다고 생각한 것인지 그녀의 어깨를 살짝 흔들었다.

"괜찮아? 졸려도 자면 안 돼. 잠 좀 깨게 이야기나 하자."

"…저… 나 어떤 것 같아?"

"난데없이 뭐가?"

"…나 여자로서 어떤 것 같아?"

발그레해진 얼굴로 어렵게 이야기를 꺼낸 그녀는 진지한 눈으로 애버딘을 바라보았다.

어두운 곳에서 더 아름다운 반짝이는 실같이 결이 가느다란 금발 머리, 하늘빛의 푸른 눈, 선량하기 이를 데 없는 순진 무구해 보이는 저 얼굴이 남자라니……

"하아, 졌다."

무심코 중얼거리는 그녀에게 애버딘은 의아한 얼굴로 고개를 갸웃거렸다.

"뭐가? 뭐가 졌는데?"

"으응? 아니, 아무것도 아니야."

황급히 말을 얼버무리는 그녀에게 애버딘은 피식 미소를 지어 보였다.

"어떻게 떨어져도 우리 둘만 이곳으로 떨어진 걸까?"

"정말… 그래도 난 다행이라고 생각해."

"뭐가?"

"애버딘과 함께라는 것. 나 혼자였다면… 난 불안해서 틀림없이……"

"헤헷, 그런 거라면 나도 마찬가지야."

쑥스러운 듯 미소 짓는 애버딘의 얼굴에 살짝 보조개가 패였다.

'웃! 귀, 귀여워!!'

리즈는 뭔가 여자로서 분하기도 하고 애버딘이 남자라는 사실이 아깝기도 한 복잡미묘한 기분에 사로잡혀 버렸다.

"무슨 남자애가 이렇게 생긴 거야!?"

무심코 자신의 생각을 입 밖으로 내어버린 그녀에게 그는 어릴 때부터 하도 그런 소리들을 많이 들어서인지 아무렇지도 않다는 표정으로 되물었다.

"그럼, 남자는 어떻게 생겨야 하는데?"

"웃! 그, 그야… 일단 카디프는 엘프라고 치더라도……."

"엘프라고 치는 게 아니라 엘프 맞아."

"아… 아무튼! 남자는… 그래! 리도스처럼 어깨가 넓고, 근육도 있고, 수염 깎은 자국도 좀 있고, 그래그래! 아바마마처럼 아랫배도 좀 나오고……."

"이봐이봐, 배 나온 남자가 좋은 거야?"

"아니야! 그, 그런 건!"

"우왓! 귀야. 살살 말해, 나 귀 안 먹었어."

"으응, 미안."

리즈는 무안했는지 얼굴이 또다시 발그레해졌다.

'엇! 귀, 귀엽네. 리즈에게 이런 면이 있었나?'

애버딘은 사과같이 발그레한 그녀의 뺨을 만져 보고 싶었지만 워낙 꼬장꼬장한 그녀이기에 그냥 피식 미소를 지으며 계속 말을 걸어대고 있을 뿐이었다.

"그리고 또?"

"또? 흐음… 사실은 잘 모르겠어. 난 또래의 남자애는 애버딘이 처음이니까. 아주 어릴 땐 어쩐 일인지 몰라도 종종 유모의 아이들과 어울렸지만, 내가 건강해지면서부터는… 성 밖으로 자유롭게 나갈 수가 없었어. 낯선 사람과 이야기를 하는 것도 안 되고, 조금 갑갑했어."

"헤? 어린 시절의 리즈는 의외로 전형적인 얌전한 공주님이었다는 건가?"

애버딘의 말에 리즈는 움찔해졌다.

"뭐야~ 그건! 그럼 내가 어떨 줄 알았는데?"

"뭐… 너라면 그런 생활 갑갑하다고 종종 탈출도 하고, 그러다 들켜서 혼도 많이 나고, 마음에 안 드는 어른이 있었다면 골려주기도 하고 그랬었을 것 같은데… 틀려?"

"그런… 내가 말괄량이라는 거야?"

"그럼, 아니야? 너 좀 특이하잖아. 공주 주제에 앗! 실수. 공주면서 마법을 부득부득 배우겠다고 남자만 있는 파티에 끼질 않나……."

"그렇게 치자면 피스도 남자겠네?"

"그앤 나중에 왔고. 게다가 드래곤에게 개기는 놀라운 정신력! 그런 건 아무나 못하는 거거든."

"사돈 남 말해?"

"어쭈! 그런 말도 쓸 줄 아네?"

"이, 이상해?"

"쯧쯧! 어딜 가나 그 신분은 못 속이겠다. 되받아쳐야지. 거기서 정색을 하면 어쩌냐?"

"엣! 그런 거야?"

"그런 거다."

애버딘의 말에 진지하게 고개를 끄덕이던 리즈에게 그는 '훗' 하고 미소를 터뜨렸다.

"뭐야~ 너, 날 속인 거야?"

샐쭉해진 리즈에게 애버딘은 여전히 미소를 지으며 두 손을 내저어 보였다.

"후후, 아니야, 그런 거. 그냥… 하하."

"그냥, 뭐?"

"네가 귀여워서."

"뭐?! 거짓말!"

"뭐가 거짓말이라는 거야?"

"아깐 말괄량이라고, 특이하다고 그랬잖아."

리즈가 또다시 샐쭉한 표정으로 따지자 애버딘은 자신도 모르게 그녀의 머리카락을 살짝 쓰다듬으며 반문했다.

"말괄량이에 특이한 공주님은 귀엽지 말라는 법이라도 있니?"

"…저……."

"뭐?"

"그 손 좀 치워줘."

"아, 이거? 엇! 미, 미안. 이게 왜 거기 가 있지?"

리즈의 말에 화들짝 놀란 애버딘은 후닥닥 손을 내렸다.

"킥… 킥킥……."

리즈가 작게 킥킥거리자 이번에는 애버딘이 의아한 표정으로 물었다.

"왜 그래?"

"귀여워서."

"뭐어~? 너, 오빠한테 자꾸 까불래?"

"헤헷, 내가 왜 애버딘 너보고 오빠라고 안 하는 줄 알아?"

"음… 신분 차이?"

"바보. 그런 거 아니야."

"그럼 내가 동안이라?"

리즈는 고개를 설레설레 흔들었다. 애버딘은 그 모습에 고개를 갸웃거리다 도저히 모르겠다는 얼굴로 물었다.

"왜 그러는 건데?"

"만만해서."

"뭐?! 너어~!"

"헷! 농담농담. 이건 비밀인데……."

리즈는 애버딘의 귀를 잡아당기며 조용히 속삭였다.

"내가 왜 애버딘을 오빠라고 안 부르냐면……."

"응?"

"애.버.딘.이.니.까."

애버딘은 뻥진 얼굴로 그녀를 바라보았다.

"뭐야, 그건? 그럼 난 평생 오빠 대접 못 받는 거야?"

"글쎄요~"

리즈가 귀엽게 말을 끌자 애버딘은 갑자기 노인 투의 목소리로 그녀를 나무랐다.

"후~ 요즘 젊은애들은 어른을 공경할 줄 몰라, 놀리기나 하고. 세상 말세야 말세. 흠! 흠!"

"뭐어~?"

둘은 마주 보며 한참을 웃어댔다.

"하핫, 넌 말이야. 세인트 찾고 서로 헤어지게 된다 해도 변하지 마라. 말괄량이 공주님에 마법 마니아, 그리고 따지기 좋아하는 성격까지 하나도 변하지 마라."

"치! 왜? 그러다 나 아무도 안 좋아하면 어쩌라고. 말괄량이 괴짜 공주님은 인기없어. 요즘 때가 어느 때인데……."

"훗, 상관없어."

"뭐가?"

"내가 좋아하거든."

"엣?! 뭐?"

"내가 좋아한다구."

새빨갛게 물든 리즈의 얼굴을 바라보며 그는 장난기 어린 미소를 지어 보였다.

"왜 다시 해줘? 애버딘은 좀 깐깐하고 말괄량이에 마법을 무척 좋아하고, 특이하지만 귀여운 리즈를 좋아해."

애버딘마저 얼굴이 새빨갛게 물들자 리즈는 그의 어깨를 툭 쳤다.

"농담하지 마, 그런 거로. 난 순진해서 그대로 믿는단 말이야."

"응? 누가 순진하다고?"

"애버딘~!"

리즈가 단단히 토라질 듯한 목소리로 애버딘을 불러 세우자 그는 이제까지의 장난기 어린 표정을 싹 지우고는 어느 때보다 진지한 얼굴로 그녀를 바라보았다.

"난 멋진 고백이 어떤 건지 모르겠어. 장소도 이런 함정에다가, 날씨는 더럽게 춥고, 난 바보스러운 녀석이고, 또… 너에게 어울릴 만한 녀석도 아니지. 그런데 내가 스스로 나에게 딱 한 가지 마음에 드는 걸 발견했어. 그건 바로 내가 널 좋아한다는 거야. 리즈, 좋아해!"

"애버딘."

리즈는 새빨갛게 달아오른 얼굴로 그의 이름을 불렀다.

"응?"

"…실은 나도 널 좋아하는 것 같아."

"엣? 에엣?!"

"왜 그렇게 놀라는 거야?"

"조금 뜻밖이라……."

애버딘은 쑥스러운 표정으로 리즈를 바라보았다.

"왠지 따뜻해진 것 같아."

리즈의 말에 그는 가볍게 미소를 지었다.

"리즈! 지금 어디에 있어?"

리도스의 목소리가 자신의 머리 속에 들어오자 리즈는 어안이 벙벙한 얼굴로 무심코 중얼거렸다.

"낭떠러지 근처의 구덩이에 빠졌어."

"응? 리즈, 뭐?"

"아니… 리도스 목소리가 들려서 말이야……."

"아! 그래, 피스가 줬던 구슬이 있었지?"

애버딘은 손으로 바닥을 열심히 파고는 그 안에 구슬을 묻어버렸다.

그리고 얼마 지나지 않아 그들은 반가운 얼굴을 볼 수 있었다.

"아빠! 엄마! 괜찮아요?"

새로운 드래곤 로드

"리도스, 잘 다녀왔어?"

"그럭저럭 볼일은 끝났어. 훼이나, 이번에 고마웠다."

"홋, 무슨 바람이 불었어? 나한테 고맙다는 말을 다 하고……."

훼이나는 기분 좋다는 미소를 지으며 리도스를 바라보았다. 이곳은 화이트 드래곤의 섬 타우린. 언제나 겨울인 이곳은 드래곤의 서식지 중 가장 프로소에서 가까운 곳으로 하얀 마녀라 불리는 훼이나가 여왕으로 있는 곳이다.

드워프에게 신세 지는 것을 영 내켜 하지 않는 카디프 덕에 바로 타우린으로 워프한 그들의 상태에 대해 어떻게 알았는지, 훼이나가 그들에게 가장 필요한 잠자리를 바로 배정해 준 덕에 느긋하게 리도스와의 산책을 즐길 수 있었다.

"수피아님… 어떻게 하고 있어?"

"그런 드래곤한테 님은 무슨 님이야. 그렇지 않아도 각 드래곤의 대표들을 다 모아놓았어. 여차하면 그녀… 목숨 부지하기도 빠듯할 거 같아."

"…드래곤 로드의 자리는 박탈당하는 건가?"

"당연하지. 문제는 그 드래곤 로드의 자리야. 현재로써는 적임자도 없을 뿐더러 수피아에게 크게 데인 상태라 웬만한 드래곤이 아닌 이상 인정하려 들지 않을 거야."

리도스는 예상하고 있었다는 듯 고개를 끄덕거렸다.

"자긴 생각없어?"

"……?"

"자기한테도 충분히 자질이 있다고 생각하는데 틀려?"

훼이나의 진지한 표정에 리도스는 피식 미소를 터뜨렸다.

"이봐, 내가 누구라고 생각하는 거야? 안하무인, 망나니 중에 상망나니 리도스가 나라구. 이런 나한테 뭐? 드래곤 로드? 후후… 말아먹고 싶은 거냐?"

"호호호홋, 역시 그런 말할 줄 알았어. 그러면 이번 참에 아예 떼떼를 세워 버리던가. 수피아가 했던 것처럼 다른 드래곤 로드가 신에게 자신의 종족을 팔아먹지 말라는 법 없지도 않고, 어차피 그 자린 떼떼의 자리잖아. 나이가 좀 어리긴 하지만… 곧 해츨링을 벗어나게 되지 않나? 얼마나 남았어?"

"백 년 조금 모자라게 남았어."

"잘됐네. 순식간이잖아. 그동안은 자기가 좀 방패 막이가 돼주고, 만일 힘들다면 나도 도와줄 테니까 이 기회에 떼떼의 자리를 찾아주는 게 어때?"

"글쎄… 떼떼는 아직 너무 어리지 않아? 게다가 그 자리에 대한 부담감도 클 텐데……."

"카시우스님의 아들이 그 정도도 견디지 못한다면 말이 안 돼."

"하지만… 난 떼떼를 카시우스님처럼 만들고 싶지 않아."

리도스의 생전 처음 보는 약한 모습에 훼이나는 한숨을 내쉬었다.

"하아~ 너, 뭔가를 크게 착각하고 있구나. 떼떼는 카시우스님이 아니야. 그애는 그애 나름대로 생각이라는 걸 하고 살아. 아들인만큼 많은 부분이 닮았겠지만, 그래도 그애는 카시우스님이 아니야. 왜 무조건 떼떼가 드래곤 로드의 자리에 앉게 되면 카시우스님처럼 살 거라고 생각하는 거야?"

"…난 잘 모르겠다."

"뭐, 어차피 우리끼리 아옹다옹해 봐야 정작 떼떼의 의사가 중요한 거겠지. 드래곤들의 이야기도 들어봐야 하고."

"화이트 일족들은 어때?"

"어떻긴 뭐가 어때? 내 생각이 곧 우리 일족의 생각인데……."

"너… 그러다 테러당하는 수가 있다."

"훗! 테러~? 해볼 테면 해보라고 그래. 요즘 안 그래도 일이 너무 많아 스트레스 쌓이던 중이었는데 나도 스트레스 좀 풀어보자."

리도스는 질렸다는 듯 훼이나를 바라보며 고개를 저었다.

"에휴, 널 누가 데려가겠냐?"

"누구긴 누구야. 자기지이~"

"우웃, 갑자기 피곤하네… 나중에 보자."

훼이나의 콧소리에 리도스가 사색이 되어 줄행랑을 쳐버리자 그녀는 쓸쓸히 입맛을 다셨다.

"그래, 그렇게 요리조리 빠져나가 봐라. 난 한 번도 사냥감을 놓쳐 본 적이 없다구."

"지금부터 수피아님의 공개 재판을 갖도록 하겠습니다. 모두 정숙해 주십시오."

훼이나의 카랑카랑한 목소리가 건물 안을 가득 채우자 사람들은—물론 사람의 모습을 한 드래곤이지만—일제히 입을 다물었다.

"이 자리에 증인이 되어주실 분들은 크로매틱 드래곤의 대표이자 리도스님의 친구이신 애버딘님과 카디프님, 그리고 피스님과 리즈님이십니다. 이분들은 모두 자신들이 보고 들은 것에 대한 진실들만 이야기해 주실 것이고, 만일 거짓을 이야기할 경우에는 거기에 따른 처벌을 받게 될 것입니다. 동의하십니까?"

모두를 대표해 카디프가 대답했다.

"동의합니다."

"이 재판은 화이트 드래곤의 영토인 타우린에서 진행되는 만큼 진행권은 저에게 있습니다. 불만없으십니까?"

"불만없습니다."

"좋습니다. 그럼 재판을 시작하도록 하지요. 수피아님을 모시고 와주십시오."

훼이나의 말이 떨어지기가 무섭게 하얀 색의 마력 제어복을 입은 수피아가 불려 나왔다.

"이 자리에 무엇 때문에 와 계신지 알고 계십니까?"

"네, 알고 있습니다."

수피아가 긍정의 반응을 보이자 그녀는 계속해서 진행을 이어나갔다.

"좋습니다. 그럼, 리도스님과 떼떼님을 모시고 와주십시오."

리도스와 떼떼가 함께 들어오자 훼이나는 그들에게도 같은 질문을 던졌다.

"이 자리에 무엇 때문에 와 계신지 알고 계십니까?"

"네, 알고 있습니다."

"네, 알고 있습니다."

"그럼, 리도스님께 사건의 진상에 대해 듣겠습니다. 리도스님, 자리에서 일어나 주십시오."

훼이나는 리도스에게 사건의 진상에 대해 이야기하라고 시키고는 자신은 자리에 앉았다.

"수피아님께서는 전대 드래곤 로드이셨던 카시우스님께서 떼떼님의 생일에 주라고 제게 맡긴 축복의 레이피어라는 검을 신에게 바치길 원했습니다. 그 검을 넘겨주는 대가로 카시우스님을 살려주겠다는 말을 들은 것이죠. 그 와중에 그녀는 드래곤에게 있어 가장 소중한 존재인 해츨링 떼떼님을 직접 신에게 넘기는 짓을 저지르는가 하면, 저를 죽여 제 몸에 카시우스님의 영혼을 씌울 생각을 하기도 했습니다. 제가 아는 것은 여기까지입니다."

"뭐?! 해츨링을 신에게 넘겨?"

"일족을 신에게 팔아치운다는 거야!?"

"평안한 안식을 얻은 카시우스님을 욕되게 하려 했단 말인가!"

"그게 드래곤 로드의 자리에 있던 자로서 할 짓입니까!?"

리도스의 말이 끝나기가 무섭게 수피아를 향해 비난의 말들이 퍼부어지자 훼이나는 버럭 고함을 질렀다.

"정숙해 달라고 부탁드렸습니다! 조용히 하십시오!"

술렁대던 재판장이 평정을 되찾자 리도스는 잠시 멈췄던 말을 이었다.

"그렇지만… 이것은 모두 수피아님께서 카시우스님을 사랑하셨기 때문에 일어났던 일이었다는 걸 염두에 두십시오."

"사랑? 그걸로 모든 게 용서될 수 있다고 생각하는가?"

제법 나이가 지긋하게 들어보이는 블루 드래곤이 수피아를 옹호해 주려던 리도스를 비난하고 나서자 훼이나의 가느다란 눈썹이 꿈틀거렸다.

"자! 조용히 해주십시오. 확인하겠습니다. 증인들… 리도스님께서 말씀하신 것이 맞습니까?"

"그렇습니다."

또다시 카디프가 대표로 대답하자 훼이나는 고개를 끄덕이며 이번에는 침울한 표정의 수피아에게로 질문을 돌렸다.

"인정하십니까?"

"인정합니다."

훼이나는 잠시 수피아를 흘낏 바라보고는 자신의 목소리에 힘을 주었다.

"모든 것을 인정한 이상 화이트 일족의 대표인 저는 수피아님을 드래곤 로드의 자리에서 박탈시키는 것을 건의하고 싶습니다. 어떻습니까?"

"좋습니다."

"당연한 말씀."

여기저기서 찬성의 소리가 터져 나오자 훼이나는 고개를 끄덕거리며 바로 투표로 들어갔다.

"아까도 말씀드렸지만 화이트 일족은 그녀를 드래곤 로드의 자리에서 박탈시키기로 의견을 모았습니다."

"블루 일족 역시 동의합니다."

"그린 일족 역시 마찬가지입니다."

"실버 일족은 선처를 부탁드립니다."

"흥, 같은 일족을 옹호하겠다는 거로군요. 레드 일족은 자격 박탈은 물론 영구 추방을 건의하겠습니다."

"크로매틱 일족은 이번 안에 대해 포기하겠습니다."

"포기라… 그거 왠지 이상한 일이군요. 피해를 보신 분은 리도 스님으로 알고 있는데… 뭐, 상관없겠죠. 저희 카파 드래곤은 레드 드래곤의 의견에 찬성합니다."

드래곤의 대표들이 번갈아가며 자신들의 의견을 이야기하자 훼이나는 그들의 말을 하나도 빠짐없이 꼼꼼히 기록했다. 그리고 마지막으로 떼떼의 의견을 물었다.

"떼떼님께선 해플링이시라 종족의 대표자로 활동할 권한이 없지만 골드 드래곤의 마지막 생존자로서 특혜를 드리겠습니다."

"…포기하겠습니다."

떼떼의 말에 그녀는 잠시 쓴 입맛을 다셨다.

'역시 어린애다, 이건가? 하긴… 자신의 아버지를 사랑해서 벌인 일이라는데 결정 내리라면 이상한 거겠지.'

"뭐, 좋습니다. 수피아님, 마지막으로 하실 말씀 있으십니까?"

"…없습니다."

"그럼 지금 이 순간부터 수피아님의 드래곤 로드 자격을 박탈하고, 수피아님의 모든 행동을 감시에 붙이겠습니다. 일단 수피아님은 실버 일족에서 맡으십시오."

훼이나의 말이 끝나자 실버의 대표자로서 참여한 자가 수피아를 데리고 사라졌다. 이제 새로운 드래곤 로드를 뽑아야 할 시간.

"길게 묻지 않겠습니다. 자신이 드래곤 로드의 자질을 지녔다고 생각하시는 분들은 나와주십시오."

얽매이는 것과 책임지는 것을 싫어하고, 자유를 좋아하는 드래곤이 순순히 대표가 되겠다고 나온다면 그건 약물 중독한 드래곤이거나 만취 상태가 된 드래곤일 경우가 확률 99%였다. 나머지 1%는 너무 좁은 자리에 있던 드래곤이 떠밀려 나온 것으로 밝혀졌고, 아무튼 드래곤은 자신에게 쓸데없는 일에 나서는 것을 좋아하지 않았다. 그러나 드래곤 로드의 자리는 비워둘 수 없는 법. 누군가 앉기는 앉아야만 했다. 훼이나는 침을 꿀꺽 삼키고는 자신의 말을 이어나갔다.

"어차피 기대하지 않았으니까… 추천받도록 하죠."

영 떨떠름한 표정으로 서로를 바라보던 그들은 서로의 눈치만 보고 정작 추천하기를 꺼려했다.

"좋습니다. 제가 추천하죠. 떼떼님은 어떠십니까?"

"너무 어릴 텐데요… 해츨링이지 않습니까."

"카시우스님의 아들입니다. 이 이상 확실한 무언가가 있습니까?"

훼이나의 말에 장내가 일순 숙연해졌다.

"다른 분을 추천하지 않는다면 바로 본인의 의견을 물어보겠습니다."

한동안 서로의 눈치만 보던 드래곤들은 이내 고개를 숙여 버렸다. 아마도 훼이나의 의견에 따른다는 뜻일 듯……

"드래곤 로드의 자리는 떼떼님께서 언젠가는 맡아도 맡아야 할 일이었습니다. 어떻게 하시겠습니까?"

그녀답지 않은 친절한 목소리이긴 했지만 떼떼는 아직 혼자서 지낼 일이 두려웠다.

"전 너무 어렵니다……."

"어릴 때는 도와주는 드래곤들이 많습니다. 걱정 마십시오."

그녀의 계속되는 집요한 추궁의 말에 리도스가 그녀를 말리고 나섰다.

"떼떼님께서 드래곤 로드가 되시는 일은 당분간은 저와의 약속 덕분에 힘들 것입니다. 그동안의 적임자를 구해주십시오. 드래곤 로드는 형제 중에 어른이 되었을 때 그때 되어도 늦지 않습니다. 지금 드래곤 로드가 된다고 해서 나중에 훌륭한 드래곤 로드가 된다는 법은 없습니다."

리도스의 말에 훼이나는 한숨을 푹푹 내쉬었다. 도와주진 못할 망정 쪽박은 깨지 말아야 한다고, 자신의 말에 톡톡 끼어들어 그 때마다 망쳐 놓는 그가 무척 밉긴 했지만 대놓고 면박을 주기도 뭣 하기에 한숨만 푹푹 내쉴 수밖에 없었다.

"크로매틱의 대표인 제가 추천을 하도록 하죠. 훼이나님은 어떠십니까?"

"에에에에에에엣?!"

훼이나는 화들짝 놀라며 절대로 안 된다며 손을 내저어 보였다.

"드래곤의 종족이 달린 문제입니다. 괜한 후회하지 마시고, 다른 분으로 뽑으십시오."

"하핫, 그 무슨 겸손의 말씀을. 일단 훼이나님께선 거짓말을 하시지 않기 때문에 수피아님의 경우처럼 신에게 아부를 한다거나 하는 것은 체질적으로 하지 못할 것이고, 여러 가지 문제들이 터진다 해도 행동력이 뛰어나기 때문에 절대로 낭패보는 일은 없을 거라 자신합니다."

리도스의 말에 다들 동의를 표한다는 듯 고개를 끄덕여댔다. 훼이나는 속으로 드래곤들에 대해 아낌없는 비난의 말을 퍼붓기 시작했다.

'그래, 너네만 편하면 최고라는 거지! 리도스, 나중에 두고 보자!'

"수피아님에게서 받아온 드래곤 로드의 망토입니다."

실버 일족의 대표자가 망토를 건네주자 다들 침을 꿀꺽 삼키며 훼이나의 다음 행동을 기다렸다.

"떼떼님은 어떻게 하실 생각이십니까?"

"전 아직까지 그 자리를 물려받고 싶은 생각이 없습니다. 그 자린 아직 어린 저보단 훼이나님이 훨씬 어울릴 겁니다. 아무렴 저 같은 어린애보다 못하겠습니까?"

이제까지 어리광만 부리는 떼떼만 보아온 애버딘과 리즈로서는 떼떼가 참 기특하게 보였지만 훼이나는 부득부득 이가 갈리기 시작했다.

'혹 떼러 갔다가 더 붙여서 왔네⋯⋯.'

"그러면 새로운 드래곤 로드는 전대 화이트 드래곤의 대표였던 훼이나님으로 결정되었습니다. 앞으로 잘 이끌어주시길⋯⋯."

리도스가 멋지게 마무리를 지어버리자 모든 드래곤들은 박수를 치기 시작했고, 그녀는 울며 겨자 먹기로 인사를 할 수밖에 없었다.

"이왕 맡은 거 열심히는 해보겠지만, 전 어디까지나 떼떼님께서 해츨링을 벗어날 때까지만 이 자리를 맡겠습니다."

이렇게 해서 새로운 드래곤 로드의 탄생이 어이없게 결정되어 버렸다.

드래곤 중 우둔하기 짝이 없다는 화이트 드래곤이 최초이자 최후로 드래곤 로드의 자리에 오르게 되었고, 그녀는 비교적 모든 일을 만족스럽게 처리했으며, 간혹 독단적으로 일을 결정해 불만을 살 때도 있었지만 그녀의 임기가 끝나고 나서도 드래곤들은 그녀가 떼떼의 곁에 남아 여러 가지 조언을 해줄 것을 요청했고, 그녀 역시 그 역할을 마다하지 않았다.

그러나 이것도 먼 훗날의 이야기.

당장은 리도스와 떼떼, 그리고 애버딘 일행은 하얀 마녀의 불같은 성격에 괜히 난리나기 전에 떠나는 것이 좋다고 판단, 잽싸게 샤아플린으로 워프해서 튀어버렸다.

화풀이할 곳도, 따지고 들 드래곤도 잡지 못한 하얀 마녀 훼이나가 있는 타우린에서는 한동안 훼이나가 자신의 성질을 못 이기고 혈압으로 쓰러지는 웃지 못할 일까지 발생했다고 전해진다.

피스, 그녀의 실체는···

"소원의 동전도 구했고, 드래곤 로드 건도 해결했고, 이제 뭐 남았냐?"

샤아플린의 한 여관에 짐을 푼 애버딘 일행은 자신들이 해야 할 일을 체크하기 위해 모두 애버딘의 방으로 모여 앉았다.

"세인트를 찾는 것이 급선무인 거 같은데. 단서가 있어야지, 단서가."

"뭐, 어쩔 수 없잖아, 단서가 없는 건. 그보다 신을 완전체로 불러내는 거··· 가능은 한 일이야?"

"애버딘, 그 바보 같은 내기 정말 할 셈이야?"

리도스의 말에 애버딘은 겸연쩍은 듯 머리를 긁적거려 댔다.

"바보 같다면 신들 쪽이 훨씬 바보 같지 않아? 소원의 동전의 소유자가 리도스라는 것을 알고, 소원을 빌 수 있는 자들도 있다는 걸 알고 있는데 그런 내기를 걸다니 웃기잖아."

"뭔가 시키면 속이 있을 텐데… 무시하는 게 좋아, 그런 건."

"게다가 한 달이라는 시간을 줬잖아. 지금 생각하지 않아도 돼."

"음… 그럼 뭘 해야 하는 걸까?"

"언제는 뭐 정하고 다녔나요? 일단 발 닿는 대로 돌아다니다 보면 또 무슨 일이 터지겠죠."

피스의 말에 떼떼가 빙긋 미소를 지었다.

"역시 아줌마! 굉장해요."

"…그거 칭찬이냐? 욕이냐?"

"당연히 욕이죠."

떼떼가 후닥닥 리즈의 등 뒤로 숨으며 귀엽게 혀를 낼름거리자 피스는 짜증난다는 표정으로 인상을 빡빡 써댔다.

"너, 그러다가 나중에 내 손에 잡히면 국물도 없다!"

"자, 자, 그만 하고… 오늘은 일찍들 자자. 나 내일 할 게 생각났어."

"할 거?"

"마법 협회에 찾아가 보려고."

애버딘은 잘 챙겨두었던 마법 협회 마크를 보이며 사악한 미소를 지었다.

"맞다! 나도 마법사 협회라면 한번 가봐야 해."

리즈마저 마법사 협회를 들먹이자—사실 가장 큰 피해자는 리즈였지만—일행들은 각자 방으로 돌아가 잠을 청하기로 했다. 갈 곳도 없었는데 두 사람이나 협회에 간다고 하면 이미 일행들의 행선지는 정해진 거나 다름없었다.

"다들 잘 자!"

"그래, 내일 봐."

"잘 자요."

인사가 끝나고 자신의 방으로 돌아간 리즈와 피스는 각기 침대에 누워 잠을 청했다.

창에 달이 예쁘게 걸렸다는 느낌이 들자 피스는 잠에서 깨어나버렸다. 비록 달이지만 달에게도 빛이 있다고 느껴지자 쉽사리 잠이 오지 않는 것이다. 아니, 어떻게 보면 한낮의 눈부신 태양보다 어두울 때 별빛과 어우러져 빛을 뿜어내는 달이 더 아름다워 보일 때가 있었다.

"잠도 안 오는데 산책이나 좀 다녀올까?"

피스는 여관 주변이나 잠깐 걷자는 생각에 리즈가 깨지 않게 조심조심 일어나 밖으로 나갔다. 리즈는 사실 막 잠들려던 중이었는데 피스가 움직이는 소리를 듣고 들키지 않게 조용히 일어나 피스의 뒤를 따랐다.

"단순히 그냥 산책하는 건데 괜히 따라 나온 건가?"

의심은 한번 시작하면 좀처럼 끝내기가 쉽지 않다.

피스에 대해 수상하게 생각하니까 수상한 점이 한두 개가 아니었다.

무술처럼 정식으로 자신을 단련시킨다던가 하는 모습은 전혀 보지 못했다. 게다가 마법처럼 그 방면에 지식이 많은 사람인 것도 아니었다. 피스가 무슨 주술을 쓰든, 그게 마법이거나, 혹은 단순한 눈속임에 불과했다고 한들 자신들은 그 주술이라는 것이 뭔지 모르기 때문에 단순히 그게 주술이라고 믿어버리는 수밖에 없었다.

바로 그런 점들이 피스를 더욱더 수상하게 몰아가고 있었기에 리즈는 행여나 그녀가 밤에 연습을 하는 건 아닐까 싶어 밖으로 따라 나왔던 것이다. 그녀가 마을을 거의 한 바퀴 정도 돌았을 때 피스의 주변에 작은 나비들의 꽃가루가 떨어졌다.

"이런 저녁에 꽃가루? 혹시… 누구? 거기에 누구 있어요?"

"역시… 당신… 눈치가 빠르군요."

하얀 피부에 엘프들의 살아 있는 여신 투회야가 피스 앞에 그 모습을 들어냈다.

"당신은… 투회야님?"

"그래요, 나는 여신 투회야. 하지만 이제 당신들 앞에 영원히 나타날 일은 없을 겁니다."

"…갑자기 나타나서 무슨 뜬금없는 이야기죠?"

피스는 잔뜩 경계의 눈빛으로 그녀를 바라보았다.

"그렇게 경계할 것 없어요. 난 당신에게 죽임을 당하기 위해 찾아온 거니까……."

"네?! 그게 무슨 소리죠?"

"한 번도 의심해 본 적 없나요? 어째서 당신만이 시간을 멈출 수가 있고 그 시간을 되돌릴 수 있으며, 그토록 강력한 주술을 사용할 수 있는 건지……."

"연습했으니까… 아주 어릴 때부터 주술에 대해 연습해 왔으니까 그런 거죠. 괜히 나한테 이상한 말하지 말아요. 나 혼자 있다고 만만해 보여서 그런 거라면 지금 당장 소리 지를 거예요. 그러면 분명히 애버딘님과 리도스님들이 우르르 몰려올 텐데 그래도 좋아요?"

"뭘 두려워하는 거죠? 난 나름대로 열심히 당신들을 돕고 있는데……."

"돕고 있다니 뭘 돕고 있다는 거예요? 우린 당신의 도움을 받은 기억이 전혀 없어요!"

"…환생을 믿어요? 단도직입적으로 이야기하죠. 당신은 저의 환생입니다. 인간의 편을 들어 신의 자격을 박탈당하고 점점 인간화되어가고 있는 저의 모습이죠."

"무, 무슨 헛소리를 하는 거예요!?"

"어릴 때… 당신과 함께 주술사로서 공부하다가 죽어간 친구들을 기억하나요? 그중에선 당신과 싸우다가 죽어간 친구도 있었어요. 그렇죠?"

"무슨 말을 하고 싶은 거예요?"

피스의 얼굴이 점점 하얗게 질리는 것에도 아랑곳없이 투희야는 자신이 하고 싶은 말을 내뱉기 시작했다.

"당신이 죽였던 친구도 사실은 저의 일부분이었고, 당신이 지금 태어나기 이전의 환생도 날 죽이기 위해 태어났었던 거였고, 지금도 그래요. 날 죽여감으로써 당신이 강해지는 거죠. 신들과 거의 대등한 수준으로까지 말이에요. 날 죽이세요. 그리고 그 힘으로 애버딘님과 카디프를 도와주세요. 물론 신들을 어떻게 할 수는 없겠지만, 그들이 인간을 생각하는 시선만 바꾼다고 해도 상관없어요. 지금의 신들은 예전 같지가 않아요. 무조건 강함으로 상대를 판가름하려고 들죠. 당신이 애버딘님들에게 도움이 되고 싶다면 절 죽여주세요."

"말도 안 돼! 그럼 내가 끊임없이 당신을 죽이기 위해 태어났다는 거예요? 내가 당신이 되어도 난 나에게 죽고, 나라고 해도 당신… 그러니까 나를 죽이는 거란 말이에요? 왜? 어째서 그런 거죠? 누가 그런 걸 제멋대로 정한 거예요?!"

피스는 여전히 믿을 수 없다는 표정으로 투희야에게 따졌지만 투희야는 여전히 자기가 할 말만을 내뱉고 있었다.

"제 업보예요, 완결 짓지 못한. 그렇지만 이번이 마지막입니다. 이번에 끝내지 않으면 저는… 다시 태어나지 못할 겁니다. 그러니까 당신이 절 죽여주셔야만 해요."

피스의 얼굴에선 눈물이 뚝뚝 떨어지기 시작했다.

"…난 그저 빛을 따라가고 싶었을 뿐인데… 무슨 소리를 하고 있는 거예요?! 어릴 때부터 말도 안 되게 강한 이 힘이 저주스러웠을 뿐인데… 왜 나보고 그런 말을 하는 거죠? 나는 남들보다 되도록 죄도 많이 짓지 않으려고 애썼고, 나름대로 하고 싶은 일들을 열심히 하며 살아왔다고 생각했는데… 어째서 나보고… 나를 죽이라는 거예요?!"

투희야는 피스가 뭐라고 말을 하든 상관없다는 표정으로 계속 그녀를 재촉했다.

"어서… 어차피 이번이 마지막입니다. 당신은 죄가 없어요. 모든 죄는 제게 있습니다. 걱정 말아요. 일행들을 도와주고 싶지 않습니까?"

가만히 숨어서 이들을 지켜보던 리즈는 다시 방으로 돌아갔다. 그리고 잠든 척 이불을 푹 뒤집어쓰고는 피스가 돌아오기를 기다렸다. 달이 해에 의해 가려지고… 까만 어둠이 밝은 하늘 색에 의해 덮어질 무렵 피스는 피곤에 지친 표정으로 방문을 열었다. 그리고는 자신의 짐을 배낭에 주섬주섬 챙기기 시작했다.

"피스?"

"아, 일어났어요?"

밤새 어딜 다녀왔는지, 뭘 하고 있었는지 묻고 싶은 것은 많았지만, 속으로 꾹꾹 눌러 참으며 그녀는 씻는 둥 마는 둥 대충 씻어 넘기고는 피스와 함께 식당으로 내려갔다. 리도스와 애버딘, 그리고 카디프와 떼떼까지 한발 앞서 나와 그들을 기다리고 있었다.

"식사해야지. 뭐 먹을래?"

리도스가 친절하게 메뉴판을 펼쳐 주자 일행들은 각자 자신이 먹고 싶은 음식을 고르기 시작했다. 피스 역시 음식을 시키고는 음식이 나올 동안 그 막간의 틈을 이용해 할 말이 있다며 자신에게로 시선을 집중시켰다.

"애버딘님, 카디프님, 리즈 언니… 저 다크로 돌아가겠어요."

"에? 갑자기 왜 돌아가겠다는 거야?"

"그냥… 마을을 너무 오래 비워둔 것 같아요. 식료품도 많이들 떨어졌을 거고, 마을 사람들도 보고 싶고… 전 여기 있어봤자 어차피 큰 도움은 되지 않잖아요."

"도움이 안 되다니… 네가 없었으면 여기까지 오지도 못했을 거야."

"그렇게 생각해 주시면 고맙죠, 리즈 언니. 그치만……."

"그래도… 간다니까 왠지 섭섭한데… 언제 가려고?"

애버딘의 말에 피스는 눈물이 핑 도는지 잠시 고개를 돌리고 눈물을 닦아냈다.

"헤… 헤에… 샤아플린까지만 같이 있고 그 뒤에는 전 다크로 돌아가려구요."

"하긴… 샤아플린은 다크인의 출입이 엄격하게 통제되는 곳이지?"

"그렇다고 갑자기 신분증 검사나 뭐 그런 건 하지 않으니까 당당하게 걸어간다면 네가 다크인인지, 샤아플린인인지 알게 뭐야?"

리도스의 말에 피스는 피식 미소를 지어 보였다.

"자~! 식사 나왔습니다!"

"와! 맛있겠다. 잘 먹겠습니다."

피스는 허겁지겁 자신이 주문한 음식들을 입으로 들이밀기 시작했다.

"천천히 먹어. 아무도 안 뺏어 먹어. 배가 많이 고팠나 보네?"

그녀는 고개를 끄덕이고는 물을 벌컥벌컥 마셨다.

"식사 잘했습니다! 그럼 먼저 올라가 볼게요. 맛있게 천천히 들드세요."

"어, 그, 그래."

피스가 후닥닥 방으로 들어가자 다들 이상하다는 듯한 눈으로 그녀를 한번 힐끔 바라보고는 천천히 식사를 시작했다. 리즈는 자신의 입으로 들어가는 수프의 맛이 단지 쓴지, 혹은 뜨거운지 전혀 알지 못하고 기계적으로 넣기는 했지만 이내 도저히 먹을 기분이 들지 않았는지 자리에서 일어났다.

"잘 먹었습니다. 다들 천천히 먹고 나와."

리즈 역시 자신의 방으로 올라가 버리자 영문을 알 리 없는 모두는 서로 이상하다는 표정만 지어 보일 뿐이었다.

"오늘 여자애들 기분이 안 좋은 건가?"

"어째 천천히 먹으라는 말이 상당히 부담스럽게 들린다."

"그렇죠? 엄마랑 아줌마, 왜 그런지 몰라도 굉장히 이상해요."

달칵.

문을 열고 들어가자 피스는 여전히 핏기없는 얼굴로 침대에 누워 있었다.

'자는 건가?'

리즈는 조심스럽게 자신의 침대에 앉아 그녀의 얼굴을 바라보았다.

'투희야와 닮은 곳은 거의 없는데… 어째서…….'

"언니."

"응? 안 잤어?"

"네, 자려고 했는데… 그렇게 쳐다보시니까 잠이 안 오네요."

피스는 겸연쩍은 미소를 지으며 자리에서 일어나 리즈를 바라보았다.

"뭔가 저에게 하실 말이라도 있는 거예요?"

"아니, 그냥… 몸이 안 좋은 거야?"

"그런 거 아니에요. 식욕이 좀 없어서 그런 건데……."

"저… 꼭 다크로 돌아가야 해?"

"……?"

"함께 있을 수 있을 때까진 함께 있으면 안 될까?"

"제가 돌아간다니까 서운해요?"

피스가 농담조로 장난을 걸었지만 리즈는 그저 고개만 끄덕거렸다.

"우와~! 이거 영광인데요? 돌아간다니까 서운해해 주는 사람도 있고……."

"정말… 농담 아니야. 너, 애버딘 좋아하잖아. 나도 애버딘 좋아해. 그냥 포기하고 간다면 애버딘을 내가 차지하게 되는데 괜찮겠어?"

"…여기서 애버딘님 이야기가 왜 나오는 거예요?"

피스의 얼굴에 있던 웃음기가 싹 지워지자 리즈는 무안해졌다.

"그런 게 아니라, 그냥… 좋아하는 사람이 있는데 왜 구태여 멀리 떨어지려는 건지…….”

“한심해서요?”

“아니야, 그런 거 아니야. 오해하지 말아줘.”

피스는 가볍게 한숨을 내쉬며 리즈를 바라보았다.

“나… 언니 같은 성격이었으면 좋았을 텐데. 언니가 상당히 부러워요. 좋은 거 싫은 거 확실하게 말할 수 있고, 자신이 하고 싶은 일을 하려 애쓰는 것도 모두 부러워요.”

“아니, 난 네가 부러웠어. 주술 실력도 외모도… 음… 애정 표현하는 것까지. 게다가 넌 의지마저 강하잖아.”

“에이, 별로 그렇지만도 않아요.”

피스의 말에 리즈는 피식 미소를 지었다.

“처음엔 솔직히 저… 언니 별로라고 생각했어요. 지금은 아주 많이많이 좋아졌지만.”

“나도 고백 하나 하자면 처음엔 너, 그다지 좋아하지 않았어. 지금은 네가 내 또래라 그런 걸까? 네가 굉장히 친근하고 너무 좋은 거 있지.”

서로의 말에 그녀들은 서로를 마주 보며 웃음을 터뜨렸다.

“아무튼 난 네가 안 갔으면 좋겠어.”

“생각 좀 해보고요.”

“응, 가능하면 안 가는 쪽으로 생각해 줘.”

“네, 그럴게요.”

리즈는 피식 미소를 지으며 예전에 리도스의 던전에서 찾은 마법석을 챙겨 들고는 밖으로 나왔다.

“쉬어.”

“네, 다녀오세요.”

아래층으로 내려가자 애버딘 일행은 아직도 식사 중이었다. 리즈는 잠시 어떻게 할까 고민하다가 애버딘에게 마법석을 흔들어 보였다.

"나 마법사 협회 갈 건데… 애버딘, 어떻게 할래?"

"아아! 그렇지 않아도 이제 막 밥 다 먹었어. 잠시만 기다려 줘."

"그래, 빨리 갖고 내려와. 기다릴게."

"OK!"

애버딘은 거의 나는 듯한 걸음걸이로 자신의 방에 올라가서는 배낭을 메고 후닥닥 달려왔다.

"많이 기다렸어?"

"아니, 빨리 왔네."

"후훗, 이 몸이 또 한 스피드하시잖니."

애버딘은 여관의 문을 열어주고는 마치 기사들이 자신의 레이디에게 그러하듯 공손히 허리를 숙이고 한쪽 손을 앞으로 뻗었다.

"먼저 가시죠."

"감사합니다. 호호훗."

애버딘은 그런 리즈에게 피식 미소를 지어 보이고는 밖으로 함께 나왔다.

"마법사 협회는 어디에 있는 거야?"

"그냥 평범하게 생겨서 얼핏 보면 잘 모른다고들 해. 그치만 건물 전체에서 마나가 진동을 해대니까 마법사라면 누구나 쉽게 찾을 수 있게 되어 있어."

이 골목 저 골목을 한참 동안 누비며 두리번거리자 아주 낡은 옛날식 건물이 눈에 들어왔다.

"애버딘, 저기 3층이야."

리즈의 말대로 건물 바로 가까이에 가서 확인을 하자 조그맣 긴 하지만 '마법사 협회 3F'라는 나무 간판도 제대로 걸려 있었 다. 3층으로 올라가는 계단은 약간 경사가 지긴 했지만 운동 삼아 올라가기엔 적당한 길이였다. '벨을 누르시오'라고 쓰여 있는 종 이를 발견한 리즈는 옆에 있는 작은 벨을 길게 두 번 눌렀다.

찌이잉~ 찌이이이잉~

"들어오세요."

친절하고 경쾌한 아가씨의 목소리에 그녀는 일단 제대로 환불 해 주겠지 싶은 생각이 들어 안심하고 문을 열었다.

"환불, A/S 다 됩니까?"

"구입 일로부터 일정 기간만 지나지 않으면 환불 및 A/S 확실 히 된답니다. 걱정 마세요."

리즈는 애버딘이 꺼내준 마법 스크롤 협회 마크를 보여주며 조 목조목 따지기 시작했다.

"제가 이 스크롤, 불량품이 더 많아서 얼마나 당황했는 줄 알아 요? 게다가 하나같이 바닥 같은 데 마크가 새겨져 있는데, 스크롤 만 따로 뜯어지지도 않으니 어떻게 하라는 거예요? 열심히 전투 하다 투희야의 유머 같은 구린 꽃들이 피어대는데, 거기서 잘도 싸울 맛이 나겠네요. 게다가 스크롤 불발로 싸우다 다친 사람에게 보상은 어떻게 해주나요? 그것도 협회 마크가 있어야 하나요?"

"일단 협회 마크를 가져오셔야 정품을 사신 게 인정이 되니까 마크가 없으면 저희가 어떻게 해드릴 수가 없답니다. 네, 아무튼 불편을 끼쳐 드려서 죄송합니다. 스크롤 하나, 환불해 드리면 되는 거죠? 그리고 뭐 더 필요하신 것은 없으십니까?"

"마법석 좀 고쳐 주세요. 마력을 잃어버리는 가루에 노출되는 바람에 못 쓰게 됐거든요. 지금 바로 고쳐 줄 수 있죠?"

"그럼요. 조금만 기다리세요. 스크롤은 어떤 걸로 드릴까요?"

"꼭 스크롤만으로 교환되는 게 아니라면 포션과 바꾸고 싶은데요."

"네, 잠시만요."

그녀는 나무 상자를 뒤적거리더니 작은 약병 하나를 리즈에게 건넸다.

리즈는 자신의 마법석을 꺼내 들어 그녀에게 넘겨주고는 소파에 앉아 주변을 둘러보았다. 마법석을 어딘가의 통로로 넘긴 아가씨는 리즈와 애버딘이 오기 전에 손톱 정리를 하고 있었던 듯 다시 열심히 손톱을 다듬기 시작했다. 5분 정도 지났을까? 그녀의 책상 위로 마법석이 올려졌고, 그녀는 리즈에게 마법석을 넘겨주었다.

"10루비아입니다. 감사합니다, 또 이용해 주세요."

마법사 협회를 나온 그들은 잠시 시장 구경이나 할까 싶어 밖에서 산책을 하기로 했다. 처음에 이곳으로 들어올 때까지만 해도 한산했던 거리가 사람들로 발 디딜 틈 없이 북적거리고 있었다.

"읏! 사람 많다."

리즈는 살짝 인상을 찌푸리며 사람들이 지나가는 것을 바라보았다. 키가 작은 덕에 그녀는 사람들에게 한번 떠밀려 가기 시작하면 주변에서 그녀를 찾기가 어려워진다.

사람들 속에 푹 파묻힌 그녀를 찾는 일은 미소녀들 속에서 애버딘을 찾기만큼이나 어렵다. 그걸 잘 알고 있는 리즈로선 당연히 인상이 찌푸려질 수밖에 없었다.

"갈까?"

"으… 응."

애버딘이 성큼성큼 앞장을 서기 시작하자 리즈는 약간 서운한 생각이 들었다. 옆에서 나란히 가는 줄 알았건만 한두 걸음 앞에서 걸어가고 있으니……

그러나 곧 그녀는 사람들과 자신이 부딪치지 않고 지나가고 있다는 걸 깨달았다. 애버딘이 자신과 리즈의 거리를 확인해 가며 앞 사람들과 부딪쳐 길을 터주고 있었던 거다.

"어! 저기 저 가게 뭐야?"

노점상에서 액세서리를 늘어뜨려 두고 판매를 하고 있었다.

"저거 가짜야. 모조품……."

"그래도 예쁘다."

"거기 예쁜 아가씨들, 반지 구경하고 가세요. 네? 싸게 해드릴게요."

"애버딘, 우리 이거 구경하고 가자. 응?"

"하, 역시 여자애는 여자애구나. 좋아, 골라봐. 하나 사줄게."

"정말?"

"그래, 정말. 음… 내가 골라줄까?"

"응."

애버딘은 일렬로 죽 정리된 반지들을 살펴보았다.

"이거 이쁘다."

그가 잡은 반지는 금색의 얇은 두 개의 반지를 반짝이는 유리로 이어 놓은 심플한 반지였다.

"얼마죠?"

"1루비아예요."

"반지가 1루비아라구요? 바가지 같은데……."

리즈의 말에 상인은 그녀를 살살 달래기 시작했다.

"에이, 그러지 말고. 그거 우리 가게에서 딱 1개밖에 없는 거예요. 그냥 사 가세요. 네?"

애버딘은 리즈와 상인을 바라보며 생긋 미소를 짓고는 1루비아를 건넸다.

"아유! 얼굴도 이쁜 아가씨가 씀씀이도 이쁘네요. 감사합니다. 다음에 또 오세요."

애버딘은 노점상에서 떨어진 곳으로 가 그 반지를 리즈에게 끼워주었다.

"이 반지, 어떻게 된 건지는 모르겠지만 진짜야."

"엣? 정말?"

"응, 그러니까 잃어버리지 마."

"안 잃어먹네요. 내가 무슨 3살 먹은 앤 줄 알아?"

뾰로통하게 입을 삐죽거리던 그녀는 애버딘이 자신의 뺨을 잡아당기자 배시시 미소를 지었다.

"역시 난 삐치는 거 잘 못하나 봐."

리즈의 말에 그는 또다시 피식 미소를 지었다.

"이제 슬슬 돌아가자."

"그래, 돌아가자."

그들이 여관으로 들어갔을 때는 낯익은 얼굴 하나가 그들을 반겼다.

"리즈 공주님."

"그레이 경?"

여관에 들어가는 사람들은 대부분 숙박부를 쓰게 되어 있다. 리즈들도 예외는 아닌지라 애버딘의 이름으로 숙박부를 적어두었다. 그것이 화근이 되었던지, 어떻게 알고 성에서 사람을 보내온 것이다.

"리즈 공주님, 국왕님께서 공주님을 기다리고 계십니다. 일행 분들도 모두 함께 와주십사 하시더군요."

"아바마마께서?"

"네, 공주님께서 성을 떠나신 이후로 국왕님께서는 많이 우울해지셨습니다."

"아바마마께서 우울해지셨다면… 한번 다녀는 와야겠지만 또다시 못 가게 하시면 난……."

"그럴 일은 없을 겁니다. 단지 공주님을 뵙고 싶은 마음에 누군가 이곳에서 공주님을 닮은 사람을 발견했다는 말만 들으시고도 저렇게 저희들을 시켜 숙박부를 뒤져서라도 공주님을 찾으라고 하시는데, 안 가시면 저희들도 날벼락 맞을 거고, 게다가 국왕님의 노여움을 사서 좋을 게 뭐가 있겠습니까?"

그레이의 끈질긴 설득에 두 손 두 발 다 든 리즈와 일행에게 그는 밖에 마차를 대기시켜 놓았다며 막무가내로 일행들을 성으로 끌고 갔다.

"리즈 공주님과 일행들 오셨습니다."

"들여보내거라."

서재에서 책을 보던 왕은 잠시 책을 덮었다.

"빛의 영광이 아바마마와 함께하시길… 리즈, 잠시 돌아왔습니다."

"아! 됐다, 그런 인사들은 그만두자. 괜찮겠지요?"

국왕은 뒤에 서 있는 카디프를 비롯한 일행들에게 양해를 구하기 위해 일일이 사람들의 눈을 맞췄다.

"못 보던 사이에 일행이 늘었군요. 처음 뵙는 아가씨도 있고……."

"아! 베니펏님의 평안함이 언제나 전하와 함께하시길. 피스라고 합니다."

"리즈의 아비 되는 사람입니다. 베니펏님을 믿는다고 하시면 다크 쪽에서 오신 분이신가요?"

"네, 그렇습니다."

"흠… 고생이 많으시겠군요. 리즈, 넌 요즘 어떻게 지내고 있었느냐?"

"저야 언제나 건강하게 잘 지내죠. 그런데 갑작스럽게 왜 절 부르신 겁니까?"

"서운하게 그렇게 이야기하면 내가 할 말이 없어지잖니. 아버지가 딸을 찾는 데 특별한 이유가 있어야 하는 것도 아니고."

"전 평상시에는 안 그러시던 분께서 갑자기 그러시니까……."

국왕의 얼굴에 일순 어둠이 드리워졌다.

"그래, 누구보다도 날 잘 아는 녀석이니 그런 거짓말은 필요없겠지. 오늘 새벽에 신탁이 내려졌다는구나. 아주 어이없고 황당한……."

"신탁이라면……?"

"그야… 우리는 여신 투회야님을 믿는 사람의 수가 절대적으로 더 많지만, 그래서 무시하고 싶지만 말이다. 프리스트들이 집단으로 찾아왔더구나. 네가 신성 모독 죄를 지었다며 말이다."

"신성 모독이라구요?"

"단도직입적으로 말하지. 너희 일행 모두가 신성 모독 죄로 신전에서 현상 수배를 붙였다는구나. 나에게 알려주는 것은 너에게 참회를 권하게 하기 위해서라고까지 말하니 이런 어이없는 일이 또 어디 있겠느냐? 리즈야, 아니지? 네가 신성 모독이라니… 더군다나 엘프까지 껴 있는 이 파티의 일원이 신성 모독이라니……."

국왕의 말에 리즈는 할 말이 없어졌다. 국왕은 독실한 신앙을 가지고 있었다. 그렇기에 리즈 역시 어릴 때부터 거의 습관처럼 신전에서 기도 드리는 일이 생활화되어 있던 아이였다.

"죄송합니다……."

"뭐가 죄송하다는 거냐? …정말로 네가 신전에서 난동을 부리고, 프리스트에게 행패를 부리고, 리절트에 있는 아렌이란 마을을… 없애 버리기라도 했단 말이냐!"

국왕의 목소리가 차츰 노기로 떨려왔다.

"말해 봐! 일단 무슨 일인지 알아야 내가 해결을 해도 할 것이 아니냐!"

"죄송합니다, 아바마마. 절 없는 자식으로 생각해 주세요. 외교적 문제에서나 종교적 문제에서나, 제가 버티고 있으면 샤아플린에 좋을 리가 없어요. 그러니까 제가 죽었다고 공식적으로 발표해 주세요. 설령 제가 죽지 않았다는 것을 안다고 해도 이미 아버님이 발표해 버린 이상 외교적인 문제로 거론하지는 않을 것입니다."

짝!

리즈의 말이 끝나기가 무섭게 국왕의 손이 리즈의 뺨을 세차게 스치고 지나갔다.

"죽었다고 하라고?! 그래, 없는 자식으로 치라고? 그게 아버지한테 할 소리냐?! 나라 걱정은 끔찍하게도 하는 애가 아버지 가슴에는 못을 박아?!"

리즈는 붉게 달아오른 자신의 뺨을 매만지며 눈물을 뚝뚝 흘렸다.

"경비병!"

국왕이 경비병을 부르기가 무섭게 마치 준비되어 있었다는 듯 십여 명의 경비병들이 리즈 일행들을 에워쌌다.

"리즈는 리즈 방에 가둬두고, 남은 자들은 일단 지하 감옥에 가둬라."

"아바마마!"

"시끄럽다! 뭣들 하고 있는 거냐?!"

경비병에게 붙들려 감옥으로 가는 애버딘들은 지하로, 리즈는 자신의 방으로 끌려갔으나 양측 모두 서로의 입장을 생각해서인지 저항은 하지 않았다.

"…이 일을 이제 어떻게 해야 좋으려나……"

긴 한숨을 내쉬며 걷잡을 수 없이 커져 버린 사태에 대해 그는 멍하니 고개를 떨어뜨렸다.

만일 리즈 공주님께서 참회를 하신다면… 저희는 리즈 공주님에 대해서 더 이상 물고 늘어지지 않을 것입니다. 공주님께선 원래 독실한 신자였으니까요. 아마도 잠깐 그들에게 물드셨을지는 모르겠으나, 본판이 맑으시니 언젠가는 돌아오실 겁니다. 그러나 차후… 공주님께서 여전히 그 불온한 녀석들과 어울리신다면… 저희도 더 이상 봐드릴 수가 없습니다. 빠른 시일 내 공주님을 찾아서 설득해 주십시오.

감히 명령조에 가깝게 신성 모독을 들먹이며 하이 프리스트들이 내뱉었던 말이 그의 귓가에서 울려댔다. 프리스트들의 말을 가볍게 무시하기엔 그의 신앙이 너무 컸으리라. 그는 점점 아파오는 자신의 머리에 손을 얹고는 깊은 생각에 잠겼다.

"이런, 망할! 어쩌다 이 리도스 신세가 이렇게 한심하게 변했나. 폼 안 나네, 정말."

지하에 갇힌 리도스는 연신 툴툴거려 댔다.

"내가 리즈에게 지은 죄만 아니라도 진짜 이러고 있진 않는다."

"그만 좀 툴툴거릴 수 없어요?! 리즈 언니는 혼자 뺨 맞고 갇혀 있을 텐데, 걱정도 안 돼요?"

피스가 리도스를 인정사정없이 면박 주는 말에 떼떼는 걱정스러운 표정을 지어 보였다.

"엄마… 많이 아플까요? 나서면 안 될 것 같은 분위기라 가만히 있었지만……."

"잘했어. 그 상황에서 끼어들었다면 분명히 난리가 났을 테니까."

카디프가 떼떼의 머리를 쓰다듬으며 칭찬을 해줬지만 떼떼의 표정은 좀처럼 쉽게 풀어지지 않았다. 걱정스러운 마음에 초조해 있는 것은 애버딘도 마찬가지였다. 일국의 공주라는 사람은 그 행동 하나하나가 나라에 막대한 영향을 끼친다.

"왜 리즈가 공주라는 생각을 하지 않았을까? 그런 생각만 했어도 진작 성으로 돌려보냈을 텐데……."

"애버딘! 정신 차려. 네가 돌려보낸다고 돌아가면 그게 리즈냐?"

리도스는 천하태평한 표정으로 바닥에 털썩 주저앉았다.

"죽이려고 덤벼들지만 않으면 돼. 그럼, 나도 리즈 얼굴 봐서 최대한 참을 테니까 말이야."

"제발, 욱하는 성질만 버려줘라. 네가 아렌만 안 부쉈어도 이렇게까진 안 됐을 거 아냐!"

카디프의 핀잔 어린 말에 리도스는 움찔한 표정으로 천장을 바라보았다.

"그래서 내가 이렇게 얌전하게 있는 거 아냐. 지은 죄 때문에……."

"그런데 어떻게 샤아플린에 오면 제일 먼저 감옥 갈 일부터 생기는 거냐? 지난번도 그렇더니 이번에도… 진짜 일이 안 되긴 안 되나 보다."

애버딘의 말에 일행들은 동감한다는 듯 축 늘어져서 밖만 바라보고 있었다. 리도스 말대로 죽인다고 덤벼들지만 않는 이상 무슨 짓을 한다고 해도 리즈 얼굴을 봐서 참아줄 녀석들이고, 국민들 대다수가 투회야를 믿는데 그 여신의 증거라는 엘프를 학대해 봤자 좋은 소리 못 듣기 때문에 왕도 쉽사리 그들을 처리할 결정을 내리지 못할 것이다.

"홋! 신성 모독 죄라고? 아주 가지가지 하는구나? 평민 출신의 유모에게서 뭘 배웠겠어. 자기가 지껄인 말이 신성 모독이 될지, 기도가 될지도 구분 못하는 아이가……."

귀비는 리즈의 방문 앞에 버티고 서서 그녀가 방으로 들어가지도 못하게 비아냥거리는 것을 멈추지 않았다.

"죄송하지만 비켜주십시오."

"뭐라고 했느냐?"

"죄송하지만 저리 좀 비켜달라고 했습니다. 아바마마께서 제 방에 혼자 있으라고 하셨습니다. 제가 외로울까 봐 옆에서 말동무해 주신다는 것은 고마운 일이고 또 말리지도 않겠습니다만, 아바마마께서 그런 귀비님을 잘했다고 상을 주실까요, 벌을 주실까요?"

"그 건방진 주둥아리는 예나 지금이나 멈출 줄 모르는구나."

그녀는 리즈를 매섭게 쏘아보고는 자신의 방으로 돌아가 버렸다. 리즈 역시 자신의 방으로 들어가 침대에 털썩 누워서 창밖을 바라보았다. 여전히 하늘만큼은 푸르고 변함이 없었다.

"다들 탈출시켜 버릴까?"

한참 멍하게 하늘을 바라보고 있던 리즈는 자리에서 벌떡 일어났다. 보나마나 신탁이 내린 이상 자신의 아버지가 중간에 껴서 좋을 일은 없었다. 샤아플린에 굳건하던 왕으로서의 존엄성이 신앙 아래로 곤두박질쳐질 것이니 말이다.

"죽은 자식인 셈칠 수 없으시다면… 차라리 가출하는 게 낫겠어."

적어도 집에 분란을 일으키느니 백성들마저 망나니라고 비웃고 욕할 만한 공주로 남는 것이 좋겠다는 생각에 그녀는 조심스럽게 창가 쪽으로 다가갔다. 리즈의 성격을 웬만큼 알고 있는 왕으로서 그 정도의 대비도 해두지 않았을 리 없지만, 혹시나 해서 바라본 리즈는 곳곳에 국왕이 병사를 쫙 풀어놓은 것을 발견할 수 있었다(리즈의 방 앞은 물론, 창가와 심지어는 천장 위까지 병사가 없는 곳이 없었다). 물론 그녀의 방 안에 있었던 마법 스크롤이라든지, 아이템이란 아이템은 모두 다른 곳으로 치워 버린 것은 말할 가치도 없는 일이었다.

"…지하 감옥에는 병사가 얼마나 있을까?"

그녀는 자신의 옷가지를 배낭에 쑤셔 넣기 시작했다. 가능한 한 바지들과 낡은 옷가지로 고르고 골라 챙기긴 했지만 좋은 천으로 만들어진 고급 옷이란 티가 팍팍 풍겨져 왔다.

"큰일 났네… 일단 몇 벌만 챙기고 마을에서 사야겠어."

배낭을 둘러멘 그녀는 지하 감옥으로 가는 워프 게이트의 문을 열었다.

"아바마마, 죄송합니다. 레서스 오라버니, 아바마마를 잘 부탁드려요."

리즈의 두 눈이 붉게 물들었다.

'신탁? 신성 모독? …그래, 신성 모독이지. 신을 믿던 내게 뼈아픈 배신감과 실망만 안겨줬어. 두고 봐! 이대로 물러나지 않을 거야.'

리즈는 일단 소동을 일으키기 위해 자신의 방에 있던 창문이라는 창문은 손에 잡히는 물건들을 무조건 집어 던져 하나도 남김없이 모조리 깨뜨려 버렸다.

'와장창' 하는 소리가 연속해서 들려오자 이제까지 그녀를 감시했던 모든 병사들이 달려왔으나, 리즈가 그때까지 방 안에 남아 있을 리가 없었다.

"전하! 큰일 났습니다."

"무슨 소란이냐?"

"공주님께서… 탈출하셨습니다!"

"뭐?!"

국왕은 말을 듣자마자 체면이고 뭐고 없이 지하 감옥으로 달려갔다. 리즈가 일행을 버리고 도망갈 정도로 의리가 없는 아이란 생각은 들지 않았던 것이다.

"리즈!"

"아바마마……."

예상대로 지하 감옥 안에 있는 리즈를 보는 순간 국왕의 가슴이 미어졌다.

"네가 그렇게도 내 가슴에 못을 박겠다면 그래… 내가 먼저 널 보내주마."

국왕은 자신의 허리에 꽂혀 있던 검을 빼 들었다.

"그냥 너 죽고 나 죽어버리자. 이리 나오너라!"

"아바마마!"

"나오라니까!"

리즈는 고개를 숙이고는 국왕에게로 다가갔다.

"꿇어앉아라. 다들 물러가 주게."

"전하… 고정하십시오."

"다들 물러가라고 했다!"

진노한 국왕의 목소리에 겁을 집어먹은 병사들은 다 밖으로 나가 버리자 그곳에는 오로지 국왕과 리즈, 그리고 애버딘 일행들만이 남았다.

"마지막으로 할 말은?"

비장한 국왕의 표정에 일순 긴장감마저 감돌았다.

"건강하십시오."

"그것뿐이냐?"

"네……."

리즈가 눈물을 툭툭 떨어뜨리자 이제까지 그 광경을 지켜보고 있던 일행 모두가 살기가 번뜩이는 눈으로 국왕을 노려보았다.

"리즈에게 손 대면 이 정도의 나라는 순식간에 날아간다! 각오 단단히 해라."

국왕은 자신을 협박하는 일행들의 표정을 바라보며 코웃음을 쳤다. 그리고 자신의 롱 소드로 리즈의 머리를 내려쳤다.

사라락~ 하는 머리카락 흩어지는 소리에 놀란 리즈는 고개를 들어 자신의 아버지를 바라보았다.

"리즈는 죽었다… 어느새 워프를 익혔나 본데… 다들 빨리 가 거라."

"아바마마?"

"빨리 가란 말이다!"

"…건강하십시오."

리즈를 외면하고 있는 국왕의 눈에서 두 줄기 눈물이 흘러내렸다.

자신이 예뻐했고 애지중지했던 딸이 길다란 머리카락만 남겨 놓고 사라져 버렸다.

"괜찮아?"

계속 쏟아지는 눈물에 애버딘은 걱정스러운 표정을 떨쳐 버릴 수가 없었다. 남자애처럼 짧아져 버린 머리카락 때문일까… 동안 으로 보이던 리즈의 얼굴이 조금은 성숙해져 보였다.

"괜… 찮아… 잠시만 이대로 놔두면 돼."

다들 리즈를 못 본 척하기로 했는지 가능한 그녀 쪽으로 시선 을 돌리지 않으려 애를 쓰며 다음 행선지에 대해 이야기를 나누었다.

"샤아플린에서 벗어나야 할 듯싶은데… 신전에서 현상 수배를 붙였다면 어디로 가야 하는 거지?"

"음… 어딜 가나 똑같지 뭐. 거기서 거기야. 너희만 괜찮으면 프로소에서 살아도 상관없지만 아무래도 그건 말이 안 되는 것 같고……."

리즈는 그들의 말에 기운을 차리려는지 토끼같이 빨갛게 충혈된 눈을 부릅뜨며 이를 악물었다.

"괜찮아. 어딜 가든 다 똑같은 거잖아. 일일이 걱정하고 신경 써도 변하는 게 없다면 닥치는 대로 가보고, 닥치는 대로 해보자."

애버딘은 리즈의 목덜미에 생채기를 발견하고는 안쓰러운 마음이 들었다.

"리즈, 잠깐 있어봐."

단검을 꺼내 든 그는 리즈의 머리를 다듬으려는지 머리를 쓰다듬었다.

"머리 정리… 대충은 해야 할 것 같은데, 해줄까?"

"부탁할게."

리즈는 얌전히 자리에 앉았다. 사각사각거리는 서늘한 소리가 그녀의 귓전을 울리자 리즈는 마음이 가라앉는 것이 느껴졌다. 손수건을 꺼내고는 목덜미를 깨끗하게 털어주며 등을 두들겨 주는 애버딘의 행동에서 리즈는 왠지 '힘내'라고 말해 주는 것 같아 생긋 미소를 지어 보였다. 우는 것은 맨 나중으로 미루고 가능한 한 자신이 할 수 있는 일을 찾고 싶었다.

"피스, 다크로 간다고 했지?"

"…생각이 변했어요. 다크든 어디든 계속 함께 가볼래요. 폐가 되지 않는다면……."

피스의 말에 일행은 다들 반가운 기색을 감추지 않았다. 지금에 와서 누구 하나가 빠진다면 무척이나 허전하고 서운하리라는 것을 그들은 잘 알고 있었기 때문이다.

"어디로 갈까?"

"그나마 신앙의 힘이 좀 덜 강한 다크가 낫지 않을까?"

리도스의 말에 카디프 역시 고개를 끄덕거렸다.

"만일 다크로 간다면 코아라는 친구에게 한번 더 가볼까 하는데… 어때?"

"그러고 보니까 투희야는 어떻게 된 걸까? 이렇게 저렇게 꽤나 귀찮게 참견하더니."

리도스의 말에 피스의 안색이 약간 파리해졌다.

"투희야님은… 인간의 편이 맞는 거 같아요. 개인적인 생각이지만."

"그런데 가만히 생각해 보면 우리가 한 번도 그녀를 찾아 나서 본 적은 없는 것 같아. 한번 그녀를 찾으러 가보는 것도 나쁘진 않을 것 같은데… 명색이 신이었으니까 우리보다 아는 것도 많을 거 아냐. 난 나에 대해 제대로 된 기억을 갖고 싶어. 이건 계속 먹구름이라도 낀 것처럼 기억력은 가물가물거리고 뭔가 좀 찝찝해."

애버딘이 얼굴을 찌푸리며 자신의 기억에 대해 찝찝함을 표시하자 리즈는 혹시 애버딘도 자신처럼 과거로 왔다 갔다 한 것이 아닐까 하는 의구심이 들었다.

한번 과거를 다녀온 사람은 막상 바꾸려고 했었던 그 과거에 자신이 했던 일을 기억하지 못하기 때문에 아는 것이 없다.

애버딘의 증상이 상당히 자신과 흡사하다는 것을 깨달은 그녀는 이번에는 피스와 투희야의 상관 관계를 짜맞춰 보기로 결심했다. 투희야는 피스에게 그녀가 자신의 환생체임을 밝히며 자신을 죽여달라고 부탁했었다. 피스는 항상 투희야의 환생체가 되었다고 이야기했다.

항상 그녀가 투희야를 죽였고, 그 대가로 그녀가 가진 엄청난 힘을 넘겨받았다.

그리고 투희야가 그렇게까지 해서 지키려고 한 것은 인간인… 애버딘이었다.

그렇다면 피스… 그녀는 과거 애버딘의 일행이 아니었을까?

그녀는 너무 많이 운 데다가 여러 가지 생각으로 머리 속이 복잡해지자 슬슬 머리가 욱신욱신거림을 느꼈다.

"세인트 말이야, 의외로 가까운 데 있는 것이 아닐까?"

"가까운 데라니? 갑자기 왜 그런 생각을 하는 거야?

"그게 애버딘이 과거에 대해 제대로 기억하지 못하는 것은… 애버딘이 살아온 세월이 300년이라는 것이 아니라 과거로 가는 게 이트만 뚫고 다녔는데, 그 기간들이 몇백 년씩 된 거고, 기억이 그렇게 쌓이다 보니까 자신이 300년을 살아왔다고 느끼는 거 아닐까? 과거에서 친구를 만들 수도 있는 거고, 현재로 돌아와 보니까 내가 살던 것들이 깡그리 없어진 거지. 나를 낳아주신 부모님이 없어졌을 수도 있고, 누나가 없을 수도 있어. 대형 사고라도 치게 된다면 사람 자체가 멸종되었을 수도 있었을 테고……."

"그런데 리즈, 네가 과거로 거슬러 가서 그런 것들을 느낄 수 있다는 걸 어떻게 알아? 과거라도 갔다 왔다는 거야?"

"지금 무슨 소릴 하는 거야?"

"리즈 언니의 말이 맞는 것 같은데요."

"응? 피스, 넌 어떻게 알아?"

카디프의 질문에 피스는 살짝 얼굴을 찌푸렸다.

"지난번에 제가 시간을 멈출 줄 안다는 말… 아, 이러면 모르시 겠군요. 지난번 트리아를 구하러 갔을 때 스켈레톤을 만난 적이 있었죠? 그때 그 스켈레톤이 갑자기 가루가 되어 사라진 적이 있 지 않았나요?"

"그래, 그러고 보니 그때 그런 일이 있었네. 맞아! 그때 넌 설명 해 줘봐야 모를 거라고 대충 넘어가지 않았었냐?"

애버딘의 말에 피스는 빙긋 미소를 지었다.

"정말 애버딘님의 기억력은 대단한 것 같아요. 그걸 다 기억하 고 계시다니."

"하하, 뭐 이 정도 가지고……"

"그러니까 요는 그때 쓴 게 그 시간을 멈추는 주술이란 거죠. 음… 시간을 멈추는 주술은 하루에 1번밖에 쓸 수 없어요. 그리고 사용할 생명체가 있어야 하구요. 간단할 것 같나요? 후후, 하지 만… 여러 가지 조건과 제약이 있기 때문에 이걸 사용할 수 있는 주술사는 저밖에 없어요. 저 대단하죠? 후후. 그리고 참고로 말하 자면 그때 아렌에 있던 사람들도 모두 제가 그쪽으로 옮긴 거랍 니다. 시간을 멈추곤 한꺼번에 워프 게이트로 몰아넣었죠."

피스의 말에 애버딘과 카디프는 영 미심쩍은 표정을 지어 보였 다.

"잠깐! 그 마법이 아무나 할 수 없는 거고 사용할 수 있는 사람 도 너밖에 없는 거라고?! 그렇다면 시간을 멈출 수 있는 넌… 세 상 무엇보다 강한 자라는 이야기 아니야? 그런데 왜 숨어 지내는 거야? 다크 같은 곳에서… 영재 교육까지 받아가며 나라에서 기르다시피 했는데, 그런 능력을 가진 아이를 곱게 내버려 뒀다는 거야?"

"게다가 그렇게 굉장한 주술사가 있다면 다른 나라와 연락을 끊고 어디론가 새기 힘들도록 조치를 취할 것 같은데… 아냐?"

"맞아요. 전 최강의 주술사라고 불렀어요. 그 정도로 제 능력에 대한 자신도 있었구요. 그런데 문제는 그 힘에 있었어요. 주술사를 만들 때 스파르타식으로 훈련을 쌓아요. 예를 들자면 두 명의 아이를 싸우게 만들고 싸우다가 어느 한 명이 죽을 경우에는 남은 아이와 두 명의 아이가 싸우게 만드는 식인 거죠. 전 사람을 죽이는 것에 무감각해지는 게 싫었어요. 덕분에 몬스터 사냥이나 고달픈 일이란 일은 다 제 몫이 되어버렸죠. 뭐라고 할까… 사람을 아무렇지 않게 죽이는 것보단 몸이 힘들어도 몬스터 퇴치 쪽이 좋았죠. 칭찬도 많이 듣고, 어쩔 땐 영웅 대접도 받았어요."

피스의 표정이 갑자기 씁쓸하게 변했다.

"…그렇게 좋은 면으로만 생각하려 애썼지만 사실 전혀 달라진 게 없었죠. 사람들이 사실은 날 무섭게 생각하고 있었으니까요. 아무리 좋은 일을 해도, 아무리 미소 짓고 아무리 예쁘게 보이려 애쓴다 해도… 결국 그 사람들의 눈에는 제가 오크나 고블린, 트롤과도 같은 존재라는 소리였죠. 그 뒤부터는 일을 그만둬 버렸어요. 나를 이길 수 있는 사람이 없으니까 추적도 하지 않았고, 마을에서 마을로 떠돌다 보니까… 우리가 처음 만났던 그곳까지 갈 수 있었죠. 그곳 사람들은 절 딸처럼, 동생처럼 그렇게 예뻐해 주고 귀여워해 줬어요."

피스는 자신의 이야기를 늘어놓자면 한도 끝도 없을 거라며 한숨을 내쉬었다.

"힘들었겠다. 사람들은 자기랑 다른 것을 두려워해. 네가 특별하니까 그러는 거야. 괜히 그런 걸로 심각하게 고민하지 마."

리도스의 말에 피스는 씁쓸한 미소를 지었다.

"…피스는 말이죠. 사람이긴 한데 사람이 아니래요."

"응?"

"피스는 투희야님의 환생체래요. 피스가 최강의 주술사가 될 수 있었던 이유는 제가 투희야님을 죽였기 때문이래요. 그래서 그 힘이 저한테 오는 거래요. 이제 더 이상 투희야님은 존재하지 않아요. 우리 앞에 나타날 때 늘 시간이 없다고 했던 말… 그게 나에게 죽임을 당하기까지의 시간을 이야기한 거예요. 웃기지 않아요? 그러니까 피스는… 사람이 아니에요. 제가 애버딘님을 좋아하는 이유도… 제 힘을 애버딘님을 위해 쓸 수 있게 잠재의식 속에 그렇게 인식되어 있기 때문이래요. 저… 과거로 사람을 보낼 수 있어요. 물론 인간이란 종족만 그런 거지만… 괴물 같죠?"

피스는 마치 술이라도 마신 듯한 표정으로 자신의 이야기를 줄줄 읊어댔다. 남의 일을 이야기하듯 담담한 얼굴로 자신의 이야기를 하고 있는 피스를 보고 있자니 애버딘은 미안해서 몸둘 바를 몰랐다.

"난 그렇게 대단한 사람이 아닌데… 미안해."

애버딘의 말에 피스는 세차게 고개를 저었다.

"아니에요. 전 애버딘님을 좋아해요. 그게 만들어진 것인지… 아니면 정말로 좋아하는 건지 아직 알 순 없지만, 전 애버딘님에게 도움이 되는 게 너무 행복해요. 거추장스럽게 강한 힘도 조금은 만족스럽게 느껴지니까요."

피스의 말에 리즈는 그저 멍하니 듣고 있을 수밖에 없었다. 자신과는 스케일부터가 틀리다.

'그치만… 양보하고 싶지 않아.'

리즈는 답답한 기분이 들어 잠시 먼 하늘을 바라보았다.

"아빠, 엄마 말대로라면 세인트도 가까운 데 있지 않을까요? 왜… 카디프 아저씨, 피스 아줌마, 그리고 신들 전부 아빠가 찾지도 않았는데 아빠 주변에서 발견됐잖아요."

떼떼의 말에 애버딘은 곰곰이 생각에 잠겼다. 자신이 구태여 찾지 않아도 주변에 자연스럽게 모였던 것이라면… 아버지의 유품이라고 했던 파타와 리즈 정도일까?

"저… 혹시 해서 하는 말인데… 이 파타가 세인트가 아닐까? 세인트는 그 모습을 자유롭게 바꿀 수 있다고 했잖아?"

카디프 역시 고개를 끄덕이며 그럴 수 있다는 가능성을 인정했다.

"네 말대로 세인트는 자신의 모습을 자유자재로 바꿀 수 있어. 그런데… 세인트는 검 중에서 유일하게 영혼을 가지고 있는 검이야. 말도 할 수 있고, 감정도 가지고 있지. 그런데 파타는… 글쎄, 내가 검의 주인이 아니니까 당연한 건지도 모르지만 느낌이 없어."

그의 말에 리도스가 다른 가능성을 제시했다.

"검에 혹시 문제가 생긴 게 아닐까? 신들도 세인트가 밖에 있다는 걸 알면서도 이제야 부랴부랴 급하게 찾고 있는 거잖아."

"검의 수명이 다 되기라도 했단 말이야?"

"글쎄… 워낙 특별한 검이라서……."

"그렇게 좋은 검이었나?"

애버딘의 말에 카디프는 피식 웃음을 터뜨렸다.

"풋! 좋은 검? 글쎄, 네 연인과도 같은 검이라고 보면 맞을 거다."

"연인?"

"술 먹으면 많이 먹지 말라고 잔소리해, 몸 아프다 싶으면 챙겨 주지……."

"뭐야, 그건 정말 검이 아니라 애인 아냐?"

"애검이지. 훗."

애버딘은 자신의 머리에서 롱 소드가 화장하고 하트를 마구마구 뿜어내며 자신을 향해 '자기야아~' 하는 콧소리를 내는 장면이 떠올랐다. 머리 한쪽에선 '내가 변태였단 말이야?' 라는 생각과 '호~ 재밌겠는데~' 하는 생각이 번갈아 떠오르기 시작했다.

"이봐, 애버딘. 무슨 생각을 하고 있는 거야?"

리도스가 자신을 부르지 않았다면 아마도 애버딘은 세인트를 찾는 것에 대해 심각하게 고려를 해보았을 것이다. 아무리 생각해도 엽기는 엽기다. 화장한 검이라니…….

"어떻게 할래요? 투희야님은 찾을 수 없게 됐으니……."

피스의 표정이 또다시 침울해지자 리즈는 화제를 돌리기 위해 카디프에게로 시선을 돌렸다.

"있잖아, 피스가 투희야의 환생체라면 카디프가 피스에게 투희야님을 대하듯 그렇게 해야 하는 거야?"

리즈의 말에 다들 흥미로운 얼굴로 카디프를 바라보았다. 그러나 그의 입에서 나온 말은 정말 의외의 것이었다.

"아니, 그럴 필요 없어."

"응? 어째서?"

애버딘이 의아한 얼굴로 고개를 갸웃거렸다. 자신이 엘프라는 것을 그다지 마음에 들어하지 않던 녀석이었지만, 투희야에 관해서는 진심으로 신으로 받드는 신기한 녀석이 환생체에겐 왜 시큰

둔한 반응을 보이는 걸까?

"신으로서가 아니면 엘프들은 투희야님의 증거가 될 수 없어. 만일 투희야님께서 돌아가셨다면… 엘프들은 영원히 자유로운 종족이 되는 거지."

그의 말에 리즈는 고래를 갸웃거렸다.

"영원히 자유롭다? 좋은 것 같은데… 어째서 카디프, 넌 별로 마음에 안 들어하는 눈치다."

그녀의 말에 그는 정곡을 찔렀다는 듯 겸연쩍은 얼굴로 고개를 끄덕였다.

"영원히 자유롭다는 건 영원히 외롭다는 거랑 통하는 말이니까."

"그런가? …엘프는 참 어렵게 사는 종족이야."

애버딘이 카디프의 귀를 잡아당기며 놀리듯 말하자 카디프는 귀를 좌우로 움직이며 애버딘의 손을 떨쳐 버렸다.

"우와! 아저씨, 굉장해요. 귀를 움직일 수 있는 거예요?"

떼떼가 신기한 듯 반짝거리는 눈으로 카디프를 바라보자 그는 자신도 모르게 살짝 양미간을 찌푸렸다.

"뭐, 다 좋은데 동물원 원숭이 보듯 하지만 말아줘."

그의 말에 다들 미소를 터뜨렸다.

"다크 쪽 진실의 숲은 마법이 통하지 않는다는 거 기억하고 있지?"

카디프의 말에 일행들은 고개를 끄덕였다.

"그런데… 정말이지 우리 요즘 돌아다니는 거 보면 '아데스 세계 여행 오지게 고생한다!' 뭐, 그런 거 하는 거 같지 않아?"

애버딘의 말에 리즈는 눈을 동그랗게 떴다.

"오지게?"

"무척!"

이젠 일일이 묻지 않아도 척척 호흡이 맞는 두 사람이었다.

"샤아플린에서 리즈가 죽었다고 하면… 일단 넌 의심받지 않게 하기 위해서라도 평민의 말을 배워야 할 것 같아."

"평민의 말?"

"뭐, 그런 거 있잖아. 리도스는 머리가 다섯 개인 거대 드래곤이다. 바꾸면 '리도스는 대가리가 다섯 개인 대따 큰 드래곤이다' 또는 '리도스는 대갈통이 다섯 개인 억수로 대빵 같은 드래곤이다' 그런 거. 일반적으로 우리가 쓰는 말을 모른다고 매번 눈을 동그랗게 뜨고 '그게 뭐야? 그게 뭐야?' 라고 묻는다면 낯선 곳에 갔을 때 큰일당하기 제일 좋은 목표물이 되는 거라고."

"흠… 그렇구나."

리즈가 납득했다는 듯 고개를 끄덕이자 애버딘은 피식 미소를 지어 보였다.

"그럼 한번 해봐. '리도스는 대가리가 다섯 개인 대따 큰 드래곤이다.'"

"리도스는 대… 대갈님이 다섯 개인……."

"이런이런, 대갈님이 아니라 대가리."

애버딘이 가까스로 터져 나오는 웃음을 참으며 말을 고쳐 주자 리도스가 영 불만스러운 표정으로 고개를 저었다.

"애 다 버려놔라, 다 버려놔. 왜? 아예 도마뱀이라고 하지."

"호~ 그것도 좋겠다. '리도스는 대.갈.님.이 다섯 개인 대따시 큰 도마뱀이다'. 하하핫."

애버딘의 말에 리도스는 X 씹은 표정으로 그를 노려보았으나, 다른 사람들은 배를 잡고 웃느라 다들 뒤로 넘어가 버렸다.

"뭘 그래요? 전에는 리도스님께 머리 나쁜 도롱뇽이니, 도마뱀이니 마구 해댔으면서. 그 정도만 해도 다 평민인 줄 알 거예요. 사실 말이야 바른 말이지, 언니 같은 공주님이 세상에 어딨어요?"

"그런가?"

"당연하죠. 내기할래요?"

"쯧쯧… 피스도 배웠네, 피스도 배웠어."

애버딘이 혀를 차며 리즈를 바라보자 리즈는 아무 말도 못 들었다는 듯 물끄러미 고개를 돌려 버렸다.

"자, 그만 하고 가자, 가. 코아라는 친구가 있는 데만 가면 되는 거지?"

"아마도 그럴 거야. 세인트에 대해 묻기만 할 거니까 금방 끝나."

카디프의 말에 리도스는 드래곤으로 폴리모프를 해서 일행들을 모두 등에 태웠다.

"다들 꽉 잡아라."

"오~ 오늘은 서비스 만점인데~"

"…애버딘 땅과 찐한 포옹씬을 찍고 싶으면 계속 주둥이 놀려라."

"거참, 성질은……."

리도스는 되도록 사람들의 눈에 띄지 않도록 높이 올라갔다.

"다 왔다. 내려라."

리도스가 바닥으로 일행들을 내려주자 다들 아쉽다는 듯 입맛을 다셨다. 대부분의 일행들이 어둠에 익숙한 데 비해 애버딘과 리즈는 거의 바닥에 붙어 사는 수준이었다.

"다 같이 우르르 몰려갈 거 없이 나 혼자 다녀올게. 애버딘, 그 파타 좀 빌려줘."

애버딘은 손에 쥐고 있던 파타를 카디프에게 건네준 뒤 일행들과 함께 널찍하게 자리를 잡고 앉았다.

"코아, 나왔어."

"요즘 들어 자주 오는군."

여전히 음울한 목소리로 카디프를 반기던 코아는 그의 손에 들려져 있는 파타를 쳐다보며 의아한 듯 물었다.

"그건 웬 파타인가? 문양을 보면 세인트의 문양인 것 같은데……."

"그래서 코아에게 물어보려고. 요 근래에 내가 들고 있는 이런 파타를 보지 못했어?"

"도대체 친구가 그렇게 없나? 뭐, 물론 옛날부터 내가 자넬 좀 예뻐해 주긴 했지만서도… 요즘 와서 자네, 너무 나에게만 의지하는 것 같아."

"뭐… 전에 왔을 때보다 건강도 훨씬 좋아 보이는구만."

카디프의 말에 코아는 호탕한 웃음을 터뜨렸다.

"음하하하핫!"

"나니까 그래도 코아, 자네랑 놀아주는 거야. 그 성격 좀 어떻게 해봐."

카디프는 예전에 비해 많이 밝아진 모습으로 코아와 농담을 한 차례씩 주고받았다.

"자, 한번 잘 봐줘."

코아는 자신의 나뭇가지를 손처럼 쭉 뻗어 파타를 잡고는 이래 저래 살펴보았다.

"썩어도 준치라고 역시 세인트의 문장이 있는 무기는 뭐가 틀려도 틀려."

"뭔가 알겠어?"

"일단 이 문양은 난 세인트 말고 한 번도 본 적이 없어. 그리고 이 건틀 렛."

코아는 있는 힘껏 파타를 바닥으로 내려치고는 한쪽 뿌리로 사람 발로 그러하듯 흙이 있는 것도 아랑곳없이 빡빡 문질러 대기 시작했다. 카디프는 코아의 행동에 흠칫 놀란 나머지 고함을 질렀다.

"이게 무슨 짓인가?!"

"무슨 짓이긴, 나보고 잘 봐달라며. 그렇게 쳐다보긴. 이것 봐, 흠집 하나 안 났지?"

과연 그가 들어 올린 파타에는 먼지가 좀 묻었을 뿐 흠집 하나 나 있지 않았다.

"내 생각이 맞다면 이건 분명히 세인트다. 그렇지만……."

"그렇지만 뭐?"

"이야기했지, 썩었다고."

"무슨 소리야? 썩다니?"

"칼이 없는데 칼집만 있으면 뭐 하나. 신들이 이거 찾으려고 혈안되어 있는 게 이 안에 들어 있는 영혼 때문이지 않나? 영혼이 들어 있는 검은 두 번 다시 만들지 못하네… 안됐지만 이 검은 영혼이 빠져나갔다네."

"신들이 그래도 이걸 찾는 이유는 뭔가?"

"뭐, 뻔하지. 이 검의 영혼을 찾아서 다시 봉인이라도 시켜두려는 거겠지. 희소성의 가치가 있는 것이니만큼 신들도 쉽게 포기하진 않을 걸세. 지키려면 애 패나 먹겠는데… 그래, 이 검의 영혼은 어디에 있는 줄 알고 있나?"

"뭐… 대충 짐작은 가지만… 왠지 말이 안 될 것 같아서……."

"뭐가 말이 안 된다는 건가?"

"흠… 혹시 말이야, 그 검의 영혼이 빠져나가서 사람이 될 수는 없는 건가?"

"…나하고 장난치자는 건가? 영혼은 모두 신들이 관리하네. 그 영혼에 걸맞는 육체를 주기 위해서 말이지… 그런데 무작정 검의 영혼이 빠져나갔다고 해서 거기에 육체를 주겠나? 신들이 특별히 아끼는 것인데… 안 준다구. 결국 신들의 입장에선 그 영혼은 희소성의 가치를 떠나, 뭐라고 해야 하나… 집 나간 막내라고 보면 된다네. 그 정도로 각별하지."

"흠… 그렇군. 그럼 내가 잘못 생각하고 있는 것 같네. 난 리즈라고… 애버딘과 연관성도 있고, 우리 일에 자꾸 말려드는 것도 그렇고 해서 혹시 그 소녀가 세인트의 영혼이 아닐까 하고 생각했었는데… 그렇군."

"이번에도 할 생각인가?"

"이번에는 제대로 잘하고 싶어. 신의 완전체를 불러내려면 어떻게 해야 하는지 아직 알아내지 못했지만 뭔가 점점 수수께끼는 풀리고 있는 거 같은데… 뭘 어떻게 해야 할지 모르겠어."

코아는 카디프를 바라보며 긴 한숨을 내쉬었다.

"카디프~ 너, 겁이 나는 거냐?"

"같은 실수를 반복할까 봐, 약간은."

"걱정하지 마. 넌 실수를 저지르러 가는 게 아니라 실수를 고치러 가는 거야. 스스로를 못 믿는데 누가 널 믿어주겠냐?"

코아의 말에 그는 고개를 끄덕거렸다.

'스스로를 믿어야 남도 나를 믿어준다.'

"고마워. 일이 끝나서 밝은 햇살이 다시 뜨면 새로운 친구들과 함께 돌아올게. 기다려 줘."

카디프가 자신에게 밝게 웃어 보이자 그는 약간 걱정스럽다는 듯 말을 이었다.

"다시 돌아온다고 맹세할 수 있지?"

"맹세해. 태양과 함께 눈부실 정도로 멋진 모습으로 돌아와 줄게."

"훗! 기대하고 있으마."

그의 음울한 목소리가 한결 가벼워지자 카디프는 천천히 코아에게서 멀어져 갔다.

"잘 갔다 왔어?"

애버딘이 자신을 반기며 생긋 미소를 짓자 카디프는 한결 자신의 마음이 가벼워지는 것을 느낄 수 있었다. 만일 또 실수를 한다해도 애버딘이라면 어떻게든 근성으로 도전할 것 같은 생각이 들어서일까.

"코아가 뭐래?"

"그냥 이거 세인트는 맞는데… 반쪽짜리야."

애버딘은 카디프가 내미는 파타를 받아 들고는 자신의 손에 끼었다.

"네? 반쪽짜리요?"

피스가 고개를 갸웃거리며 카디프의 답을 기다리자 그는 긴 한숨을 내쉬었다.

"후우… 세인트는 영혼이 들어 있는 검이라고 말했었지?"

"그런데?"

"영혼이 없대. 뭐… 어떻게 된 일인지 나도 알 수가 없지만 영혼이 없으면 이 검은 무용지물이라구. 뭐, 파타 자체는 튼튼하고 검 자체도 명검이지만 우리는 명검이니 뭐니 하는 걸 찾는 게 아니라 세인트를 찾는 거잖아."

"뭐… 일단 이 파타를 가지고 있으면 언젠가 만나도 만나지지 않을까?"

애버딘의 태평한 소리에 리즈는 답답하다는 듯 살짝 양미간을 찌푸렸다.

"어휴~ 저 태평! 어휴~ 그러지 말고 감나무 밑에 누워서 감 떨어지길 기다리지 그래?"

"훗, 그렇게 조바심을 내도 나타날 거면 나타나고, 안 나타날 거면 안 나타나. 명색이 애검이라고 했으니까 또 모르지. 내 주변 어딘가에서 얼쩡거리고 있을지도……."

"하여간 애버딘을 누가 말려."

리도스가 애버딘의 뺨을 쭉쭉 잡아당기며 피식 미소를 지었다.

"이제 뭐 할 건데? 샤아플린으로 가면 아무래도 골치 좀 아플 테고, 리절트에 가면 아렌이 걸리고, 게다가 샤아플린보다 심하면 더 심했지 덜하진 않을 거 아니야. 그렇다고 다크에 있으려니 네 광신도들이 걱정되고… 쯧쯧, 우리 신세가 어째서 이렇게 된 건지……."

리도스의 말에 일행들은 땅이 꺼져라 한숨을 내쉬었다. 아무리 생각해도 앞으로의 일이 막막해져 왔다. 애초부터 자신의 생각과 신들은 틀려도 너무 틀렸다. 물론 자신이 인간이고, 그래서 인간들 중심의 생각으로 살아가는 자신들이 사실 정의로 따져 본다면 나쁠 수도 있겠지만…….

'내가 너무 기대를 크게 했던 걸까?'

리즈는 생각할수록 자신이 처한 입장에 화가 나서 견딜 수가 없었다. 신은 언제나 한결같고, 온화하며, 현명한 이미지로 잘 포장되어 있었던 것이다. 사실은 상반된 이미지도 일정 부분 가지고 있는데 말이다. 동전의 앞면만 보고, 미처 뒷면은 보지 못한 것일지도 모르겠다. 그렇지만 이미 정이 딱 떨어진 면을 본 뒤라 예전처럼 쉽게 신을 좋아하진 못할 것 같았다.

'좋은 신도 있겠지. 투희야님도 알고 보니까 좋은 신이었던 것처럼……'

분위기가 너무 무거워서일까, 떼떼가 약간 주눅 든 표정으로 애버딘을 바라보았다.

"엄마, 아빠, 이젠 어디로 갈 건가요? 떼떼 잠 와요."

떼떼가 슬슬 잠이 오는지 리즈에게 다가와 잠투정을 시작했다. 리도스는 그런 떼떼를 번쩍 안아 들고는 축 쳐져 있는 일행들을 불러 세웠다.

"지금 딱히 가려는 곳 없으면 프로소로 가는 게 어때? 거기라면 숙식 제공에 자료실도 열려 있고, 뭐… 어딘가 잘 찾아보면 신의 완전체를 불러내는 법도 있을 거야."

"흠… 그럼 뭐 마다할 이유가 없지. 가자."

애버딘의 동의가 떨어지자 리도스는 다시 한 번 거대한 드래곤으로 폴리모프를 하고는 한껏 의기양양한 표정으로 미소를 지었다.

"오늘 나 너무 착한 거 같지 않냐? 하하핫!"

"그래그래, 성에 가면 당근이라도 찾아서 깎아주마."

"당근? 내가 토끼냐? 토끼야?"

"거 잔소리 좀 그만 하고, 빨리 가자."

"정말 요즘 인간들은……"

리도스는 툴툴거리며 또다시 일행들을 태우고 프로소를 향해 날아갔다. 한참을 날아 프로소에 도착하자 예전에 그들에게 친구라 소개했던 신하가 쪼르르 달려와 고개를 숙였다.

"전하, 이제 오십니까?"

리도스는 다시 인간으로 폴리모프를 하자마자 그 신하에게 일거리를 떠넘겼다.

"아, 그래… 별일없었지? 신의 완전체를 불러내는 법에 관한 책이라던가 자료가 있거든 좀 구해주게."

"별일은 없었습니다만, 완전체라니요? 그걸 불러내서 뭐 하시게요?"

"뭐 하긴 뭐. 괜한 소리 말고 시키는 거나 한번 찾아봐."

"알겠습니다. 한번 찾아보겠습니다. 바로 성으로 가실 겁니까?"

"그래야겠지. 분명 일도 쌓여 있을 테고."

"그럼, 손님들은 전에 쓰시던 방으로 먼저 가서 준비해 놓겠습니다."

"부탁할게."

그는 고개를 숙이고는 성으로 바로 워프를 해버렸다. 일찍 가봐야 딱히 할 것도 없는 애버딘들은 천천히 걷기 시작했고, 주변 경치 감상에 정신이 없었다. 여전히 프로소는 아름다운 곳이었다. 드래곤의 서식처라고는 믿어지지 않을 정도로.

경치 감상 중 애버딘은 좋은 것을 생각해 냈는지 손뼉을 쳐댔다.

"야! 야! 신이랑 되게 가까운 걸 찾아냈어."

"응? 신이랑 가까운 거?"

카디프가 의아한 듯 묻자 애버딘은 회심의 미소를 지으며 승리의 V 사인을 해 보였다.

"어레인 계곡."

"어레인 계곡이라면… 그 투희야의 종놈?"

리도스의 말에 애버딘은 고개를 끄덕였다.

"응. 아무래도 신에 대해 전혀 모르는 것보다 조금이라도 아는 게 낫잖아?"

"그거야 그렇지만 그 어렌인 계곡은……."

리도스의 얼굴이 약간 일그러지자 카디프가 얼른 나섰다.

"그렇지만 뭐? 애버딘의 말이 맞잖아. 어레인 계곡이라면 그렇게 먼 거리도 아니고, 피곤하더라도 다녀오는 게 어떨까?"

"그래, 갔다 오자. 응?"

"피스도 같은 생각이에요."

"떼떼도 잠은 나중에 자도 되니까 지금 갔다 와요."

다들 카디프의 말에 동의하자 리도스는 더욱더 표정이 일그러졌다.

"그래그래, 누가 애버딘이나 카디프 말이 틀리데?"

"그럼 뭐가 문젠데?"

리즈가 따지듯 묻자 그는 기다렸다는 듯 말을 받았다.

"어레인 계곡이 소멸되었다는 거."

"에?!"

"내가… 계곡의 정신체를 없애 버렸다구."

일행들은 한동안 멍한 얼굴로 리도스를 한참 동안 바라보자 그는 머쓱한 표정으로 연신 머리를 긁적거렸다.

"그렇게 보면… 저기… 찔리는데……."

리도스의 말에 애버딘은 그를 노려보았다. 그 눈빛이 워낙 살벌한 것이라 저러다가 꼭 눈에서 레이저 빔이라도 튀어나올 것만 같은 느낌이 들 정도였다.

"찔리라고 쳐다보는 거잖아, 바보야!"

그 정도는 약과였다. 애버딘의 말 뒤에 우르르 리도스에 대한 비난이 쏟아지기 시작했으니…

"하여간 사고는 혼자서 다 치고 다니지. 누가 저 드래곤에게 족쇄 좀 채워줘."

협박형 리즈.

"아저씨는 그 욱하는 성격 때문에 한번 눈이 뒤집히면 손해 보는 것과 손해 보지 않는 것 하나도 안 보이시죠?"

분석형 떼떼.

"리도스, 앞으로 뭔가를 저지르기 전에 애버딘이나 우리에게 상의해 결정하고 저질러 줘."

처방형 카디프.

"한 번만 더 해봐요, 한 번만! 내가 그 손모가지를 확 분질러 버릴 테니까."

고문형 피스.

모두의 비난이 리도스를 향해 쏟아지자 그는 벌쭉한 듯 쭈뼛쭈뼛거리며 모두에게 고개를 끄덕였다. 아마 시선이라는 것에 드래곤을 작게 만들 마법이 담겨 있다면 리도스는 지금 도마뱀으로 변해 있을 것이고, 그 시선에서 레이저 빔 같은 것이 나온다면 그는 아마 사상 최초 드래곤 통 구이가 되었을 것이다. 그리고 '사상 최초! 크로매틱의 전 대표 리OO씨(XXX세) 눈총 맞아 죽다!' 라는 기사로 드래곤의 신문 1지면을 화려하게 장식했으리라.

"하~ 그럼 믿을 건 아까 성으로 들어간 그 아저씨뿐이라는 건가?"

애버딘이 다시 한숨을 내쉬자 카디프는 피식 미소를 지었다.

"어쩨 애버딘답지 않게 내내 한숨이네? 그러지 마. 다른 사람도 축축 쳐져 버리니까. 그나저나 리도스, 그분이 완전체를 불러내는 법을 찾기까지 얼마나 걸릴까?"

"일 처리가 꼼꼼한 사람이니까 대략 1, 2주 정도 걸릴걸."

"와~! 자료가 많은 모양이지? 그렇지만 그렇게 오래 걸린다면 우리도 같이 가서 도와주는 게 어때? 도와주면 훨씬훨씬 일이 빨리 끝날 거 아냐."

리즈가 소매까지 걷어붙이며 의욕을 활활 불태우자, 리도스는 그런 그녀를 귀엽다는 듯 피식 웃으며 잔인하게도 찬물을 끼얹는 소리를 던졌다.

"아가씨~ 아서요, 아서. 내가 말했죠? 드래곤의 문서는 고대 문자로 쓰여 있다고."

리도스가 놀리듯 말하는 것에 자존심이 상하긴 했지만 글은 하루아침에 배울 수 있는 성질의 것이 아니었다. 축 처져 있는 리즈에게 카디프가 어깨를 툭툭 건드렸다.

"그런 문제라면 간단해. 나나 리도스가 리즈에게 고대 문자를 읽을 수 있는 마법을 걸어주면 되니까."

카디프의 말에 리즈는 다시 활짝 미소를 터뜨렸다.

"호호호홋, 역시 스승님! 멋지다. 리도스, 보고 좀 배워라, 배워!"

리즈의 말에 리도스는 피식거리며 어림도 없다는 듯 일행들을 말려댔다.

"너희들은 서재… 아니지. 그 책 창고에 가보질 못했으니 하는 소리지. 가봐라. '악!' 소리가 저절로 나올 거다."

"'악!' 소리가 나든 '억!' 소리가 나든 도와줄 수 있는 일은 도와줘야지. 아니지, 어차피 이번 건 우리 일이잖아. 도움을 받아야지 않아서 넋 놓고 기다려?"

그녀의 말에 리도스는 졌다는 듯 고개를 설레설레 흔들어댔다.

"다 너희가 자초한 일이니까 나중에 딴소리하기 없어."

"안 해, 안 해."

"으름장은… 어서 안내해."

리즈와 애버딘의 말에 리도스는 될 대로 되라는 표정으로 중얼거렸다.

"우리는 그 징그러운 책 창고로 같이 내려가더라도… 일단 떼떼는 방에 가서 자."

"도대체 어느 정도길래 책 창고래?"

"가보면 알아."

"떼떼는 그럼 가서 자고 나중에 서재로 내려갈게요."

"그래, 나중에 보자. 잘 자."

떼떼가 자신의 방으로 들어가는 것을 확인한 리도스들은 복도로 가서 일렬로 붙여둔 스위치들 중 세 번째의 스위치를 누르자 빨간 색의 불이 들어왔다.

"세 번째가 서재 스위치야. 이거 빨간 색… 그리고 이 하얀 색이 복도고, 외워둬."

그의 말에 다들 고개를 끄덕였다.

"흰색이 복도고 빨간 색이 서재 맞지?"

"응. 복도에서부터 전에 묵었던 방은 찾아갈 수 있겠어?"

"당연하지. 우리가 여기서 나온 지 일 년이 됐냐, 한 달이 됐냐?"

"그래그래, 내가 잘못했으니까 용서해라. 어휴~ 무슨 말을 못 꺼내게 한다니까……."

바닥에 워프 게이트가 새로운 모양으로 변하자 애버딘 일행은 그 게이트 안으로 들어갔다, 밝은 빛과 함께. 새로운 장소로 안내된 리도스 일행은 여러 명이 달라붙어 책을 찾아대는 광경을 볼 수 있었다.

"나 왔어! 책 많아?"

"네, 모험을 나간 젊은 녀석들이 옛 드래곤의 유적지를 발견해서 거기에서 보낸 책이랑 오늘 늘어난 책만 해도 몇백 권 됩니다."

그 말에 리도스는 벌써부터 질렸다는 듯 일행들을 향해 툴툴거렸다.

"들었냐? …왜 말이 없냐?"

이상하다는 듯 일행들을 살펴본 리도스 입가엔 어느새 웃음이 맴돌았다. 거의 지난번에 갔던 던전 수준의 서재… 말 그대로 책 창고, 아니, 뭐라고 할까…

책의 던전이라고 해야 하나? 물론 함정 같은 것이 있을 리는 없지만 규모 면에서 너무나 방대했던 것이다. 처음부터 끝이 안 보이는 빽빽하게 들어차 있는 책장, 그 속의 책들……

리즈는 입이 딱 벌어진 채 다물 줄을 몰랐다.

"이거이거, 진짜 악 소리 저절로 날 만한데."

애버딘의 중얼거림과 상관없이 카디프의 입가에는 미소가 번졌다. 엘프는 책을 좋아한다는 말을 증명이라도 하듯 근처에 있는 책장에 바싹 다가가서 그 책들의 제목을 읽기 시작하자 리도스는 그를 툭툭 치며 말렸다.

"알지? 상관있는 책만 봐야 한다는 거. 원한다면 나중에 이 중에서 몇 권 줄 테니까 일하자고, 일."

"알겠어. 대신 나중에 몇 권 준다는 말 잊어먹지 마."

"알았다고, 알았어. 거참… 이봐, 우리 뭐 하면 돼? 이 친구들이

도와준다고 해서 말이지."

신하는 리도스의 말에 반색하며 비어 있는 사다리를 사람 수에 맞춰 그쪽으로 보냈다.

사다리의 위쪽은 책장에 고정되어 있었고 아래쪽에는 바퀴가 달려 있어서, 아마도 이것으로 이동을 하며 책을 살펴보라는 말 같았다. 아니나 다를까…

"'신'이라는 글자가 들어가는 책만 보면 무조건 빼주십시오. 안의 내용은 나중에 저희들이 추려볼 테니까요. 일단 권수부터 파악해야 하거든요."

"그의 말이 떨어지자 일제히 사다리 하나씩 붙잡고 꼭대기부터 아래까지 신에 대한 서적들을 꺼내 들기 시작했다.

반나절에 걸쳐 총 400여 권의 책을 찾은 그들은 난감한 표정으로 산더미 같은 책들을 바라보았다. 400여 권이나 있으니 그중에 한 권쯤엔 있을지도 모르겠지만, 어쨌든 책의 양이 그들을 질리게 만들기엔 충분했던 것이다. 리도스는 자신의 곁에 있던 책을 보며 어이없다는 듯한 표정을 지었다.

"'기도, 이렇게 하면 신이 들어준다?', '신은 죽었다', 이런 건 필요없는 거잖아. 일단 목차보고 추려보자고. 신의 완전체에 대한 이야기가 있으면 몰라도 아니면 그냥 한쪽으로 제쳐 놔."

"아아… 그래. 뭐, 그래야지."

리즈는 자신의 입이 원망스러운지 멍한 표정으로 책들을 바라보며 건성으로 대답했다.

'드래곤… 무한에 가까운 삶을 살아가는 자들이라 알고 싶은 것도 많았던 모양이네. 그치만 이거이거, 어디 다 읽기나 하겠어?'

그녀의 생각과 같았는지 피스는 한숨을 쉬며 리도스에게 물었다.

"이 책들 다 본 드래곤이 있기는 있어요?"

"오늘 들어온 책 빼면, 아까 그 친구는 다 읽었을걸. 책을 워낙 좋아하는 자라서… 게다가 책이 들어올 때 한번에 많이 들어와서 그렇지, 매일 몇백 권씩 들어오는 건 아니거든."

"이 많은 책을 다 읽었다고?!"

리도스에 말에 애버딘은 한쪽에서 열심히 책을 고르고 있는 그를 존경스럽다는 듯한 눈빛으로 바라보았다.

"뭐… 짧은 삶을 사는 인간과는 달리 드래곤은 심심한 존재니까 말이야."

리도스 역시 손에 책을 들고 열심히 고르며 건성으로 답했다.

"자, 자, 일하자고! 일!"

리즈가 책을 턱하니 모두의 손에 쥐어주고는 자신도 목차를 펼쳐 들었다.

"홋, 사람이 3일 이상 잠을 못 자면 어떻게 되는 줄 알아?"

애버딘의 말에 카디프는 퀭한 얼굴로 물었다.

"어떻게 되는데?"

"눈만 감으면 그 자리에서……."

애버딘은 눈을 감은 채 그대로 자리에서 풀썩 쓰러져 버렸다.

"흠… 잔다구? 알았으니까 그만 일어나!"

카디프는 쓰러진 애버딘을 일으키며 몸을 흔들어댔다.

"아~ 아~ 안 들려, 안 들려! 신 같은 거 나 몰라……."

애버딘의 잠에 대한 집념과 카디프의 물귀신 같은 끈질김의 승부는 주변 드래곤의 내기로 이어졌다.

"난 애버딘이 이긴다에 10루비아 걸지. 자넨?"

"그거 꼭 걸어야 합니까? 뭐… 그럼, 전 엘프 쪽에 걸겠습니다. 아무래도 인내심이 많은 종족이니까요."

리도스는 안됐다는 얼굴로 신하를 바라보았다. 애버딘이 어떤 인간인가. 오죽하면 자신의 주제가에 '당할 자가 없다'는 구절까지 들어갔을까. 그러나 리도스는 예상 못한 변수를 만나고 말았다. '우지끈' 하는 소리와 함께 리즈가 애버딘의 허리를 밟아버린 것이다.

"허어억! 리… 즈… 너!"

너무 아파서 말을 잇지 못하는 그에게 그녀는 고소하다는 듯한 표정으로 말을 이었다.

"한번 더 밟아줘? 아니면 일할래?"

그녀 역시 퀭한 얼굴이긴 마찬가지.

"3일 이상 못 자면 인간은 난폭해지는군."

카디프는 새로운 것을 발견했다는 듯 고개를 끄덕였다.

"이거… 누가 이긴 거죠?"

신하가 진지한 얼굴로 리도스를 바라보자 리도스는 10루비아를 꺼내 리즈에게 건네줬다.

"네가 이겼어."

얼떨떨한 눈으로 자신을 바라보는 리즈에게 신하 역시 10루비아를 건네주고는 식사를 가지러 잠시 복도로 올라갔다. 잠도 못 자고, 먹는 것도 서재에서만 해결하고, 화장실을 가는 것을 제외한 어떤 일도 못하며 3일 밤을 꼬박 지새우자 10여 권의 책으로 책들이 대폭 줄었다. 목차로 간단하게 200여 권을 줄였지만 애매한 것들 때문에 남은 책들은 신하들과 밤새도록 읽었던 눈물겨운 시간이었다.

"10권 남았으니까 이젠 자도 되겠지?"

"자고 일어나서 볼게. 몇 시간 뒤에 깨워줘."

침대고 뭐고 누울 공간만 있으면 충분하다는 듯 애버딘과 리즈는 땅에 털썩 드러누워 버렸다.

"아~ 아, 나도! 나도!"

리즈와 애버딘 사이에 피스 역시 끼어들며 누워버리자 어느새 서재는 침실로 변해 버렸다.

"그러니까 뭐야, 카시우스님의 일기장을 찾아보라는 거야?"

"신의 완성체를 불러낸 자는 드래곤들 중에서도 떼떼의 부모님밖에 없다잖아. 문제는 골드 일족의 서식지는 예전에 물에 폭삭 가라앉았다는 거지만."

책에 쓰여 있는 거라고는 신의 완성체는 카시우스만이 불러냈을 정도라는 것뿐이었다. 그 외에는 전혀 언급이 없었다. 난감해하고 있던 차에 이제껏 곰곰이 생각에 잠겨 있던 신하가 조심스럽게 입을 열었다.

"블루 일족에게 부탁하시면 안 될까요? 어차피 그들은 바다에서 생활하고 있으니 예전에 일이라고 모르는 척하지는 않겠지요. 게다가 1년 전에 블루 드래곤의 왕이 되신 분이 위트님이시라고 하시던데… 위트님이시라면 리도스님의 부탁을 거절하진 않으실 거 아닙니까?"

"위트에게? 안 돼. 요즘 난 위트에게 있어 연적이라구. 연적 괴롭지만 미움받는 중이라서… 하핫, 주가가 푹~ 하고 떨어졌다니까."

"위트라니?"

애버딘이 처음 듣는 이름에 궁금하다는 듯한 표정으로 묻자 리도스는 살짝 인상을 찡그리며 말을 이었다.

"물 도마뱀들의 왕."

"전하, 제가 누누이 말씀드리지만 타 족의 왕들을 그런 식으로 부르는 것은 좋지 않습니다."

"뭐 어때. 난 '왕 싸가지 리도스'라고 불리는데."

"저, 전하, 누가 그런 말을……."

"아니면 다섯 얼굴의 사신 리도스인가?"

신하의 쩔쩔매는 반응이 재밌었던지 리도스는 또다시 그를 놀려대기 시작했다.

"하얀 마녀 훼이나, 왕 싸가지 리도스, 물 도마뱀 위트… 혹시 삼각관계나 뭐 그런 건 아니겠지? 그건 너무……."

"뻔한 이야기지. 삼각관계."

블루 드래곤 위트의 등장

"에?! 오랜만에 부탁을 한다 싶더니만, 날 보고 위트에게 애교를 떨라는 거야?"

훼이나의 말에 리도스는 미안하다는 듯 고개를 끄덕였다.

"미안. 부탁 좀 할게, 응?"

"미안하지만 카시우스님의 일기장을 찾아야 해요."

리즈가 왠지 죄지은 듯한 표정으로 훼이나를 바라보자 그녀는 난처하다는 듯 고개를 돌려 버렸다.

"싫어. 내가 좋아하는 건 리도스야. 그런데 왜 위트를 만나야 한다는 거야?"

샐쭉해진 그녀의 표정에 리도스는 미안하다는 듯 고개를 숙였다.

"내 말은 잘 듣지 않아. 혈기 왕성한 젊은 친구라 아무래도 다루기도 쉽지 않고. 무엇보다… 그 녀석이랑 사이가 멀어진 건 절대적으로 훼이나의 영향이 커. 네 탓이 아니라, 뭐… 그 녀석이 너에게 반했는데 내가 뭐라고 할 수 있는 입장이 아니잖아. 그럼 그럴수록 내가 더 얄밉게 느껴질 텐데……"

난처하다는 듯 웃는 리도스를 그녀는 밉다는 듯 뾰로통한 얼굴로 말을 받았다.

"그러니까 나도 싫다는 거야. 이건… 이용하는 거잖아. 그 어린 녀석을. 너한테 조카면 나한테도 조카야. 아직도 핏덩이 해츨링일 때의 기억이 생생한 녀석이라구."

"천 살 넘었어. 해츨링으로서의 딱지는 떨어진 지 오래라구. 그야 애송이긴 하지만……"

리도스의 말에 그녀는 눈을 치켜떴다.

"뭐야, 그 말은? 나더러 그애랑 연애라도 하라는 거야?"

"누가 그래래? 왜 성질이야."

"성질 부릴 만하니까 부리지. 뜬금없이 네 덕분에 고맙게도 말이지! 드래곤 로드의 옷을 입었어! 행동의 부자유는 참을 수 있어! 너 보고 싶은 것도 그럭저럭 참아! 그런데 이젠 조카 같은 애한테 애교나 떨라구? 날 무슨 네가 필요할 때 아무 때나 부려먹는 그런 도구로 보는 거야?"

"무슨 말을 그렇게 해. 그냥 부탁 좀 해달라는 거잖아. 누가 데이트하래어? 왜 그렇게 예민한데… 내 말은 잘 안 들으니까 부탁 좀 해달라는 거잖아!"

"그래, 리도스! 이 왕싸가지! 너 잘났다, 정말."

훼이나가 전투 모드로 돌아서자 리즈는 당황한 표정으로 그녀를 진정시켰다.

"언니, 죄송해요. 저희 생각만 해서… 괜찮아요. 싸우지 말아요.

위트님께는 저희가 잘 말해 볼 테니까 만날 수 있도록 주선만 해주세요."

리즈의 말에 훼이나의 눈이 번뜩였다.

"뭐라고?"

"네? 아… 위트님을 만날 수 있게 도와달라구요."

"그거 말고, 그거 말고. 저희? 저희라니! 저희라니!!"

리즈의 말이 훼이나의 질투심에 불을 지른 모양이었다.

"왜 그러는 거야. 별거 가지고 다 그래. 리즈는 그냥 우리를 위트… 읍!"

리즈가 일이 커지기 전에 리도스의 입을 막아버리자 훼이나는 버럭 소리를 질렀다.

"뭐?! 우리? 누가 우린데!? 누가 우린데?!! 지난번에는 그냥 제 자라며! 뭐가 우린데? 응? 그러고 보니 피스니! 애버딘이니! 다 어쩌구 딸랑 둘이 온 건데? 수상해!!"

"뭐가 수상하다는 거야? 게다가 막말로 내가 얘랑 사귄다고 해도 훼이나 네가 무슨 상관인데? 막말로 나랑 결혼할 것도 아니고, 우리 사귀는 것도 아니잖아. 너 때문에 내가 연애 한번 제대로 해본 적이 없다, 이 나이 먹도록."

"누구는?! 누구는?! 너, 나하고 데이트 한 번 제대로 해준 적 있어? 우씨~ 내가 뭣 때문에 너한테 해바라기하고 있는지 나도 알 수가 없어. 그치만 좋아하는 게 죄야? 좋아하는 게 죄야?! 정말 치사하게……"

"훼이나 언니, 리도스님. 그만 하세요."

리즈가 리도스를 붙잡으며 말리자 훼이나의 눈이 뒤집어졌다.

"떨어져! 떨어져! 좋아, 해준다. 까짓거 부탁만 하면 되는 거지?

대신……."

"대신 뭐?"

"근사한 데이트 풀 코스로 일주일."

"에?! 데이트라니?"

리도스의 멍청한 대답에 그녀는 답답하다는 듯 인상을 찌푸렸
다.

"그럼 아무것도 안 해주려고 했어?"

"그런 건 아니지만, 데이트라니?"

"시끄러. 내가 갖고 싶은 거 해주는 게 너도 좋고, 나도 좋지 않
아?"

"그게… 저… 그게 말이지… 떼떼도 있고, 친구들도 있고, 당분
간 시간이 비지 않을 것 같은데……."

쭈뼛쭈뼛거리는 리도스에게 훼이나는 짜증을 부렸다.

"그래, 나는 굉장히 시간이 남는다. 누구 덕분에 드래곤 로드도
하고, 우와~ 예전에 화이트 일족의 여왕일 때와는 비교도 안 되
게 시간이 남네. 잠도 3시간씩이나 자고."

"앗! 그, 그건 여왕일 때의 일도 정리를 못한 채 드래곤 로드가
됐으니까 그런 거고… 게다가 드래곤 로드가 초에만 바쁘지 한 1,
2천 년 지나고 나면 능숙해져서 요령이 생긴다고 그러더라구. 카
시우스님께서……."

"1, 2천 년? 음~ 그렇구나. 난 5백 년 정도만 하기로 해줬으니
까 아주아주 한가하겠구나~ 그치? 고마워서 어쩐다~ 어떻게 해
야 내가 너한테 보답을 잘했다고 소문이 날까? 응~?"

훼이나가 주먹을 가까이 들이밀며 리도스를 협박하자, 리도스는
움찔한 나머지 뒷걸음질을 쳤다. 그런 그에게 그녀는 완고하게 목

소리를 깔았다.

"일이 끝나면 나랑 데이트해 줘. 일.주.일.풀.코.스.로."

"무슨 데이트 신청이 그렇게 무시무시하냐?"

리도스의 말에 그녀는 눈을 부라렸다.

"그래서 싫다는 거야?"

움찔한 리도스는 고개를 저었다.

"아니야, 아니야. 싫기는… 고마워. 고마워, 훼이나."

일주일 간의 데이트를 따낸 그녀는 다시 평상시의 모습으로 돌아와 실실 눈웃음을 흘렸다.

"음… 카시우스님의 일기장을 찾으면 되는 거지?"

훼이나의 다양한 표정을 접해온 리도스지만 번번이 당하고 마는 불쌍한 자신의 신세에 그는 저절로 한숨이 나왔다.

"하아~ 그래. 부탁할게."

"돌아가 있어. 받는 대로 연락 줄 테니까."

"훼이나 언니, 그럼 나중에 뵙겠습니다."

그녀는 돌아가겠다며 리도스 옆에 서 있는 리즈의 손을 덥석 붙잡았다.

"아니, 넌 좀 남아서 나 좀 도와줘. 리도스! 그래도 괜찮지?"

생글생글거리며 리즈를 바라보는 훼이나에게 리도스는 속으로 설레설레 고개를 저었다. 아마도 아까 말싸움한 게 걸린 모양이었다.

"아, 아, 본인만 괜찮다면 뭐, 나야 상관없지."

리도스는 리즈에게 '어떻게 할래?'라는 눈빛으로 리즈에게 대답을 떠넘겼다.

"뭐… 저는 가봐야 딱히 할 것도 없으니까 훼이나 언니랑 남아 있을게요."

그녀의 말에 리도스는 고개를 끄덕이고는 곧 워프 게이트를 열어 프로소로 돌아갔다. 그가 사라진 것을 확인한 훼이나는 리즈를 잠시 뚫어져라 쳐다보며 조심스럽게 말을 걸었다.

"너, 혹시… 우리 자기에게 관심있니?"

"네? 아니오. 그런 거 아니에요. 저 좋아하는 사람 있어요."

리즈의 말에 훼이나는 호기심 어린 눈빛으로 그녀를 바라보았다.

"누구야?"

"…비밀이에요."

살짝 얼굴을 붉히는 그녀에게 훼이나는 알겠다는 듯 손으로 무릎을 탁 하고 쳤다.

"알았다! 애버딘! 그치그치?"

"…어떻게 알았어요?"

"사람이라며. 너, 리즈지 레즈(레즈비언의 줄임)는 아닐 것 아냐. 피스도 애버딘을 좋아하는 눈치던데… 삼각관계?"

"에엣! 그, 그런……"

리즈가 파닥거리며 얼굴을 붉히자 그녀는 그런 리즈가 귀엽다는 듯 생긋 웃었다.

"이 언니가 리도스 좋아한 지만 벌써 몇천 년이다! 연애 귀신이라구. 훗, 짝사랑 전문이긴 하지만."

훼이나의 말에 리즈는 자신도 모르게 미소를 지었다.

"그거 짝사랑 아니에요."

"뭐? 그걸 네가 어떻게 아니? 왜, 너한테는 나에 대해 뭐라고 해?"

기대에 찬 표정으로 그녀가 묻자 리즈는 속으로 식은땀을 흘렸다.

　"아, 그런 건 아니지만… 그래도 부탁할 거 있고, 어려운 일 있을 때면 항상 언니부터 찾지 않나요?"

　"에이, 그거랑 사랑이랑은 엄연히 다르지. 아무래도 날 믿으니까 힘든 일이 생기면 부탁을 하는 거겠지만 사랑은 아니야."

　"그렇지만 언니는 힘들거나 좋은 일 생기거나 그럴 때면 제일 먼저 리도스님을 찾게 되지 않나요? 그게 꼭 리도스님이 도움이 되지 않는 일인데도 보고 싶거나 그렇지 않아요?"

　리즈의 말에 훼이나는 한숨을 내쉬었다.

　"그런 거 아니라도 하~ 난 언제나 리도스가 곁에 있었으면 좋겠어. 리도스가 나만 봐줬으면 좋겠구, 지금보다 훨~ 씬 다정하게 대해줬음 좋겠구. 물론 네 말처럼 좋은 일이 있거나 힘들 때는 더 그렇지."

　"후후후, 그것 봐요. 리도스님도 똑같다니까요. 단지 애 같은 면이 있어서 자신의 감정을 깨닫는 게 좀 늦어서 그렇지."

　훼이나는 리즈를 바라보며 또다시 기대에 찬 눈빛으로 물었다.

　"정말 그런 걸까?"

　"그럼요. 이래봬도 눈치 하나는 정말 빠르다구요."

　리즈의 말에 훼이나는 기분이 좋아졌는지 생긋 미소를 지으며 그녀를 자신의 방으로 데려갔다.

　"나도 널 팍팍 밀어줄게. 솔직히 피스라는 아이보다 네가 더 마음에 들어. 애버딘은 리도스처럼 든든하진 않지만 예쁘니까 나름대로 좋은 면이 많을 것 같아. 후후, 일단 눈이 즐겁잖아, 눈이."

　'이, 이봐요, 변태 아줌마. 아줌마랑 날 동급으로 취급하지 말라

구요~'

속으로 처절하게 외쳤지만 훼이나는 아랑곳없이 미소년의 중요성에 대해 열변을 토했다. 어쨌거나 눈은 즐거우니까 말이다.

"위트입니다. 들어가도 되겠습니까?"

약간 변성기가 덜 지난 듯한 여린 목소리가 문밖에서 들려오자 훼이나는 흥쾌히 고개를 끄덕였다.

"들어와요."

"드래곤 로드의 자리에 오르셨으니 이제 자주 뵙기는 힘들겠군요."

아쉬운 표정으로 훼이나를 바라보는 청년은 훼이나보다 다섯 살은 많아 보였다. 근육질의 탄탄한 몸매에 날씬한 허리, 허리까지 길게 내려오는 머리를 한 가닥으로 땋아 묶고 푸른 색의 로브를 걸친 그는 크긴 했지만 옆으로 찢어진 눈이 약간 신경질적으로 보였다. 입술은 얇고 가는 편에 전체적으로 갸름한 얼굴은 그의 탄탄한 근육질의 몸과는 달리 학구적인 분위기를 풍겼다.

"뭐, 그런 말은 입에 침이나 바르고 하세요. 뻔질나게 드나들던 위트님께서 갑자기 안 보이면 나도 궁금해지니까 평소대로 해요. 그냥 놀고 가는 건데 뭘 그래요. 일만 미루지 않으면 왕들도 충분히 자유롭게 지낼 권리가 있다구요."

훼이나의 말에 그는 피식 미소를 지었다.

"어째 변한 게 하나도 없군요. 뭐, 전 그런 점이 좋지만."

"후훗, 오늘은 부탁할 것이 있어서……."

훼이나의 말에 그는 반색을 하며 물었다.

"지금 부탁이라고 하셨습니까? 어쩐 일로 저에게 부탁을? 아,

드래곤 로드가 되셨으니까 거기에 관련된 일을 부탁하려고 하시나 보군요. 하지만 일에 관한 부탁이라 해도 왠지 기분이 좋네요. 좀 아쉽긴 하지만. 제가 들어드릴 수 있는 부탁이라면 들어드리죠. 무슨 부탁이십니까?"

일단 위트와 인사를 주고받는 타이밍이 끝나자 훼이나는 그때까지도 인사를 할 타이밍을 못 잡아서 계속 쩔쩔매고 있는 리즈를 소개시켰다.

"리즈라고… 제 친구예요. 전에 신세를 진 일이 있는데 보답을 하려면 위트님의 도움이 필요해요."

리즈는 고개를 숙이고는 호의적인 미소를 지었다.

"리즈입니다. 잘 부탁드려요."

"아! 블루 드래곤 일족의 위트라고 합니다. 저야말로 잘 부탁드립니다. 그런데 제가 뭘 도와드리면 되는 겁니까?"

"카시우스님의 일기장이 필요합니다. 위트님께서도 아시다시피 골드 일족의 서식지는 가라앉았다고 해서, 바다라면 블루 일족의 서식지잖습니까? 떼떼가 정확한 위치를 알지도 모르겠지만 어리니까 아마 잘 모를 거라고 생각해서요. 그래서… 그곳을 찾고 나면 떼떼를 보내드릴 테니 여기까지 번거롭게 다시 오실 필요 없이 떼떼에게 그 일기장을 좀 건네서 전해주시겠어요?"

그녀의 말에 위트의 안색이 어두워졌다.

"어려우신가요? 하긴, 정확한 지점을 모르니까 워프도 안 되고."

"아니오, 블루 일족에게 부탁해서 뒤지면 금방 찾을 수 있습니다. 드래곤의 서식지는 거대하니까 금방 찾을 수 있겠죠. 어쩌면 그곳을 알고 있는 드래곤이 있을지도 모르구요. 근데 한 가지 궁금한 게 있습니다. 솔직하게 답해주시겠습니까?"

"뭡니까?"

"혹시 이것… 리도스님의 부탁입니까?"

위트의 말에 일순 훼이나의 눈빛이 날카로워졌다.

"왜 그렇게 생각하시죠?"

"떼떼라면 리도스님께서 맡고 있는 해츨링이고, 그 아이는… 카시우스님의 아이니까요. 틀렸습니까?"

"틀렸습니다. 떼떼가 해츨링이라구요?! 네, 말씀 잘하셨습니다. 그 아이가 해츨링인 건 잘 알고 계신 듯한데 어떻게 그런 말이 나올 수 있는 겁니까? 위트님도 아시겠지만 해츨링의 문제는 드래곤 모두의 문제고, 가장 중요한 문제죠. 그런데 지금 거기에 사적인 감정을 넣는다는 겁니까?"

날카롭게 자신을 질책하는 소리에 순진한 위트는 자신의 잘못을 깊이 반성했다.

"죄송합니다. 제가 생각이 모자랐군요. 네, 카시우스님의 일기장은 제가 찾겠습니다. 반드시."

훼이나는 안색 하나 바꾸지 않은 채 물었다.

"급한 겁니다. 언제까지 되겠습니까?"

"한 시간이면 충분합니다. 떼떼는 바로 데려가죠. 그런데……."

"그런데 뭡니까?"

"가라앉은 지 제법 많은 시간이 흘렀습니다. 온전하지 못할 텐데……."

"책의 형상만 하고 있다면 어떻게든 할 수 있으니까 그 점은 걱정 말아요. 그리고 일기장이라고는 하지만 꼭 종이라는 법은 없습니다."

"그럼……?"

"자신의 신변에 어떤 일이 있을지 미리 알고 계실 만큼 예지력이 강하셨던 분입니다. 분명 자신의 일기장이 필요해질 것이란 걸 알고 계셨을 거예요. 마법을 걸어두셨을 수도 있고, 영상을 남겨두셨을지도 모르죠. 뭐, 그것 말고도 다른 방법으로 남겨두셨을 수도 있으니까 형식적인 것에 구애받지 마십시오."

그녀의 말에 위트는 알아들었다는 듯 고개를 끄덕였다.

"뭐… 떼떼가 알고 있다면 다행이지만, 모른다면 기운을 찾아보죠. 혈육이니만큼 자신의 아버지에 대한 느낌을 알 수 있지 않겠습니까? 그런데 훼이나님, 언제 시간이 나신다면 저랑 데이트해 주실 생각은 전혀 없으신가요?"

이제 블루 드래곤의 왕이 된 지 일 년이 될까 말까 한 그는 훼이나의 눈으로 볼 때 모든 면에서 애송이에 불과했다. 드래곤이야 나이를 크게 따지진 않지만 훼이나와 위트는 너무 많은 차이를 가지고 있었다. 그녀는 쓸쓸한 미소를 지었다.

"어쩌죠? 전 언제나 시간이 없을 것 같은데요."

"그렇게 딱 잘라 말씀하지 마시고 다시 한 번 생각해 봐주시지요."

"음… 다시 한 번 생각해 봤는데도 도저히 안 되겠네요."

"훼이나님……."

"가능성없는 상대에게 매달리지 말아요. 잘돼봐야 제 짝 나니까요. 호호홋, 그럼 서둘러 주십시오."

"훼이나님, 전 당신을 닮고 싶습니다. 그 정도라면 상관없겠죠?"

위트의 말에 훼이나는 쓸쓸하게 미소를 지었다.

"아니오, 닮지 마세요. 당신은 정말 당신을 좋아해 주는 상대를 찾으세요."

"남에게 권할 수 없을 정도의 사랑이라면… 그만두시는 편이 행복하시지 않을까요?"

"글쎄요… 전 지금 이대로도 행복하니까요."

그는 그녀의 말을 더 이상 잇지 않았다. 그저 묵묵히 프로소로 통하는 워프 게이트를 만들고는 리즈에게로 시선을 돌렸을 뿐이었다.

"안내 부탁하죠."

"아, 네."

리즈는 착잡한 마음에 힐끔 훼이나를 바라보았지만 그녀는 여전히 침울한 표정을 짓고 있을 뿐이었다. 리즈는 그런 훼이나를 혼자 남겨둔 채 가는 것이 썩 내키지는 않았지만, 자신을 바라보며 손을 내민 위트를 더 기다리게 할 수 없는 노릇이라 생각되어 워프 게이트에 발을 들여놓았다. 그들의 모습이 보이지 않게 되었을 때 그녀는 마음에 들지 않는다는 듯 인상을 찡그렸다.

"나랑 더럽게 닮았단 말이야."

위트를 보자마자 리도스가 던진 첫 마디.

"어, 왔냐?"

덤덤한 리도스의 환영(?) 인사에 위트 역시 형식적인 인사는 무시해 버린 채 고개만 까딱해 보일 뿐이었다.

"떼떼는 어딨습니까?"

"잠시 기다려. 나도 찾아야 하니까."

"급한 일입니다."

위트가 인상을 찌푸리며 리도스에게 항의하자 그는 뭔가 찔리는 게 있기라도 한 모양인지 머쓱한 표정으로 떼떼를 불렀다.

"떼떼야! 어딨어?"

마력이 담긴 목소리라 크게 소리를 지르지 않아도 그의 목소리는 구석구석 실려들었다. 곧 애버딘 일행과 떼떼가 리도스의 방으로 들어왔다.

"아저씨, 부르셨어요? 어, 형 오셨어요."

애버딘과 리즈는 의아한 얼굴로 고개를 갸웃거렸다.

"형? 떼떼가 형이라고 부르는 사람도 있었나?"

"위트 형은 형이니까요. 저랑 나이 차이 많이 안 나요."

"맞먹냐? 드래곤 중에서 비교적이라고는 말을 해드려야지."

리도스의 말에 위트는 별로 상대할 가치를 못 느낀다는 듯 무시하고는 떼떼에게 고개를 돌렸다.

"오랜만이구나. 오늘은 나랑 갈 데가 있어서 왔단다."

"네? 어디요?"

"카시우스님 일기장 찾으러. 위치 아니?"

"네, 알아요. 워프하시게요?"

"응, 뚫어라."

"네?"

"워프 게이트를 뚫으라구."

"저… 아직 워프 만들 줄 몰라요."

"뭐? 400살 넘지 않았냐? 이제 몇십 년 뒤면 해츨링에서 벗어나는데 아직도 마법을 제대로 쓸 줄 모른단 말이야?"

떼떼는 주눅 든 표정으로 리도스를 바라보았다. '도와주세요'라는 눈빛을 가득 담고서.

"뭐… 위트 너, 어릴 때도 그랬어. 그래도 지금 잘 살잖니. 떼떼는 이해가 빠르니까 내가 몇 년 동안 데리고 다니면서 가르치면 금방 배울 거야."

리도스의 말에 위트는 한심하다는 표정으로 그를 바라보았다.

"이런다고 카시우스님의 아들이 리도스님 아들이 됩니까? 똑똑한 아이입니다. 리도스님처럼 안이하게 키우지 마십시오."

좀 심하다 싶은 말인데도 리도스는 씩 웃고 말았다. 일행들은 그의 이런 관대한 행동을 이상하다는 표정으로 그들을 번갈아 볼 뿐이었다.

"세세한 사정들이야 이미 다 아시고 계실 테니 본론만 간단히 하죠. 떼떼만 데리고 다녀오겠습니다."

"아, 그건 안 돼. 어쨌든 형식만으로라도 해틀링의 외출에는 '보호자 동반'이라는 규칙이 엄연히 존재하니까. 누구든 한두 명쯤은 더 따라붙어야 하지 않겠나?"

"마음대로 하세요. 하지만 리도스님께서 가신다면 제가 가지 않습니다."

어디 해볼 테면 해보라는 식의 어린애 같은 유치 찬란한 사고방식에 리도스는 피식 웃고 말았다.

"후후, 유감스럽게도 나 역시 같이 갈 생각은 없어. 너에게 미움받으려고 환장하진 않았거든. 미안하지만 애버딘, 리즈, 너희 둘이 가줘."

"그들은 인간이지 않습니까? 제가 인간보다 못하단 말씀입니까?"

울컥한 그의 말에 리도스가 손을 들어 보이며 진정하라는 듯한 제스처를 해 보였다.

"그런 말이 아니야. 뭐… 명분이 있어야 하니까, 내가 가지 않는. 그들의 말이라면 떼떼도 잘 들으니까. 너한테도 도움이 될 거다."

그의 말에 위트는 못마땅한 표정을 짓긴 했지만 하는 수 없다는 듯 블루 드래곤의 서식처인 바다 속으로 워프 게이트르 뚫었다.

"그럼, 나중에 뵙겠습니다. 물론 그렇게 되지 않는다면 더 더욱 좋겠지만."

비록 인사라고는 하지만 나타났을 때와 마찬가지인(반항적이고 불손한 태도에 있어 변함없는) 말을 던지고 그들은 게이트 속으로 사라졌다. 해저 탐사 일행(?)이 가버리고 나자 피스는 왜 리도스가 가만히 있는지가 궁금했는지 조심스럽게 그의 눈치를 살폈다.

"어이! 그렇게 눈만 굴리지 말고 궁금한 게 있으면 말을 하라구, 말을!"

의외로 리도스가 쉽게 자신의 질문에 답해줄 것 같은 분위기를 보이자, 이때다 싶은 피스가 얼른 질문을 던졌다.

"떼떼랑 나이 차가 많이 안 난다면 리도스님보다 한참 어리지 않나요?"

"근데 왜?"

"음… 너무 버릇없이 구는 것 같은데… 왜 그렇게 잘해주나 싶어서요. 평소 리도스님의 성격대로라면……."

그녀의 말에 리도스는 피식 웃음을 터뜨렸다.

"저애는 나에게 조카 같은 녀석이야."

"조카?"

"그 녀석 아버지랑 나랑 의형제였으니까, 저애는 내 조카 같은 존재지. 뭐랄까… 떼떼와 마찬가지라고나 할까?"

그 말에 카디프는 이해가 안 간다는 듯한 표정을 지었다.

"조카라면서 넌 왜 버릇없이 구는데 가만히 있는 거야? 드래곤 사이에선 조카가 삼촌한테 막 대해도 되는 모양이네?"

"…위트에게 나는 연적이거든. 주는 거 없이 미운 존재. 그런데 저 녀석도 사실 알고 보면 떼떼가 나를 좋아하는 만큼 날 좋아하거든. 하핫! 얼마나 괴롭겠냐? 샌드백해 주는 거야 어쩔 수 없지. 귀여운 조카인데."

"연적이라구요? 그가 훼이나를 좋아하기라도 한다는 말이에요?"

"많이 좋아해. 심각할 정도로……."

리도스의 입가에서 웃음이 사라졌다.

훼이나와는 이대로가 좋았다. 그녀에게 좋은 상대가 생긴다면 리도스도 욕심 부리고 싶은 생각은 없었다. 그녀가 행복해지길 바라니까.

그렇지만 그전까지는 계속 이대로 얼굴 보고 싶을 때 한번 찾아가서 얼굴 보고, 이야기하고 싶을 때 틈틈이 만나 이야기하고, 변함없이 지내고 싶었다. 드래곤에게 세월이야 무한한 것. 그래서 드래곤은 해츨링이 적을 수밖에 없었다. 자손을 남겨야 하는 의무 같은 것은 그들에게 있을 리 없으니까.

"위트님이 연적으로 생각한다라~ 그럼, 리도스님께서도 훼이나님에게 호감을 가지고 있는 건가요? 정말 위트님께서 생각하시는 그런 관계들인가요?"

"그런 질문은 그만둬. 골치 아프다구. 나도 나한테 묻고 싶은 게 바로 그거거든. 어디 이런 거 알 수 있는 방법이 적힌 연애 심리 백서 같은 거 없냐? 하하, 이런 얘기 재미없으니까 우리는 떼떼가 올 때까지 그냥 쉬고 있자."

더 이상 리도스가 이야기를 들려줄 것 같지 않은 태도를 보이자 피스는 입을 삐죽 내밀며 툴툴거렸다.

"재밌는데……."

"우와~ 물속에서도 숨을 쉴 수 있네요."

"그거야 내가 너희들을 인어로 폴리모프시켰으니까 그런 거지. 인간으로 지하까지는 견디기 힘들어. 수압부터가 다르니까. 고맙지?"

"…그, 그렇군요."

애버딘은 폴리모프했다는 말에 놀랍다는 듯 자신의 몸을 살펴보았다.

그런데 이게 뭔가… 웬 때깔도 어여쁜 분홍색 조개가 가슴에 붙어 있는 거지? 애버딘은 전에도 많이 겪었던 바로 그 일이라는 것을 깨닫자 머리가 지끈거리는 것을 느꼈다.

"저기… 저기 말인데요……."

"뭐냐?"

"…저 뭐로 보이세요?"

"뭐로 보이다니… 왜 그러는데?"

그제야 애버딘을 쳐다본 리즈는 갑자기 뒤집어졌다.

"풋! 저거… 홋… 후후후, 웬 조개?"

"저… 남자인데요."

위트는 잠시 자신의 귀를 후비고는 잘못 들었다는 표정을 지어보였다.

"뭐라고?"

"저… 남자라구요."

"요즘 내 귀가 이상한가… 방금 네가 남자라고 들었는데… 내가 잘못 들은 거지?"

"…이름은 애버딘. 나이는 19세. 성별 확실한 남.자.인데요."

위트는 그를 한참 동안 뚫어져라 바라보다가 별일 아니라는 듯 외면해 버렸다..

"이봐요! 나 남자라니까요."

"상관없어, 상관없어."

"네?"

"그쪽이 더 잘 어울리니까 상관없다고."

애버딘은 망치로 뒤통수를 한 대 맞은 듯한 기분이 들었다.

'지금 저 작자가 뭐라고 하는 거지?'

"잠시만요! 어울리든 그렇지 않든 전 성별 확실한 남잔데요."

"상관없다니까. 뭐, 남자보단 여자가 더 좋잖아. 이쁘기도 하고 그러니까 넌 조용히 여자로 있는 거야. 알겠어? 별 싱거운 녀석 다 보겠네. 그딴 게 뭐가 중요하다고."

위트.

그의 숨겨진 별명은… '뒤로 호박씨 까는 작은 싸가지' 또는 '리도스 2세'였던 것이다! 다만 '조카 사랑'에 눈먼 리도스와 리도스에 관련된 일이면 좋은 쪽으로만 생각하는 훼이나가 알 리가 없었을 뿐.

"전하! 이제 오십니까?"

"왜? 무슨 일이라도 있었어?"

"그런 건 아니고 드래곤 로드로부터의 호출이라고 하시니까, 혹시 무슨 일이라도 있는 건가 싶어서……."

"아! 그런 거라면 지금 풀 수 있는 드래곤들 다 풀어."

"네?"

"카시우스님의 일기장이 필요하다고 그러시더군. 워프 게이트를 만들어둘 테니까 풀 수 있는 한 다 풀어."

"네, 알겠습니다."

그의 명령이 떨어지자마자 어디론가 재빠르게 사라진 그는 어느새 드래곤들을 끌고 돌아왔다.

"뭐, 다른 말씀은 없으셨습니까?"

"없어없어. 그런데 그런 몰골로 넓은 해저를 뒤지려는 건 아니겠지? 그런 몸으로 뒤지면 뭐가 나오겠어? 드래곤으로 폴리모프해서 뒤져 봐."

"네, 알겠습니다."

드래곤들이 사라지자 그는 애버딘과 리즈를 데리고 성안으로 들어갔다.

"저… 우리는 안 찾아도 되는 건가요?"

"귀찮아!"

"헉!"

리즈의 반응에 위트는 빙긋 미소를 지었다.

"그렇게 깜짝한 반응은 좀 그렇군. 나도 어디까지나 농담이니까."

'저, 적수다.'

아무렇지도 않은 듯한 얼굴로 그런 농담을 뱉어내는 위트를 보면서 애버딘은 엄청난 라이벌 의식을 느꼈다.

"괜찮아, 다들 말 잘 들어. 금방 찾았다는 말 나올 거야. 괜히 폴리모프까지해서 찾으라고 했겠냐."

"저… 그런데 왜 아까부터 자꾸 반말이세요? 훼이나 언니랑 있을 때는 안 그래 놓고."

"훼이나 언니라니? 뭐, 의자매라도 맺은 거야?"

"아니오. 그런 건 아니지만 훼이나 언니께서 언니라고 부르라고 하셨어요."

"흠… 그래? 그런 거면 나한테 높임말 들을 생각하지 마. 난 인간 같은 하찮은 생물에게 높임말 쓸 생각 없어. 게다가 리도스님과 인연이 있는 자라면 더 더욱."

그는 흘낏 떼떼를 바라보더니 어디서 꺼내 들었는지 예쁜 조가비 하나를 건네줬다. 물론 어딘지 모르게 사악함을 풍기는 미소를 지었음은 말할 필요도 없다.

"너, 내가 인간들한테 반말 찍찍 했다고… 안 이를 거지? 떼떼는 착한 해츨링이니까 고자질 같은 거 싫어할 거야."

"형, 절 못 믿어요?"

"당연히 믿지. 뭐, 나중에 필요한 거 있으면 들고 가라."

모종의 그들만의 거래가 이루어진 셈이었다. 리도스와 훼이나에게 순진한 젊은 녀석이라는 위트의 실체는 이런 것이었다. 그 모습을 지켜보던 애버딘은 회심의 미소를 지으며 리즈를 바라보았다.

"리즈, 혹시 뭐 필요한 거 없어?"

"뜬금없이 갑자기 웬 필요한 거?"

"뇌물 주려고."

"조개~?"

놀리듯 묻는 리즈에게 애버딘은 고개를 끄덕거렸다. 애버딘이 핑크 빛의 예쁜 조개로 가슴을 가리고 다녔다는 이야기가 새어 나간다면 분명 두고두고 놀림거리가 될 것이다. 특히 리도스에게는 더 더욱.

"내가 이야기했지? 일전의 그 배낭."

"그, 그건 안 돼."

"일 끝나고 줘. 그럼 되지?"

"…좋아."

리즈는 애버딘이 어딘가 불쌍한 생각이 들어 피식 미소를 지었다. 처음부터 발설할 생각은 없었는데, 자기 손으로 무덤 판 애버딘은 아무것도 모르는 채 그저 거래가 성사되었다는 기쁨에 미소를 짓고 있을 뿐이었다. 아니, 그보다 기쁨에 찬 애버딘 옆으로 떼떼가 순진 무구(?)한 미소를 지으며 다가서고 있었기 때문인 것이 더 클지도……

카시우스의 일기

훼이나의 예상대로 카시우스의 일기는 마법적인 조치를 취했었는지 아무런 손상도 입지 않은 채였다. 그 책의 표지에는 황금 빛의 글자로 '떼떼 육아 일기'라는 예쁜 글씨가 새겨져 있었는데 더욱더 히트인 것은 앙증맞은 삽화까지 그려져 있어 카시우스의 성격을 짐작케 해줬던 것이다.

"수고했어. 위트가 뭐라고 안 그래?"

"아무 말도… 아! 자기가 안 와도 돼서 다행이라던데?"

"하하~"

조카 같은 존재에게 그런 취급을 받는다는 것이 조금 섭섭하긴 했지만 그것보단 건네받은 책을 조사하는 것이 먼저였기에 그는 건네받은 일기의 첫 페이지를 펼쳤다. 붉은 글씨로 크게 쓰여져 있는 '이 일기는 반드시 혼자서 볼 것'을 읽은 리도스는 애버딘 일행들에게 잠깐 양해를 구했다.

"미안한데 잠시 떼떼 좀 봐줄래?"

"왜?"

"혼자서 보라는 글씨가 있어서 말이야……."

조심스런 그의 말에 다들 흔쾌히 자리를 피해주자 리도스는 다시 글을 읽어 내려갔다.

***년 **월 **일

〈떼떼, 말문 터지다〉

떼떼가 말을 했다. 다른 드래곤들은 첫말을 '아빠' 또는 '엄마'라고들 한다는데, 우리 떼떼는 '오크 맘마'라는 알아듣지 못할 소리를 하고 빙긋이 미소를 짓고 있는 것이 아닌가.

혹시 오크가 자기 엄마인 줄 아는 걸까? 아니면 일전에 먹인 오크 이유식이 마음에 들었다는 것일까? 집사람은 떼떼가 자신더러 오크라고 한다며 그녀답지 않게 브레스를 뿜어댔지만 집에 특수 결계를 쳐놨기 때문에 집에서야 무슨 짓을 하든 상관이 없다. 사실 저러면서도 밖에 나가면 상냥한 척 떼떼를 잘 봐주기 때문에 아무도 그녀의 정체에 대해 의심을 품지 않는다. 고백을 하자면 솔직히 난 가끔 집사람이 두려울 때가 많다. 어쨌든 그 '오크 맘마'는 영원히 수수께끼로 남을 것 같다.

리도스는 일기장을 보고 피식 미소를 지었다. 사실 남의 일기를 읽는다는 것이 마음에 들지는 않지만 이것 말고는 방법이 없었다. 계속해서 페이지를 펼치자 카시우스가 만난 애버딘에 대한 글을 발견했다. 처음에는 자신의 눈을 의심한 리도스가 눈을 비비적거리며 몇 번이나 다시 읽었지만 분명히 애버딘의 관한 이야기였다.

***년 **월 **일

〈떼떼, 미아 될 뻔하다〉

  예전에 함께 모험을 했던 친구들을 만나기 위해 떼떼를 처음 폴리모프시켜 봤다. 그런데 그것 때문에 일이 터질 줄은 정말 몰랐다. 인간으로 폴리모프를 시켜 안고 나갔는데… 잠시 화장실 간 사이에 아이가 없어진 것이다. 뽈뽈뽈 기어 다닐 때부터 알아봤어야 하는 거였는데. 아내는 울고 불고 난리도 아니었다. 나도 정신이 없긴 했지만 일단 떼떼는 인간들 중에서 보기 드문 금발을 가졌기 때문에 쉽사리 찾을 수 있을 거라 여겼다. 하지만 하필 인간의 아기로 폴리모프를 시켜놓았기 때문에 만일 다치기라도 했다면 아내도 나도 가만히 있지 않았을 것이다. 정말 어렵게 가진 아기였고, 무엇보다 자기 자식이 소중하지 않은 부모가 어디에 있겠는가. 반나절에 걸쳐서 거의 미치기 일보 직전일 때에 웬 금발 머리의 꼬마가 나타났다. 자신이 애버딘이라 칭하던 꼬마는 자신의 몸 반만한 떼떼를 안고 있었다. 마차에 치일 뻔한 아이를 구해주려다 자신은 다리가 깔려 절뚝거리면서도 부모를 찾기 위해 돌아다닌 것이다. 뭔가 도와줄 수 있는 것이 있다면 도와주고 싶었지만, 그 꼬마는 돈도 받지 않고—돈이라는 개념을 몰랐던 걸까?—그냥 빙긋 웃기만 했다. 정말 마음에 드는 인간 꼬마였다. 왠지 앞으로 만날 인연이 있을 듯싶다. 그때 뭔가 필요한 게 있다면 반드시 도와줘야겠다고 아내와 난 결심했다.

"흠… 첫 만남치고는 왠지 애버딘답지 않은데… 어째 목숨까지 내놓는다 했더니만 자식을 구해준 보답이었군요. 골드 드래곤다운 일이긴 하지만……"

리도스가 계속해서 책을 대충대충 넘기자 눈에 띄는 소제목을 발견했다.

***년 *월 **일

〈문제가 생겼다〉

문제가 생겼다. 인간계에 종교 전쟁이 터져 버린 것이다. 인간계라면 어디라고 할 것도 없이 피바다다. 걱정이 된 우리는 꼬마를 찾아 나섰다. 꽤나 귀찮고도 어려운 짓이었다. 작은 마을에 살고 있기도 했고, 무엇보다 인적이 전혀 없는 곳에 있었기에… 거의 석 달 만에 어렵사리 찾아낸 그 꼬마는 어느새 소년이 되어 있었다. 대략 17~18살 정도의, 내가 샘을 낼 정도로 미남으로 자라 있었다.

어디서 났는지 예전에 구경해 본 신검 세인트를 손에 쥐고… 카디프라는 엘프까지 동료로 삼고 모험을 다니고 있었다. 신계에선 할 짓이 없어 이런 것을 방관하고 있는지 난 도저히 이해할 수가 없다. 아니면 무료하던 참에 인간을 두고 한판 내기라도 하고 있는 건지, 그렇다면 소년이 신을 불신한다 해도 신들이 자초한 일이다. 게다가 자신들이 육성하던 곳을 폐허로 만들고 있는 곳을 지나치기라도 할 때면 더욱더 난 그 아이의 편에서 손을 들어주고는 싶지만, 드래곤 로드로서의 임무를 생각해야만 했다. 이럴 땐 드래곤 로드라는 게 좀 귀찮다.

드래곤 로드만 아니었다면 그 아이에게 내가 해주고 싶은 대로 해줄 수 있었을 텐데.

다행인지 불행인지 그는 내가 드래곤이라는 것을 모르고 있었고, 나 역시 구태여 말할 필요를 못 느꼈다. 한동안 본의 아니게 속이게 되겠지만, 당분간은 그를 지켜보고 싶다. 하~ 아무튼 인간의 성장 속도가 빠르다는 것을 알고는 있었지만, 어느샌가 그때의 그 고마운 꼬마가 신에 대해 의심을 품을 정도로 자라 있다니 놀라울 따름이다.

그를 도와준다고 해도 걱정이 되는 게… 그냥 신들을 만나서는 신들이 그의 말에 귀를 귀울이지 않을 것이다.

타격을 입을 정도로 순수한 완성체로서 만나야 협박이든 말이든 통할 텐데……. 그러자면 희생물이 필요하다. 가능하면 강할수록 강한.

"그렇다고 카시우스님이 희생물이 될 필요는 없었잖아요!"

리도스는 벌컥 화가 났는지 한동안 일기장을 덮어버렸다.

"하아, 하아……."

한숨을 내쉬며 호흡을 가다듬은 그는 이번에는 일기장 뒤쪽을 펼쳐 보았다.

***년 **월 *일

〈주변을 정리해야겠다〉

난 내 미래를 알고 싶지 않았다. 예지력이니 뭐니 해도 결국 죽음에 대해선 모르는 채 평화롭게 죽음을 맞이하고 싶었다. 오늘 애버딘과 이야기를 나누던 중, 내가 그의 손에 죽는 영상이 보여졌다. 희생물은 나였다. 물론 그는 그 사실을 모르고 있고, 만일 그렇게 하라고 해도 하지 않을 것이라는 걸 알고 있다. 하지만 내 예지는 한 번도 빗나간 적이 없다.

게다가 난 점점 그에게 끌려가고 있다. 신들의 궁극적 목표는 드래곤을 없애는 것이다. 인간은 그 과정의 일부일 뿐이었다. 인간이 죽으면 드래곤도 죽는다. 드래곤 로드로서 그들이 신과 만나게 해준 뒤 죽는 것도 나쁘진 않겠지만… 떼떼가 걱정이다. 아직 300년이나 남았는데… 내가 죽고 나면 천덕꾸러기가 되어 있을 걸 뻔히 알고 있는데 쉽게 결정이 내려지지 않는다. 해츨링이 드래곤 모두의 책임으로 놓이는 일이란 걸 알긴 하지만 쉽사리 마음이 놓이지 않는다. 만일 누군가 떼떼를 돌봐준다면, 마치 자신의 아이처럼 돌봐줄 그런 드래곤이 있다면……

**년 *월 **일

〈리도스님께 떼떼를 맡기다〉

리도스님.

남의 일기는 훔쳐보는 것이 아니라고 몇 번이나 이야기했나요?!

뜨끔한 리도스는 후닥닥 책을 덮었다. 그렇지만… 곧 그가 죽었다는 것을 깨닫고 다시 책을 열었다.

쫄기는… 쯧쯧. 간이 그렇게 작아서 어디다 쓰겠습니까?

이 뒤 육아 일기는 당신 몫입니다. 불쌍하게도… 하필이면 찾은 게 육아 일기입니까?

"카시우스님이야말로 이거 육아 일기 맞습니까? 왠지 뒷부분은 처음의 의도와 상당히 빗나간 듯한데……."

지금쯤 궁시렁거리고 있겠군요. 이게 육아 일기 맞냐는 듯한 그런 말로. 하지만 어쩌겠습니까. 남을 게 이것밖에 없으니 여기다라도 쓸 건 써놔야지. 그리고! 내 일기 내가 맘대로 쓴다는데⋯ 뚋소?

"아니⋯ 뭐, 뚋을 것까지야⋯⋯."

자신의 행동과 말 하나하나까지에도 대꾸하는 듯한 카시우스의 글에 심취한 탓일까? 언제부턴가 리도스는 진지하게 대화(?)를 나누고 있었다.

하긴⋯ 이렇게 저렇게 하다 보면 이것밖에 남지 않겠지만⋯ 알고 싶은 게 뭐죠? 신의 완성체를 불러내는 것. 그것은 드래곤의 피와 애버딘의 죽음입니다. 그래야 세인트의 영혼이 나타날 테니까요. 살벌하죠? 후후, 그치만 어쩌겠습니까. 그것(세인트)도 한 성질하는 것을⋯⋯.

"흠⋯⋯."

일단 영혼과 검이 한 세트이기 때문에 그렇게 하면 세인트는 그야말로 신의 검으로써 완성이 되는 거죠. 뭐, 긴말 안 하겠습니다. 그러니까 지루해질 거라고 지레짐작하고는 건너뛰거나 덮으려 하지 마십시오. 단도직입적으로 말하자면 애버딘은 당신 손에 의해 죽게 되어 있었습니다만⋯⋯.

이미 당신은 그와 약속을 하지 않았던 가요? 기억나지 않는 척해봐야 안 속습니다.

속일 드래곤을 속이십시오. 후후훗.

"누가 속인다고 그래요?!"

아무튼 전 분명히 알고 있습니다. 당신이 했을 말을…….

내가 그들로 인해 죽었다면 그의 생명은 당신의 손으로 없앤다고…
낯간지럽지도 않던가요?

뭐, 절 아버지로 생각했다는 것은 무척 영광스럽고도 고마운 일이죠.
저도 사실 당신이 떼떼만큼이나 사랑스러우니까.

"쳇… 카시우스님이야말로 사실은 닭살의 로드시군요. 그런 낯
간지로운 소리를 잘도 해대시는 걸 보면. 아무튼 말이 쉽지 제가
애버딘을 죽인다 한들 떼떼가 가만히 있겠습니까? 지금은 그를
자신의 양부라고 알고 있는데… 게다가 상당히 따르기도 하고 말
입니다. 끼어들어서 다치기라도 하면… 사실 가슴이 아프실 텐데
요. 저도 곱게 기른 떼떼를 다치게 하고 싶진 않거든요."

뭐, 떼떼가 발악하는 정도야 죽지 않을 만큼만 화염의 브레스로 지져
놓고 살짝 뒤통수만 쳐놓으면 기절할 테고… 쩝… 그런 눈으로 볼 것까
지 있습니까? 제 자식인데… 설마 죽이라고 시키기야 하겠습니까? 뭐…
브레스 쓸 때 약간 신경을 쓴다면… 아니, 그러니까 신경을 써달라는 거
죠.

"저… 그냥 확인하는 건데… 친자식 맞습니까?"

아버지의 사랑이죠. 후훗～♡

뭐, 농담입니다. 상상하니 왠지 괴롭군요. 그래도 골드 일족에서 하나밖에 남지 않은 아이인데… 제가 죽고, 애버딘 일행까지 사라지면 많이 상심할 테니… 그래도 할 수 없습니다. 뒤의 마음 고생은 제가 아니라 리도스님의 몫이니까요… 후후후, 업보입니다. 제 속 좀 많이 썩이셨죠? 역시 자식이 효도를 한다니까요. 이, 이런! 덮지 말아주세요.

"왜, 왠지 당신에 대해 자꾸 회의가 드는군요, 카시우스님. 원래 이런 분이셨습니까? 그간의 이미지가… 이미지가……."

물론 관리죠, 관리. 후훗, 농담입니다. 제가 자식 같은 당신을 고생시키겠습니까? 병을 주면 약도 주는 법. 제가 좋은 처방전을 알려드리지요. 훼이나와 잘 사귀어보세요. 그래봐도 좋은 아내가 될 겁니다. 설마 제 안사람보다 심하기야 하겠습니까? 단… '오크'라는 단어보다 '엄마'라는 단어를 먼저 가르쳐 주셔야 당신이 편하실 겁니다. 아마도…….

"전 카시우스님처럼 살고 싶은 게 아니래두요! 정상적인 연애를 하고 싶은 겁니다, 정상적인 연애를."

흠… 얘기가 샜군요. 궁시렁거리지 말아요, 천생연분이니까. 우선 완성체를 불러내는 법으로 준비해야 할 것은 리도스님과 애버딘, 그리고 카디프님, 리즈님, 피스님, 위트님이고, 장소는 아렌의 루시아 신전입니다.

"그거… 부쉈는데요."

쯧쯧, 그러길래 멀쩡한 걸 부숴놓고 고생할 짓을 왜 합니까? 아무
튼 간단하고 안전하게 신들을 부르는 방법을 알려드리죠.

1. 경건한 마음으로 병원에 갑니다. 그리고 가능한 드래곤의 모습
으로 헌혈을 하세요. 뭐… 피를 담을 만한 것은 자신이 준비하셔야겠
죠? 그것을 가지고 도망치셔야 하니까요.

"나보고 지금 뭘 시키는 겁니까?"

말씀드렸죠? '안전하게' 라고.

2. 일행들과 함께 신전으로 워프하세요. 단, 훼이나는 떼어놓고 가셔
야 합니다. 정 떼어놓기 힘들면 위트를 붙여주면 될 테니까 너무 걱정하
진 마세요.

3. 가지고 온 드래곤의 피를 피스님의 지시를 따라 시간을 멈추는 도
형을 그립니다. 이때 다 그리지 마시고 조금 남겨주세요.

4. 적당한 시나리오를 짜서 애버딘님을 파타로 찌르세요(이때 리즈라
는 아가씨와 피스라는 아가씨는 필히 움직이지 못하도록 홀드를 걸어두
세요). 시나리오는 반드시 타당성이 있어야 합니다. 사기성이 짙긴 하지
만 절 팔아먹으시길… 이때 카디프님이 함께 죽겠다고 덤비면 같이 죽
이십시오.

"지, 진심이신 겁니까? 그렇게 죽이라는 말을 쉽게 하시다니 카
시우스님답지 않군요."

나답지 않겠지만 어쩔 수 없어요. 이것만이 유일한 '안전한 방법'이

니까요. 그럼 계속하겠습니다.

5. 먼저 시체를 아까 피로 그렸던 그 도형 위에 올려놓으세요. 그러면 신들의 본체가 내려올 것입니다. 그때 도형을 완성하십시오. 어려울 거 없죠? 후후, 거봐요. 안전하고 쉬운 방법이라니까요! 일단 도형이 완성되고 나면 신들은 움직이지 못합니다. 그때면 이미 애버딘님들은 죽어 있을 테고, 그로 인해 세인트의 분노는 극에 달할 겁니다. 뭐… 그녀라고 뾰족한 수가 있는 건 아닙니다. 단지 모든 것을 원점으로 돌려놓을 뿐이죠. 하지만 우리가 바라는 게 바로 그거니까 상관없겠죠.

6. 뒷정리라는 것입니다. 떼떼를 잠시 위트에게 맡기십시오.

"그것만으로 될까요? 만약… 돌아오지 않는다면 어쩌죠? 떼떼는 나에게 있어 아주 중요한 아입니다."

예, 당신과 같이 저도 걱정이 됩니다. 정말이지… 그애의 성격이 망가지지 않을까 심히 염려는 되지만 일주일도 안 돼서 제 발로 걸어… 아니죠, 깜박했군요. 워프를 해서 올 겁니다. 그리고 자신이 하고 싶은 일이 생겼다고 할 것입니다. 왕으로서의 자리를 버리고 떼떼를 지켜달라고 한다면 해주시겠습니까?

"기꺼이."

감사합니다. 음… 그리고 그 피스라는 소녀 말입니다. 인간으로서 살아갈 수 없을 겁니다. 일단은 누가 뭐래도 투희야의 환생체이니까요. 말의 요지는 그녀가 죽으면 투희야가 살아나게 된다는 겁니다. 뭐, 마음에 안 들긴 하지만 그래도 신들 중에 그나마 신다운 건 좀 괴짜 같더라도 그녀밖에 없다는 거… 아시려나요? 후훗, 어쨌든 그렇답니다. 인간으로서 살아봤으니 여러 가지 고충은 알겠죠.

"결국은 피스마저도 죽여야 한다는 겁니까?"

오해하셨군요. 죽여야 한다는 게 아니라 살아갈 수 없다는 거죠. 쉽게 풀어서 얘기하자면 리도스님께서 아무것도 안 하셔도, 알아서 신계에서나 그녀가 스스로… 어떻게 한다는 거죠.

'결국은 신계에서 죽이던가 자살을 하던가로… 죽는단 말이군.'
"근데 그 말은 왠지 투희야가 유일한 신이다. 뭐, 그렇게 들리는군요."

뭐, 혹시나 또 오해하실까 봐 드리는 이야긴데, 투희야가 유일한 신일리는 없으니까 그런 걱정은 하지 마십시오. 알려지진 않았지만 드래곤처럼 신들도 대표자 시스템이라고 들었으니까, 그들이 물러나면 적합한 대상이 나타나게 되겠죠. 투희야는 솔직히 물러날 이유가 없었는데 물러난 거니까 신으로서 남을 수 있겠지만……

"글쎄요… 피스가 죽고 투희야가 다시 태어난다 해도 그녀는 피스의 삶도 살아보았고, 여신으로서의 삶도 살아본 새로운 영혼 아닙니까? 그러니까… 결국은 투희야가 아닌 제3의 투희야가 되는 거겠죠."

아무튼 신계의 일은 다들 신계에서 알아서 처리하겠죠. 남은 자들은 자신의 삶을 엉망인 채로 내버려 두려 하지 않습니다. 지금의 애버딘님이나 카디프님처럼요.

드래곤들도 자신의 삶을 즐길 수 있다면 좋을 텐데 솔직히 우리의 삶은 너무 기니까요.

"길다면 길고 짧다면 짧은 거겠죠. 일단 우리들도 자신의 죽음이 언제인지도 모르고 살아가는 거니까요. 후회하지 않는 하루하루를 살기 위해 노력해야 하는 것. 유한한 삶을 살아가는 자들의 의무입니다. 무한에 가깝긴 해도 결국 우리도 유한한 삶을 살아가는 거니까요."

후후… 많이 성장하셨군요. 왠지 기쁜데요? 그 마음을 잊어버리지 마십시오.

리도스님, 누차 이야기했지만 떼떼가 소중하듯 제겐 당신도 소중합니다.

인간들은 죽는다 해도 영원히 죽는 것이 아닙니다. 드래곤은 무한에 가까운 삶을 살아가겠지만 인간인 그들은 짧은 삶 대신 무한의 영혼을 가지고 있죠. 세상은 불공평한 것이라 생각되겠지만 그럭저럭 공평한 편입니다. 그러니 그들의 죽음에 대해 너무 상심하지 마십시오.

"어차피 왕싸가지로 통용되는 저입니다. 뭘 걱정하십니까? 그렇게 마음 여리지 않으니까, 조금 슬프긴 하겠지만 금방 회복될 겁니다. 영혼을 가진 이상 긴 세월을 살아가는 동안 언젠가는 다시 만나게 되겠지요. 카시우스님 말씀대로 그들에겐 무한의 영혼이 있으니까 말이에요.

즐거웠습니까?

이 일기장은 살아가며 얻는 보너스 같은 겁니다. 잠시라도 저를 느끼셨다면 저로서도 기쁜 일이죠. 만일 떼떼가 그들의 죽음으로 힘들어한다면 이 일기장을 떼떼에게 넘겨주십시오. 약간이나마 그 아이에게 위로가 될 테니… 아무튼 이렇게나마 부자 간의 대화를 나눌 수 있다면 그것도 좋은 일이죠. 아! 좋은 거 가르쳐 드리죠. 당신에게도 제가 쓴 육아 일기가 있답니다. 그리고 그것은 위트의 손에 들어가게 되었습니다. 나중에 또 저와 대화를 나누고 싶다면 그 일기를 보십시오. 뭐… 지금 같지는 않겠지만 추억을 회상하는 것도 즐거움의 하나니까요. 그럼, 드래곤으로서의 즐거운 꿈을 꾸시길.

"이렇게 벌써 헤어지는 겁니까?"

리도스는 허무한 듯 책을 덮었다. 알고자 했던 신들의 완성체는 마치 간단하고 즐겁게 할 수 있는 쉬운 요리처럼 손쉽게 불러낼 수 있는 교본 같은 느낌마저 들었다. 카시우스답다면 그다운 점이지만 리도스에겐 현실적인 문제였다.

"결국 신들에게도 신족이라는 게 있었다는 건가?"

리도스는 야릇한 미소를 지으며 만족했다는 듯한 눈빛으로 창밖을 보았다.

"복수할 곳을 제대로 찾았어. 하긴 신이라고 하루아침에 갑자기 튀어나왔을 리는 없겠지. 투루나 루시아 같은 신을 대체할 수 있다면 굳이 그들을 곱게 보내주지 않아도 된다는 이야기. 당하면 몇백 배로 갚아주는 리도스의 성격에 불이 붙는 순간이었다.

"육아 일기라… 떼떼가 좀 더 자라서 읽으면 참 재밌겠다."

리즈가 부러운 듯한 어조로 말을 꺼내자 떼떼가 고개를 갸웃거렸다.

"육아 일기가 뭐죠?"

"아기를 가졌을 때부터 그 아기가 어느 정도 자랄 때까지 아기의 성장에 대해 적는 걸 육아 일기라고 해."

리즈의 대답에 그는 생글생글 웃으며 손뼉을 쳤다.

"엄마가 그렇게 말하니까 왠지 궁금해지는데요. 보고 싶다."

옆에서 같이 웃고 있던 애버딘이 자신도 뭔가가 궁금해졌는지 리즈에게로 시선을 돌렸다.

"음… 보통 육아 일기는 엄마들이 쓰지 않나?"

"누가 쓰든 어때? 쓰고 싶은 쪽이 쓰면 되는 거지."

"그런가?"

그들의 대화를 가만히 듣고 있던 카디프는 갑자기 짓궂은 미소를 지으며 애버딘과 리즈를 번갈아 쳐다보며 놀려대기 시작했다.

"둘이서 웬 육아 일기? 사귀냐? 오호~ 그러고 보니 너희 둘 사귀는구나? 그치그치?"

"카디프님, 무슨 말씀을 그렇게 하세요? 둘은 단순한 동료 사이라고 그랬잖아요! 괜히 애버딘님 놀리지 말아주세요."

불쾌한 표정으로 피스가 틱틱거려 대자 애버딘과 리즈는 피식 미소를 지을 뿐이었다.

똑똑.

갑작스런 노크 소리와 함께 리도스가 안으로 들어와 분위기를 바꾸지 않았다면 험악해질 뻔했지만 다행히 그가 들고 온 소식은 일행들을 기쁘게 만들어줬다.

"신들의 완성체를 불러내는 법 찾았어."

"와우! 정말이야? 이럴 줄 알았으면 서재 뒤지기 전에 카시우스님 일기장부터 찾아볼 걸 그랬잖아."

리즈가 싱글벙글 미소를 지으며 그를 반기자 뒤를 이어 줄줄이 리도스를 칭찬하는 소리가 들려왔다.

"리도스, 고생했어. 어떻게 금방 찾았네."

"리도스님, 수고하셨어요. 대단하세요."

"하하, 정말 다행이다. 리도스, 굉장해. 그래, 신들의 완성체는 어떻게 불러낸데?"

애버딘의 질문에 리도스는 잠시 머뭇거리다 이내 미소를 지었다.

"일단 피스가 도와줘야 해. 드래곤의 피와 피스의 시간을 멈추게 하는 주술에 왜 그… 도형 있지? 대충 그런 것들이 필요하다고 하니까."

드래곤의 피라는 말에 리즈의 안색이 창백하게 변했다.

"혹시 그 피라는 거… 누가 희생해야 한다는 그런 소리야?"

"뭐… 그런 의미가 없진 않겠지만 카시우스님께서 아주 좋은 방법을 알려줬으니까 걱정 마."

"그게 뭔데?"

일행들이 호기심을 보이자 그는 잠깐 얼굴에 흐르는 식은땀을 닦아내고는 작은 목소리로 대답했다.

"드래곤일 때 헌혈하라……."

"뭐라고?"

애버딘이 자신의 귀를 의심하며 되묻자 리도스는 머쓱한 표정으로 한마디 한마디 똑바로 읊어댔다.

"드.래.곤.일.때.헌.혈.하.라."

"……"

다들 한동안 멍한 표정으로 서로를 바라보다 누군가 피식거리는 소리에 웃음을 터뜨렸다. 생각해 보라. 거대한 드래곤이 드러누워 가느다란, 아니, 소방 호스만한 줄을 통해 자신의 피를 뽑다니……

"제길, 웃지 마. 피 뽑고 나서 그거 들고 도망갈 거 생각하면 그 정도쯤은 아무것도 아니니까."

그의 말에 일행들은 아예 바닥에 드러누워 깔깔거려 대기 시작했다.

"호호호홋. 정말 대단하다, 대단해. 호홋… 난 피라기에 정말 진지하게 비극을 생각하고 있었는데 뭐? 헌혈? 호호홋."

리즈가 손뼉까지 치며 웃어 젖히자 리도스는 괜히 속이 쓰렸다. 이제까지 누군가가 자신의 곁에서 사라진다는 개념을 느껴본 적이 없는 그에겐 그의 손으로 일행을 죽인다는 것이 카시우스가 떠났던 것에 버금가는 슬픔이었다. 카시우스의 죽음은… 사실 얼마 동안 실감조차 나지 않았던 그였다. 뭐랄까, 직접 본 것이 아니라, 단순히 '죽었다'라는 사실을 누군가로부터 전해 듣기만 한 것이라 더 더욱 실감이 나지 않았던 것이다.

"주술 부릴 때의 도형은 누가 그리는 거야?"

리즈의 질문에 리도스는 자신을 가리켜 보였다.

"당연히 나지. 그 정도의 무게라면 피스, 넌 들지도 못할 텐데…… 도형을 어떻게 그리면 돼? 나한테 그리는 법만 가르쳐 줘.

나머진 알아서 할게."

그의 말에 피스는 심각한 표정으로 고개를 갸웃거렸다.

"음… 도형만 그린다고 주술이 효력을 발휘하는 건 아닌데요. 주문 외우는 것도 아무나 하는 게 아니구요. 그럼, 주문 좀 외운다고 다 주술 쓰고 다니게요? 그런데 리도스님께서 어떻게 주술을 부리시려고 그래요?"

"그렇다면 일단 그림만 내가 그릴 테니까 가능하다면 시간 멈추게 하는 주술은 네가 해주면 좋지. 물론 가능하다면 말이야."

리도스의 말이 그녀는 이해가 가지 않는 듯 또다시 고개를 갸웃거려 댔다.

"시간을 멈추면 저 말고 아무도 움직일 수 없을 텐데요."

"음… 글쎄… 과연 그럴까? 카시우스님께서는 주술 도형을 그릴 때 다 그리지 말고 조금 남겨두라고 하셨거든. 신들이 나타나면 그때 완성시키라고… 그래야 신이 움직일 수 없다나 봐. 그런 걸 보면 적어도 나는 움직일 수 있다는 소리잖아."

리도스의 말에 피스는 여전히 모르겠다는 듯 고개를 갸웃거렸다.

"글쎄요… 드래곤의 피를 써서 그런가? 잘 모르겠네요. 이런 건 한 번도 해본 적 없어서… 하긴 주술은 마법과는 달라서 그 뜻을 이해하지 못해도 자질이 있다면 사용할 수 있으니까. 혹시, 리도스님께 주술적 자질이 있다는 말씀 아닐까요?"

피스의 말에 이번에는 리도스가 고개를 갸웃거렸다.

"전에 주술과 마법은 상반된다고 들었던 것 같은데… 드래곤은 마법의 종족이야. 그런데 자질이 있다고 해서 과연 하루아침에 쉽게 주술을 쓸 수 있는 건가?"

"자질이라는 건 조건이 아니라 선택받은 자에게 주어지는 축복 같은 거니까—뭐, 사실 거의 저주에 가깝긴 해도… 아무튼 선택받는 거니까…—만일의 가능성이라는 것도 있지 않겠어요? 생각하기 나름이죠."

"그런가?"

리도스의 솔깃한 표정에 그녀는 결심했다는 듯 고개를 끄덕였다.

"제가 일단 그 주술에 대해 가르쳐 드릴게요."

"뭐?"

리즈는 자신의 배낭에서 종이와 펜을 꺼내 들었다. 그리고는 손으로 별 모양을 그리는 동작에 대해 적기 시작했다. 역삼각형에서 정삼각형을 교차시키는 것까지 세세하게 설명한 뒤 그 종이를 리도스에게 건넸다.

"이걸 손으로 그리면서 입으로는 주문을 외워야 하죠. '그대의 시간은 곧 내가 가지고 있는 시간. 우리는 같은 시간을 살아가는 자들… 나의 시간을 포기할 테니, 너희의 시간을 나에게 다오' 그리고 명령하는 거죠. '그대로 멈춰라!'라고… 에… 또 이때 제일 처음 준비해야 하는 건 부적인데 단돈 40루비아에 팔기로 하죠. 이걸 일단 목표물에 붙여야 하는 거니까 제일 중요한 거라고 볼 수 있죠."

피스의 말에 리도스는 살짝 인상을 찌푸렸다.

"무슨 돈을 받겠다고 그래? 부적을 만드는 법도 그냥 가르쳐 주고 말지."

"그런 말 말아요. 미안하지만, 제가 주술사로서 명성을 떨칠 수 있었던 이유 중 하나가 맺고 끊는 일이 정확하다는 거예요. 주술사는 공짜로 일을 해주면 그만큼 능력이 떨어지거든요. 앞날을 읽을 때도 그렇고, 절대로 공짜로 하는 일은 해선 안 되죠. 뭐, 아는 사람에겐 절대로 대가를 받아선 안 되지만, 솔직히 부적은 부적이니까요. 게다가 리도스님과 저는 사이가 좀 애매하지 않아요? 그래서 조금만 받는 거예요."

피스의 말에 그는 조금 서운한 표정을 지어 보였다.

"에~ 이거 서운한데… 애매한 사이라니."

"뭐, 그런 게 아니라 리도스님께서는 인간이 아닌 드래곤이시고, 제게 기술을 배워가는 거잖아요. 거래에는 반드시 대가가 따르는 법이에요. 아시죠? '좋은 꿈은 반드시 대가를 치르고 사.가.라!'는 말."

떼떼는 그녀의 말에 왠지 기분 나쁘다는 표정을 지어 보였다.

"그럼, 리도스 아저씨가 피스 아줌마 제자가 되는 거예요?"

"어머, 그러고 보니 정말 그렇게 되네. 그럼 난 지상 최강의 종족인 드래곤, 그것두 크로매틱 드래곤 족 왕을 제자로 두게 되는 건가요? 호호호."

아이들의 생각없이 내뱉는 말 한마디가 어른들을 적지 않게 당황하게 만드는 법. 리도스는 정곡을 찔렸다는 생각에 식은땀을 흘리며 어설픈 미소를 지어 보였다.

"떼떼야, 너 요즘 농담이 많이 늘었다. 하핫."

"에이~! 농담은 무슨? 오랜만에 떼떼가 옳은 소리한 거죠. 헤헷. 리도스님, 절 사부로 깍듯하게 모셔요."

피스가 장난스럽게 그에게 윙크를 해 보이자 그는 어색한 미소를 지을 뿐이었다.

"자, 자, 언제 출발할 거야? 훼이나 언니랑 데이트 약속도 지켜야 할 거고, 리도스 너, 이래저래 꽤 할 것도 많아 보이던데 괜잖아?"

리즈의 말에 일행들은 일순 크게 놀랐다.

"뭐예요~ 데이트까지 할 사이면 서로 좋아하는 거 맞잖아요."

피스의 말에 리도스는 곤란한 듯한 표정으로 입을 열었다.

"그건… 훼이나가 이 일에 대한 대가로 요구한 거라… 절대로 이 데이트는 제대로 된 데이트가 아니야. 다들 오해하지 말아 줘."

"헤~ 데이트 풀 코스 일주일인데?"

"너답지 않게 계속 왜 그래?"

의외로 계속되는 리즈의 놀림거리 제공에 당황한 그는 그녀를 잡아먹을 듯 노려보았지만, 별 효과가 없었다. 훼이나에게 호감을 가지고 있는 리즈가 그녀와 리도스의 연애를 밀어주지 않을 이유가 없었다.

"데이트 풀 코스~? 그것도 일주일? 오~ 잘해봐. 훼이나님이야 일편단심 민들레니까 왠지 둘이 있으면 무척 재밌을 것 같아."

카디프마저 자신을 놀려대자 리도스는 얼굴을 붉혔다.

"그만 해."

"그래요. 민들레는 무슨 그렇게 걸걸한 민들레 봤어요? 훼이나 님께선 코스모스나 민들레, 뭐 이런 것들과는 다르죠. 굳이 이야기 하자면 해바라기 같은 느낌? 하긴 일편단심인 건 해바라기도 똑같긴 하지만요."

피스마저 리도스에게 러브러브 공격을 퍼붓자 이에 질세라 애 버딘 역시 말을 이었다.

"뭐, 성격이야 리도스도 만만치 않잖아. 저 녀석도 한번 빠지면 주위는 나 몰라라 할 녀석이라구. 둘이 잘 어울리는데 뭐가 문제나?"

리도스는 살짝 인상을 찌푸렸다.

"그만 좀 해라. 떼떼도 있는데 나 자꾸 물 먹일래?"

"아저씨, 저도 이젠 훼이나 아줌마 좋아요. 데이트 잘하세요."

레벨이 급상승한 듯한 떼떼가 회심의 한마디를 던졌으나 리도스는 아직 천년쯤은 빠르다는 듯한 눈빛을 보내며 떼떼의 볼을 아프지 않게 잡아당겼다.

"…정말 농담 많이 늘었구나."

"농담 아닌데요. 히잉~"

리도스는 골치 아프다는 듯 손으로 자신의 머리를 짚으며 고개를 흔들었다.

'남녀노소 모두 연애 문제만 나왔다 하면 난리라니까. 그렇게 좋은가? 우웃.'

"훼이나 언니에겐 언제 가볼 거야?"

"정말 끈질기네. 너, 오늘 뭐 잘못 먹었냐?"

리도스의 성의없는 대답에도 리즈는 아랑곳하지 않고 계속 질문 공세를 퍼부어댔다.

"뭐… 언제 갈 거냐고 물은 것도 죄니? 언제 갈 건데?"

"알아서 뭐 하게?"

"일주일 간은 리도스나 훼이나 언니 제대로 못 볼 테니까. 그전에 볼일이 있다면 내가 알아서 끝내놓게."

"볼일?"

"말 돌리지 마. 그냥 작별 인사하려는 거니까. 리도스 덕분에 알게 된 거지만 난 그 언니 정말 좋거든. 이왕 데이트하는 거라면 즐겁게 하는 게 좋잖아?"

리즈의 말에 그는 졌다는 듯 두 손을 번쩍 치켜들었다.

"항복! 항복! 제가 졌습니다, 리즈님. 이제 그 관대한 아량을 베푸시어 불쌍한 절 그만 살려주시지요."

"호호홋! 그래, 바로 그 태도야. 훼이나 언니에게도 그렇게 깍듯하게 모시도록!"

리즈의 웃음에 리도스는 어이가 없다는 듯 손을 까딱거렸다.

"이봐이봐……."

"그런데 아직 말 안 했어. 언니 언제 만날 건지… 은근슬쩍 그냥 넘어갈 생각 마. 이래봬도 나 꽤 머리 좋거든. 언제 만날 거야?"

"내일 가보려고. 뭐… 데이트는 모레부터 하러 다녀야겠지만……."

그의 말에 리즈는 만족했다는 듯 생긋 웃으며 '잘해봐' 라는 눈빛을 보냈지만, 어쩐지 피스의 눈빛이 곱지 않았다.

"뭐… 남의 연애사는 알 바 아니지만, 아니, 이왕이면 잘됐으면 좋겠지만, 일주일 풀 코스 데이트라면 언제 신전으로 간다는 거죠? 그거 말고도 할 일이 많으실 텐데… 다른 분들은 하실 거 없으세요?"

따지고 보면 말은 맞는 말이다. 어쩌면 마지막이 될지도 모르는 일.

인간이란 이기적인 동물이다. 자신의 연애사도 아닌 리도스의 연애 문제로 아무런 대가 없이 일주일을 기다려 준다는 것은 딱히 할 일이 없는 입장이라 하더라도 즐거운 일은 아니었다. 그런 그녀의 생각에 카디프가 제일 먼저 고개를 저어 보였다.

"음… 난 코아에게 다녀왔으니까. 그동안 느긋하게 책이나 보지 뭐. 내 걱정은 할 필요 없으니까 데이트나 즐겁게 잘하고 오라구."

"으윽~ 또 책이야?"

카디프의 말에 질렸다는 표정으로 시선을 돌린 애버딘은 리도스와 눈이 마주치자 씩 미소를 지어 보였다.

"뭐, 난 아렌 말고는 딱히 아는 사람도 없고, 나름대로 찾으면 할 일도 많을 테니까, 리도스 넌 느긋하게 데이트나 즐겨. 나도 뭔가 하고 싶은 걸 찾아서 즐길 테니까."

리도스는 리즈를 바라보며 걱정스럽게 물었다.

"리즈, 넌 어때?"

"뭐… 나도 마찬가지야. 솔직히 아바마마 뵐 용기도 없고, 그냥 너 재밌게 데이트하는 거 들으면서 대리 만족이나 느낄래. 그러니까 나한테 매일매일 훼이나 언니와 있었던 일 보고하는 거 잊지 마. 호호홋."

"엄마도 그러지 말고 아빠랑 데이트하는 건 어때요? 이왕이면 아저씨랑 더블 데이트하는 것도 좋잖아요."

떼떼의 눈치없는 말에 리즈는 배시시 웃으며 고개를 저었다.

"싫어. 떼떼, 넌 별걸 다 아네? 더블 데이트? 호호홋, 그러다가 훼이나 언니한테 미움받기 딱 좋지. 만일 떼떼 너, 나중에라도 훼이나 언니와 리도스 데이트한다고 할 때 어지간하면 끼지 마라. 그편이 훼이나 언니에게 사랑받는 길이란다."

"아빠도 싫어요?"

떼떼의 말에 애버딘 역시 설레설레 고개를 흔들며 거절 의사를 밝혔다.

"뭐, 첫 데이트인데 끼면 실례지. 눈총 맞아 죽느니, 차라리 조용히 잠이나 자는 게 나. 이도 저도 아니면 그때 가서 생각해도 늦지 않으니까. 안 낄래."

모두의 말에 피스는 약간 샐쭉한 표정을 지었다. 리도스는 그런 그녀에게 머쓱한 얼굴로 물었다.

"피스, 만일 가고 싶은 곳이 있다면 말해. 데려다 줄 테니까."

"아뇨. 다른 분들도 가만히 계신다는데 저도 그냥 애버딘님과 이곳에 남을래요. 괜히 왔다 갔다 리도스님만 힘드시고, 저도 리도스님께 미안하니까요."

"그럼, 가능한 재미있게들 놀아. 나도 금방 돌아올 테니까."

"늦게 와도 괜찮으니까 보고나 잘해줘. 아참! 잊을 뻔했다. 리도스, 원래 데이트할 때는 남자가 여자의 집으로 모시러 가야 하는 거야. 몰랐지? 그럴 줄 알았어~ 그러니까 성격 급한 훼이나 언니가 먼저 오기 전에 빨리 준비하고 가봐!"

리즈의 말에 그는 멋쩍은 미소를 지으며 머리만 긁적거려 댔다.

"이럴 땐 고맙다고 하는 거겠지? 아무튼 다들 고맙다."

"뭘… 그나저나 출출하지 않아? 우리 밥이나 먹으러 가자."

"좋아요, 좋아. 저도 마침 출출하던 참이었어요, 애버딘님."

그 뒤 식당에서 몇 시간의 담소를 나누던 그들은 각자 개인의 시간을 가지며 하루를 보냈다.

"어? 웬일이야? 부르지도 않았는데 제 발로 여길 다 찾아오고? 아무튼 잘 왔어."

훼이나는 얼굴 가득 미소를 지으며 리도스를 반겼다.

"뭐, 내가 언제 꼭 불러야만 왔었나?"

"호? 그럼 또 부탁이 있어서 찾아온 거야?"

그녀의 말에 리도스는 피식 미소를 지었다.

"그래그래, 내가 잘못했어. 항상 내가 필요할 때만 찾아오고."

"호호홋, 알긴 아네. 난 그것도 모르고 있는 줄 알았지. 자, 농담 그만 하고 진짜 어쩐 일이야?"

그녀는 테이블 쪽으로 손을 뻗어 그가 의자에 앉길 권했다.

"약속 지키러 왔어. 그 일주일 간 데이트 풀 코스인가 뭔가 하는."

"뭐? 그걸 그냥 왔단 말이야? 적어도 하루 전에 이야기해 줬으면 준비도 하고 아침부터 서둘러서 좀 더 오래 있을 수 있었잖아. 우~"

훼이나의 얼굴이 불만으로 퉁퉁 부운 얼굴로 변하자 리도스는 재밌다는 듯한 얼굴로 그녀에게 말했다.

"이봐, 안 그래도 네가 그런 말할 것 같아서 일부러 지금 데이트 신청하러 온 거야."

리도스의 그 한마디에 그녀의 얼굴은 순식간에 비 온 뒤 개인 하늘처럼 맑게 변했다.

"뭐? 정말? 역시 자기가 최고라니까~"

그녀의 애교 섞인 목소리에 잠시 쭈뼛한 표정을 짓고 있는 리도스에게 그녀는 다시 샐쭉한 표정으로 돌아갔다.

"잠깐, 잠깐만. 이거 가만히 생각해 보니까… 좋아할 일이 아니잖아. 뭐야, 데이트 신청하러 왔다고 해놓고 빈손으로 왔어? 어랍쇼? 이것 봐라. 복장도 평상시랑 다른 게 하나도 없네. 게다가… 내일 데이트할 거라면서 오늘 알려주는 거야?"

리도스는 그녀의 말에 설레설레 고개를 저었다. 역시 마녀라는 별명은 아무에게나 붙는 게 아니었다.

"변덕은… 아깐 하루 전에 알려줘도 된다고 하지 않았어? 그럼… 그렇게 말한 녀석은 어디에 사는 누구더라?"

비꼬는 그의 말에 그녀는 당당하게 외쳤다.

"그땐 그때고 지금은 지금이야!"

"아아, 그러시겠지. 그래서 바라는 게 뭐야?"

리도스의 표정에 그녀는 잠시 고민하는 듯더니 이내 입을 열었다.

"적어도 말이야, 꽃다발은 기본으로 들고 와야지. 이렇게 아름다운 숙녀한테 데이트 신청하면서 빈손으로 온다는 건 나에 대한 예의가 아니라고 생각해."

"일 절만 할 거냐?"

리도스는 여유만만한 포즈로 그녀의 긴 잔소리를 들을 준비가 되었다는 듯 비스듬하게 의자에 기대어 앉았다.

"으~ 분위기있게 데이트 신청하면 누가 잡아 먹기라도 한다니?!"

훼이나의 항의조의 목소리를 그는 간단히 무시해 버렸다.

"뭘 새삼스럽게… 우리 모르는 사이들이었냐?"

"리도스, 넌… 쳇! 아니면 좀 상냥하기나 하든지… 왜 그렇게 무뚝뚝한 건데?"

"이런 날 좋다고 한 건 너다."

훼이나의 뾰로통한 얼굴에 리도스는 피식 미소를 짓고는 허공에서 빨간 장미 한 다발을 만들어냈다. 그리고는 정중히 그녀 앞에 무릎을 꿇고는 두 손으로 장미 꽃다발을 내밀었다.

"아름다운 아가씨, 부디 내일 저와 즐거운 시간을 보내주시지 않겠습니까? 당신과 시간을 함께한다면 제겐 무척 커다란 영광일 텐데요."

리도스의 말에 그녀는 장미꽃을 받아 들고는 피식 미소를 지었다.

"아휴~ 닭살. 후훗, 역시 리도스가 안 하던 짓을 하니까 왠지 안 어울리는 것 같긴 해. 아! 그렇다고 오해하진 마. 난 네가 안 어울려도 좋으니까 내 앞에선 좀 망가지는 게 기분 좋아."

"참… 취향이 독특하구나."

"쳇! 그렇게까지 말할 건 또 뭐야? 그냥 특별한 존재가 되는 것 같다는 소리야. 취향이 별나긴 뭐가 별나다는 거야? 하긴… 널 좋아하는 거 보면 내가 취향이 별나긴 한참 별나지."

"아무튼 기분 좋아졌다는 소리지? 다행이다. 내일 뭐 특별히 하고 싶은 거 있어?"

리도스의 말에 그녀는 유심히 생각에 잠겼다. 특별한 일주일이니만큼 특별한 데이트를 원했던 것이다.

"음… 인간들의 축제에 데려가 줘."

"인간들의 축제?"

"안 돼? 어렵게 찾을 필요 없이 파피아라고 거기 가면 일 년 내내 축제를 연다고 하던데… 안 되는 거야?"

"뭐, 안 될 거야 없지. 워프한다면……. 그런데 갑자기 축제는 왜?"

"내 기억이 맞다면 내일 축제는 분명 즐거운 축제가 될 거야."

훼이나는 뭔가 기대에 찬 눈빛으로 내일 있을 데이트에 대한 행복한 상상에 빠져들었다.

"자기야~ 많이 기다렸어?"

데이트의 첫날. 훼이나는 평소와는 다르게 간편한 복장으로 나왔다. 심플하고 깨끗한 디자인의 얇은 초록색 원피스를 입고 긴 머리는 노란 두건을 쓰고는 양 갈래로 묶어 땋아 내렸다. 외모로 보자면 영락없는 10대의 모습.

"나 어때?"

"예쁜데. 그런데 웬일이야? 잔뜩 멋 부리고 나올 줄 알았더니, 의외로 수수하네. 별다른 장신구도 전혀 하지 않고."

말은 그렇게 하지만 리도스 역시 평소에 즐겨 입던 대로 통이 넓은 바지와 간단한 셔츠에 갈색 망토를 걸친 평범한 복장이었다.

"나 도시락도 싸 왔다. 볼래? 짠~!"

그녀는 자신의 손에 들려진 바구니를 열었다.

샌드위치가 맛있는 냄새를 풍기며 보기 좋게 가지런히 배열되어 있고, 과일도 몇 개 들어 있었다.

"그거 만든다고 아침부터 고생깨나 했겠다. 고마워."

"별거 아니야. 그럼 갈까?"

"근데 그거 먹어도 생명에는 지장없는 거지? 혹시 맛이 너무나 개성적이거나 하면……."

"리도스!!"

아주 잠깐 동안 리도스를 향해 밉지 않게 눈을 흘겼던 그녀는 리도스의 팔짱을 끼며 파피아로 향하는 워프 게이트를 뚫었다.

아직 이른 시간인데도 불구하고 파피아는 축제의 마을이란 명성답게 많은 사람들이 북적거리고 있었다. 거기 양 옆으로 잘 배열된 나무들의 가지마다 종이로 무언가를 쓰고, 나뭇가지에 묶는 통에 그녀도 무언가 소원을 빌게 되었다. 마을 여기저기 팔짱 끼며 시내를 누비는 연인은 오늘따라 유난히 눈에 띄었지만 리도스 일행들은 행동마저 눈이 띄었다.

마을의 서커스를 구경할 때에도 처음 30분은 구경하느라 바쁘더니, 이젠 2시간째 똑같은 서커스를 반복하는 그들의 묘기를 구경하는 다른 손님들에게 김새게시리 다음 행동을 일러주는 것이 아닌가.

훼이나는 재밌다는 듯 옆에서 깔깔거려 대고, 서커스를 벌이는 아저씨는 죽을 맛이었다.

"음… 슬슬 배가 고파지는데… 우리 식사나 할까?"

"자기, 배고프구나? 알았어. 우리 어디 가서 식사하고 오자."

하는 그들의 대화에 안도의 한숨을 내쉬고 다른 곳으로 36계 줄행랑을 쳤을 정도로 그 아저씨는 그들이 두려웠던 것이다.

햇볕이 잘 드는 곳으로 간 리도스와 훼이나는 바구니에서 샌드위치를 꺼내 들고는 옆에 홍차도 같이 꺼내 들었다. 함부로 마법을 써대다간 무슨 일이 있을지도 모른다는 생각에 보온병에 홍차를 넣어왔는데 갓 끓여낸 것만큼 향이나 맛이 떨어지지 않았다.

"음… 맛있다."

"그치? 그치? 이거 내가 마법을 쓰지 않고 아침에 직접 만든 거다."

뿌듯한 표정으로 말하는 훼이나에게 리도스는 대단하다는 표정을 지어 보였다.

"호오! 진짜 오늘 네가 웬일이냐? 왜 이렇게 오늘 이쁜 짓만 골라서 하는 건데?"

"흠… 데이트하는 거니까."

그녀의 말에 리도스는 피식 미소를 지었다.

"어휴, 오늘 같이만 굴면 앞으로 데이트도 할 만하겠는데. 하하하."

"피~ 몰라. 내일은 뭐 할 거야?"

"딱히 하고 싶은 거라도 있어?"

"흠… 글쎄……."

"유원지 가는 건 어때?"

"유원지?"

"뭐… 가서 보트도 타고, 놀이 기구도 타고, 요즘 프로소에 새로 생긴 유원지가 좀 괜찮다니까."

"호오~ 너야말로 웬일이냐?"

"뭐가?"

"데이트 별로 내켜 하지 않더니 사전 조사 벌써 끝났나 보네?"

"리즈의 도움이 컸지. 이왕 하는 거 즐겁게 하라나 어쨌다나… 너, 리즈에게 점수 후하게 땄더라?"

"그래? 인지상정이지. 뭐… 그 아이도 나에게 점수 후하게 땄으니 말이야."

"뭐, 점수 딸 만한 게 있긴 해?"

리도스의 물음에 그녀는 빙긋 미소를 지었다.

"사랑하는 여자는 딱히 하는 게 없어도 말이야, 언제나 상대방으로 하여금 호감 갖게 하거든."

"그럼 피스는?"

"…이봐, 우리 데이트하러 나온 거야, 남의 말하려고 나온 거야?"

"그래, 알았다, 알았어. 그런데 이 축제가 뭐 특별한 거라도 있는 거야? 내가 보기에는 특별하긴커녕 별로 볼 것도 없구만."

리도스의 툴툴거림에 그녀는 피식 미소를 지었다.

"축제는 원래 시간이 좀 지난 저녁이 재밌는 법이잖아. 이 축제는 연인들을 위한 축제야."

"응? 연인들을 위한 축제?"

"우습긴 하지만… 이날은 여자가 사랑하는 남자에게 자신의 사랑을 확인시켜 주는 날이지. 뭐… 올해의 연인으로 뽑히면 상품도 주고 말이야."

"헤에… 그렇구나."

"나 접수시켜 놨다."

"에? 뭘?"

"올해의 연인 참가 신청서."

"뭐어~?!"

리도스가 화들짝 놀라며 자리에서 일어나자 그녀는 그런 그의 옷을 붙잡고 다시 주저앉혔다.

"왜 그렇게 놀라는데?"

"그야, 그거… 사기잖아."

"뭐가?"

"연인도 아닌데 연인이라니……."

"일주일 간은 연인 맞잖아."

"거참, 니가 여기 오자고 할 때부터 알아봤어야 했는데……."

"나가 줄 거지?"

"…어쩌겠냐, 나만 돌아갈 수도 없는 노릇이고… 언제부턴데?"

"밤에. 해 떨어지면 그때부터."

파피아의 광장에는 어느덧 해가 뉘엿뉘엿 넘어가고 있었다. 붉은 노을로 하늘이 인상적이게 보일 만큼 아름다운 것도 잠시, 곧

어두운 하늘은 붉은 태양에서 달과 별들로 주인공을 바꾸어놓았다.

"친애하는 신사 숙녀 여러분, 축제의 마을 파피아에 온 것을 환영합니다. 지금부터 올해의 최고 커플을 뽑는 대회가 시작됩니다. 심사는 공정하게 진행될 것이며 관람하시는 분들 역시 마음에 드는 커플의 번호를 적어주세요."

"와아~!"

삐익—

진행자의 목소리가 증폭기를 통해 들려오자 마을에선 우레와 같은 함성 소리와 휘파람이 터져 나왔다. 무대에는 이미 오늘 축제의 주인공이 된 다섯 커플이 서 있었고, 그중 훼이나와 리도스도 끼어 있다는 건 두말하면 잔소리.

"1번 커플은… 훼이나 양과 리도스 군이시군요."

"훼이나와 리도스가 고개를 숙이고 인사를 건네자 사람들은 더욱 즐거워했다.

"옷! 숙녀 분께서 너무 미인이시네요. 어디서 오셨나요?"

"아… 리절트에서요."

"네, 남자 분과 알고 지내신 지는 얼마나 되셨죠?"

"음… 어릴 때부터 친구처럼 지냈었어요."

"아, 네, 그러시군요. 그럼 질문 들어가겠습니다. 남자 친구의 혈액형은?"

"B형."

자신있는 그녀의 대답에 리도스는 움찔했다.

'아니, 훼이나가 내 혈액형은 어떻게 알고 있는 거야?'

"맞습니까?"

"네, 맞습니다."

"처음부터 출발이 아주 좋은데요. 그럼 남자 친구 분의 발 치수는 몇 cm일까요?"

"훗! 275cm!"

그쯤이야 문제도 아니라는 듯 웃는 그녀에게 리도스는 오싹한 느낌을 지울 수가 없었다.

"와! 정말 굉장하시군요. 남자 분 맞습니까?"

"아, 네……"

오랜 시간의 짝사랑이 무섭긴 무서운 법이다. 거의 좋아하는 상대에 대해 스토커적 기질마저 다분히 길러내는 것을 보면.

"그럼, 마지막 문제입니다. 리도스님의 신체적 비밀은 뭘까요?"

"흠… 특별한 비밀 같은 건 없고, 왼쪽 어깨에 점이 있어요."

"맞습니까?"

"네, 맞습니다."

그의 말에 진행자는 관람객으로부터 박수 갈채를 받아냈다.

"뭐… 커플 뽑는 것에 상관없긴 하지만, 문득 남자 분께선 여자 분처럼 저 질문에 다 대답하실 수 있으실지 궁금해지네요. 자, 그럼 다음으로 넘어가서……"

진행자가 다음으로 넘어가는 동안 리도스는 힐끔 훼이나를 바라보았다. 몇천 년 동안 자신만을 바라봐 주는 성격이 좀 걸걸하긴 하지만, 아름다운 그녀는 충분히 사랑스러웠다.

"훼이나. 너, 그런 거 어떻게 다 알아냈냐?"

"후훗, 너도 죽자 사자 좋아하는 사람이 생기면 나처럼 안 되는가 두고 봐라. 뭐… 보나마나 그 상대라는 게 나일 테지만. 훗!"

행복한 상상에 미소를 짓는 그녀에게 리도스는 약간 미안한 생각이 들었다.

"자! 올해의 연인은… 1번 리도스 군과 훼이나 양이 차지했습니다!"

객석에선 박수 소리와 함께 짓궂은 목소리들이 쏟아졌다.

"키스! 키스!"

"키스 안 하면 상품 주지 마라!"

"오옷~!"

진행자는 피식 미소를 지으며 관객들이 원하는 대로 해달라는 듯한 눈빛을 보냈다. 난처한 얼굴로 서 있던 리도스는 마침내 훼이나의 입술에 살짝 자신의 입술을 가져다 대자 사람들의 박수는 더 커져 갔다. 그렇게 붉어진 얼굴로 그들은 상을 받아갈 수 있었다.

그들의 머리 위로는 불꽃놀이라도 하는 것인지 폭죽이 하늘을 화려하게 수놓고 있었고, 훼이나는 오늘의 상을 보며 흡족해하고 있었다. 그것은 그녀가 그토록 갖고 싶었던 커플링이었기에.

"자, 내 덕분에 받은 거니까. 빨리 끼워줘 봐."

훼이나가 자신의 손가락을 내밀며 생긋 미소 짓자 리도스는 반지 하나를 꺼내 들고 그녀의 손에 끼웠다.

"됐나?"

"으으으! 무드없긴… 일주일 만이라도 좀 제대로 해봐. 응?"

"거참, 그래그래, 반지 참 잘 어울리네요. 아, 너무 이쁘다~"

"장난치지 말고 손이나 줘봐."

그녀는 남은 반지 하나를 리도스의 손에 끼우기 위해 리도스의 손을 붙잡았다. 리도스의 손에 반지가 끼워지자 리도스는 피식 미소를 지었다.

"왜? 갖고 있지."

"커플링을 나 혼자 청승맞게 두 개를 가지고 있으라고? 커플링이 왜 커플링인데."

리도스는 알아들었다는 듯 피식 미소를 지었다.

"자, 데려다 줄 테니까 오늘은 그만 가자."

리도스의 말에 그녀는 고개를 끄덕였다. 북적거리는 사람들 속에서 훼이나와 리도스가 갑자기 사라졌는데도 그것을 눈치 챈 사람은 아무도 없었다.

훼이나를 데려다 주고 자신의 성으로 돌아온 그를, 여태까지 자지 않고 기다렸던 애버딘과 카디프, 그리고 리즈는 그가 오자마자 짓궂은 미소를 지으며 그의 기분을 살폈다.

"오~! 친구, 늦었네. 데이트 잘하셨는가?"

애버딘의 능청스런 말에 리도스는 피식 미소를 지었다.

"아아, 재밌었어."

"어디 갔다 왔는데?"

"파피아. 훼이나가 축제 가고 싶다고 해서……."

"헤~ 어라, 잠깐! 파피아라면 지금쯤 올해의 연인을 뽑는 행사 같은 거 했을 텐데… 혹시 그거 때문에 갔던 거 아니야?"

역시 샤아플린에서 오랫동안 살아온 카디프답게 자신의 살았던 파피아의 그 많은 축제들을 줄줄이 꿰고 있는 모양이었다. 리즈는 문득 리도스의 손에서 반짝이는 무언가를 발견했다.

"어? 못 보던 반지네? 예쁜데."

그녀의 말에 리도스는 황급히 손을 뒤로 가져갔지만 일행들이 그걸 놓칠 리가 없었다. 리도스를 향해 덥치는 애버딘.

"나도 좀 보자아~!"

도망가려는 리도스의 다리를 붙잡고 늘어지는—엘프답지 않게 치사하긴 하지만 그는 머리를 쓸 줄 아는 녀석이었다—카디프.

"어떻게 생겼는지 구경이나 좀 해보자아~!"

그러나 재주는 곰이 부리고 돈은 누가 번다고… 몸을 날리며 리도스를 꼼짝달싹 못하게 만들어놓고 나니, 리도스를 덮칠 땐 뒤로 물러서 있던 리즈가 유유히 리도스를 향해 미소를 지으며 손을 품에서 빼냈다.

"와~ 이쁘다."

백금으로 만들어졌고, 루비로 두사람의 영원한 사랑이라는 고대 문자가 쓰여진 반지로 단순한 디자인이지만 리즈 말대로 너무나 이쁜 반지였다.

"리즈, 이것 좀 잡고 있어봐."

카디프의 말에 리즈는 장난스런 미소를 지으며 어느새 그의 다리에 주저앉아 버렸다.

"우아아아앗! 아퍼! 아프다구!"

"후후훗, 엄살은… 이래봬도 난 굉장히 가볍다구."

"엘프 다음에 앉으면서 잘도 그런 소리가 나오는구나."

리도스는 눈물이 쏙 나올 정도로 주저앉아 버린 리즈에게 핀잔을 줬지만 카디프는 그런 것 신경 쓰지 않는다는 듯 오로지 그 반지만 유심히 살펴보았다.

"진짜 나갔나 보네. '두 사람의 영원한 사랑'? 오옷! 리도스, 너 훼이나님과 사귈 거야? 같이 이런 곳도 나가고 했다면 이미 사귄다는 건가?"

"그만 놀리고 비켜줘~!"

리도스의 절규에도 아랑곳없이 그들은 자신들끼리 킥킥거리기 시작했다. 리도스의 마음을 서서히 훼이나에게로 몰아가기 위해.

"너희들, 내가 훼이나랑 사귀면 빵이 생겨, 아님, 내기라도 걸었어? 요즘 왜 그래? 진짜 이상하네. 다들 한결같이 짜고서 날 누구랑 못 엮어서 안달난 자들 같아."

리도스의 질문에 리즈는 피식 미소를 지었다.

"요는 대리 만족이라니까, 대리 만족～ 이야기했지? 난 훼이나 언니가 좋다고. 뭐… 리도스도 좋게 생각하는 편이니까… 내가 좋아하는 두 사람, 아니, 두 드래곤이 행복해지면 덩달아 나도 기분 좋잖아～"

애버딘 역시 고개를 끄덕이며 리즈의 말에 동감을 표시했다.

"사실, 말이야 바른 말이지. 너 같은 녀석을 누가 그녀처럼 좋아해 주겠어? 있을 때 잘해야지, 안 그래? 그러다가 너 나중에 평생 혼자 늙어간다. 그때 후회하지 말고, 좋다 그럴 때 못 이기는 척 둘이 사귀라니까."

"쳇! 다들 날 위해서 그런다 이거야?"

리도스의 말에 카디프는 단호하게 고개를 저었다.

"아니, 난 그냥 재밌길래… 부추기는 것뿐이야. 훼이나님과 너 사귀면 정말 재밌을 것 같아서 말이야. 의외로 어울리는 커플이 될 것 같거든."

"카디프, 네가 엘프냐? 네가 그러고도 엘프라고 할 수 있어?"

리도스의 말에 다들 공감한다는 듯 카디프를 바라보았다.

"진짜 저거… 등에 지퍼 달려 있어서 뒤에서 열면 드워프 튀어나오는 거 아닐까? 깜짝 상자같이 말이야."

애버딘은 영 의심스럽다는 표정으로 그를 연신 훑어보았지만 카디프는 딴청만 부리고 있었다. 리즈 역시 의심스럽다는 듯한 눈초리로 그를 바라보았다.

"누가 아니래… 쯧쯧, 저거 봐라, 저거. 자기 홍보는데 눈 하나 깜빡 안 해."

"저기… 다 좋은데 언제 비킬 거야? 이러다 나 죽겠다……."

"아, 미안미안."

"후훗, 엄살은……."

리즈가 비켜나자 애버딘은 그의 등을 철썩 소리가 나도록 치고는 벌떡 일어나 리도스에게 손을 내밀었다.

"아주 병 주고 약 주는구나."

리도스는 애버딘의 손을 잡고 일어서고는 피식 미소를 지었다.

"밤이 늦었다. 내일도 데이트하려면 푹 자야지."

애버딘의 짓궂은 놀림에 리도스는 이제 상대할 가치도 없다는 듯 고개를 돌려 버리고 자신의 방으로 들어갔다.

"흠… 내가 좀 심했나?"

"후훗, 너, 나중에 리즈랑 데이트할 때는 어쩔려고 그래?"

"…가만히 생각해 보니까, 리즈."

"응?"

"우리도 이대로 있기엔 뭔가 억울하지 않니?"

"뭐가?"

"꽃다운 청춘인데……."

"호오라, 꽃다운 청춘인데 잠이나 자자고? 그래… 잘 자고 내일 봐."

리즈가 장난스럽게 웃으며 자신의 방으로 돌아가자 애버딘은 한숨을 내쉬었다.

"후~ 차였다."

"당연하지. 데이트 신청이 어디 쉬운 건 줄 알아?"

카디프의 말에 그는 머리를 절레절레 흔들었다.

"쳇, 뭐… 나도 너희들과 붙어 있을 땐 따로 데이트하러 나가진 않을 거다. 무슨 봉변을 당하려고."

애버딘은 리도스를 떠올리며 피식 미소를 지었다.

"당분간은 리도스는 살살 약올려 가며 리즈 말대로 대리 만족이나 하는 거지 뭐."

"흠… 리즈랑 사귀는 거야?"

"음, 잘 모르겠어. 서로 좋아한다고 말은 했는데… 그 뒤부터 어떻게 진전이 없네."

그의 말에 카디프는 애버딘의 등을 탁! 소리가 나도록 두들겼다.

"그런 건 남자가 확실히 말해 줘야지, 사귀자고. 알고 보면 네가 나보다 더하다니까. 그래가지고 어디 데이트나 제대로 하겠어?"

카디프의 말에 애버딘은 그의 등을 더듬었다.

"왜 그래?"

"아… 지퍼 찾는 중이야. 내가 오늘은 반드시 이 엘프 탈 벗기고 만다."

"그만 해. 하나도 안 웃기니까……."

"몰랐니? 난 너 놀리는 재미도 톡톡히 느끼며 사는데 이걸 어떻게 그만둬. 솔직히 이젠 다른 엘프 놀려봐야 재미도 없어, 너 때문에."

"호~ 그럼 너, 나한테 고맙다고 해야겠네. 악취미 하나 고쳐서."

"에휴, 잠이나 자러 가자. 너한테 이야기해 봐야 본전도 못 찾지."

"뭐, 그래도 알면서 맨날 그러잖아, 너."

애버딘은 고개를 저으며 방으로 들어갔다. 요즘 들어 언제나 느끼는 거지만 카디프의 레벨 상승에 위기의식을 느끼는 애버딘이었다.

이틀째의 아침.

리도스는 분주하게 훼이나의 성으로 발걸음을 옮겼다. 사실 처음에는 내키지 않는 데이트였지만 솔직히 싫지는 않았다. 게다가 오늘의 데이트는 어제 밤잠을 설칠 정도로 기대가 되기도 했었다.

똑똑.

훼이나의 방문을 두드리며 그는 살짝 자신의 옷맵시를 가다듬었다.

"어, 자기 왔어~?"

변함없는 애교 섞인 목소리. 다른 자들에겐 가슴까지 얼어붙게 만드는 독설 내뱉기로 유명한 훼이나는 언제나 리도스와 리도스의 친구들이나 리도스와 관련된 자들에게는 살갑게 굴었다. 처음에는 그게 참 이중인격이라 생각했었지만 요즘 들어 왠지 싫지 않은 기분이 들었다.

'이게 다 그놈의 일기장 때문이야. 카시우스님, 거기서 웃고 계시죠? 쳇! 맘대로 웃어요.'

속으로 툴툴거리던 그는 오늘은 어제보다 한결 멋을 부린 듯한 훼이나에게 빙긋 미소를 지었다.

"음? 오늘은 뭐가 좀 틀리네."

딱 달라붙는 검은색 가죽 바지와 검은 자켓을 입은 그녀는 선글라스까지 끼고 한껏 잘빠진 자신의 몸매를 과시했다. 부츠를 신은 그녀는 리도스에게 생긋 미소를 지어 보이며 그가 반지를 끼고 있는지부터 확인했다.

"리도스, 손 좀 보여줘 봐."

"자. 왜? 반지 뺏을까 봐?"

"어머, 안 빼고 잘하고 있네."

"아무래도 일주일은 꼭 하고 다녀야 할 것 같아서… 명색이 연인이라며?"

"후후후, 장족의 발전이네. 부디 이렇게만 해줘. 자, 이제 슬슬 가볼까?"

그녀의 말에 리도스는 재빨리 방문을 열며 그녀가 먼저 나가도록 손을 내밀었다.

"와우! 진짜 오늘은 서비스가 좋네."

"네, 네, 공주님. 어서 가자구요."

리도스의 말에 그녀는 피식 미소를 지었다. 사실 위트의 일을 핑계로 리도스가 원하지 않는데도 억지로 데이트 신청을 하는 바람에 마음에 내내 걸렸었는데… 리도스가 이렇게 친절하게 나올 줄은 예상치 못했던 일이었다. 일행까지 있으니 사실 일주일 내내 같이 있어 달라는 건 말이 되지 않는 소리고, 또 그럴 리는 없겠지만 신들과 다시 전투라도 벌일 거라면, 어쩌면 목숨을 잃게 될지도 모른다는 생각에 그녀는 그를 보내고 싶지 않은 마음만 앞섰다.

가능한 한 곁에 붙잡아두고 싶지만, 그녀에겐 그를 붙잡을 만한 능력이 없었다.

'그래봐야 고작 일주일인데, 내가 내 욕심 부린다고 생각할까.'

그녀는 리도스를 흘끔 곁눈질했지만 그의 표정에는 별 변화가 없었다.

'모르겠어. 그냥… 난 지금 이 순간을 즐길래. 그냥……'

유원지 역시 연인들이 즐겨 찾는 장소 중 하나였다. 게다가 이곳은 프로소라 드래곤밖에 없었다. 인간들 사회로 갔을 때처럼 일일이 자신의 행동에 대해 눈치 볼 필요나 조심할 필요가 없는 것이다.

"우리 보트 탈까?"

리도스의 말에 그녀는 활짝 미소를 지으며 고개를 끄덕였다. 리도스는 그녀와 함께 배를 대어놓은 곳으로 가서는 먼저 배에 오른 뒤 그녀가 쉽게 배에 오를 수 있도록 손을 잡아주었다.

"자, 그럼 출발할까?"

그는 배에 매어둔 밧줄을 풀고는 자리에 앉아 노를 저었다. 물결의 기분 좋은 출렁거림은 그들의 기분을 한층 더 즐겁게 해주었다.

사실 재미 측면에서만 따지자면 커다란 배를 타는 것보다 보트를 타는 쪽이 재미도 있고 즐겁기도 했지만, 문제는 혼자서 보트를 타려면 굉장한 용기가 필요하다는 것이다.

"아, 좋다~!"

훼이나는 살짝 뒤로 누우며 자신을 따뜻하게 비추는 햇살에 미소를 지었다.

"평화롭네. 왠지……."

리도스는 열심히 노를 저으며 그녀를 향해 고개를 끄덕였다.

"계속 이러고 있으면 좋겠지만……"

"정말?"

"왜 그래?"

"아니, 정말 계속 나하고 있고 싶어?"

"…그것도 좋겠지만 난 평화롭다는 걸 말하는 거야."

"에이~ 이왕이면 기분 좋게 '그러면 좋겠다'라고 하면 어디가 덧나?"

"후훗, 내가 앞으로도 계속 이러면 재미없어서 어떻게 할래?"

"뭐, 상관없어, 상관없어. 난 나름대로 재밌으니까. 뭐… 사실 친절하게 대해주는 쪽이 더 좋지만, 그것도 계속 그러면 왠지 리도스가 아닌 것 같아서."

그녀의 말에 그는 살짝 미소를 지었다.

"그렇게 성격 나쁜 녀석을 넌 왜 좋아하냐?"

그의 말에 그녀는 장난스러운 표정으로 말을 받았다.

"그러게 말이야. 내 말이 그 말이라니까."

한동안 그들은 아무 말 없이 자연을 느꼈다. 밝고, 맑고, 바라보기만 해도 눈물이 나올 정도로 시린 하늘. 그리고 그 하늘을 비추며 위로하듯 달래듯 출렁이는 잔잔한 호수.

서로 아무 말을 하지 않아도 편안했다. 사실, 이젠 얼굴만 보면 대충 서로의 마음을 읽어내는 그들이었다.

"오늘 저녁엔 술이나 마시러 갈까?"

"분위기 깨는데 천재인 리도스님, 갑자기 웬 술타령?"

"너랑 술 마셔 본 지도 꽤 오래된 것 같아서……"

"쳇! 그동안 요리조리 날 피해 다닌 건 어디에 사는 누구시더

라? 그런데 그 입이 나랑 술을 다 마시자고… 오래 살고 볼 일이
다."

"하하핫, 역시나 훼이나 넌 그 입이 문제라니까. 그것만 아니라
면 얼굴도 예쁘고, 성격도 시원시원하겠다, 너 좋아하는 녀석이 줄
을 설 텐데. 혹시 모르지. 좋아하는 녀석은 많은데 네 걸쭉한 입이
무서워서 대시를 못하는 걸지도."

그의 말에 그녀는 자리에서 천천히 몸을 일으켰다.

"바보. 누가 그런 말해 달랬냐? 난 다 나 미워해도 괜찮으니
까… 미운 말하는 그놈의 입의 주인만 날 좋아해 줬으면 좋겠다
뭐."

훼이나의 말에 그는 쓸쓸한 미소를 지었다.

"…사실 내가 널 좋아하면 네가 더 힘들어지지 않을까?"

"그건 또 무슨 오크 뇌 주름 잡는 소리야?"

"뭐, 넌 나에 관한 일이라면 발 벗고 나서주는데… 사실 난 사
고만 치고 다니고, 적도 많지. 게다가 가능한 한 떼떼 방패막이도
해주고 싶어. 너만을 위해주고, 너만을 사랑해 주고… 그런 달콤한
일들 나한테는 어려운 말이야. 그런데 내가 널 좋아해서… 만일
우리가 사귀거나 결혼하거나… 아무튼 그렇게 된다고 치자. 그럼
넌 일만 더 늘어나는 건데, 그래도 좋아?"

훼이나는 뭐 그런 거 가지고 그러냐는 표정으로 입술을 삐죽거
렸다.

"뭐야, 그건… 처음부터 다 알고 있는 사실 가지고. 난 또 뭐
가지고 그러나 했네. 내가 뭐 그런 것도 모르고 이때까지 너한
테 매달린 건 줄 알았어? 안 될 것 같았으면 일찌감치 두 손
두 발 다 들고 도망갔지… 몇천 년 동안 계속 너한테 목매고

있겠냐?"

"너, 참⋯ 바보다. 왜 손해보는 짓만 하고 다니니. 하아⋯⋯."

"후후훗, 화이트 드래곤 우둔한 거야 만인이 다 아는 사실인데 뭘 새삼스럽게⋯ 그래, 바보인 나는 계속 내 식대로 살 테니까 걱정 사서 하지 말고 마음 푹 놓고 나 좋아해도 돼."

"응?"

"나 좋아해도 된다고. 허락했다, 분명히."

"아, 아아⋯ 그래."

훼이나는 멍청한 리도스의 표정에 미소를 지으며 고개를 끄덕였다.

'그래, 이대로 마냥 붙들고 있을 수는 없는 일이지. 정말 난 바본가? 이런 찬스를 스스로 버리려 들다니⋯ 아아, 모르겠다. 뭐, 영원히 볼 수 없는 것도 아니고 난⋯ 인내심이 강하니까.'

"리도스, 우리 저녁때 네 말대로 술 마시러 가자."

그녀가 밝게 미소 짓자 리도스는 그저 고개만 끄덕일 수밖에 없었다. 언제까지 일행에게 기다려 달라는 말을 할 수도 없는 노릇이고, 위트에게 부탁할 것도 있고, 미뤄뒀던 일들도 대충 끝을 내놓아야만 했다. 보트에서 내릴 때가 다가오자 훼이나는 피식 미소를 지었다. 잊지 못할 것 같아서⋯ 리도스가 자신에게 난생처음 '좋아해도 돼?'라는 바보 같은 질문을 던진 곳.

물론 사람들의 강요이긴 했지만 그가 처음으로 입을 맞춰준 파피아. 이틀만으로 이제까지 기다림에 대한 보상은 받았다고 생각하는 그녀였다.

'쳇! 내가 생각해도 난 너무 착한 것 같아.'

"이번에는 우리 기구라도 타러 갈까?"

리도스의 질문에 그녀는 고개를 저었다.

"차라리 본체로 비행을 하는 게 낫겠다."

"하긴… 그럼 정말 산책이나 할까?"

그의 말에 그녀는 고개를 끄덕였다.

"드래곤으로 폴리모프하는 것은 좋지만 너무 눈에 띄는 짓이니까 그냥 걷자."

"뭐… 좋지."

리도스의 팔짱을 끼며 그녀는 천천히 주변을 돌아보았다. 마치 오래된 연인처럼, 편안한 분위기 속에서 그들은 천천히 그들만의 시간을 즐겼다.

어둠이 찾아오고, 그들은 근처에 있는 흑맥주 집으로 걸음을 옮겼다.

"이거, 리도스님 아니십니까? 눈에 띄지 않는 자리로 안내해 드릴까요?"

인상 좋은 주인장이 그들을 아는 척하고 나서자 리도스 역시 그에게 반갑게 말을 걸었다.

"장사는 잘돼? 뭐… 나야 눈에 띄지 않는 자리로 안내해 주면 고맙지, 데이트거든. 하하핫. 아무래도 이런 건 워낙 놀리는 사람들이 많아서 말이야."

주인장은 그의 말에 그럴 줄 알았다는 눈빛으로 그들을 제일 구석으로 안내했다.

"뭐 드시겠습니까?"

"흠… 흑맥주 괜찮아?"

"아아, 괜찮아. 나야 술이라면 뭐든지 상관없어. 잘 마시는데 뭐."

"그럼 흑맥주 평소 먹던 대로 가져다 줘. 안주는 뭐가 좋아?"

"음… 고기류 아무거나 가져다 주세요."

"네, 알겠습니다."

주인장이 사라지고 주문한 요리가 다시 나올 때까지 그들은 단 한 마디의 말도 나누지 못했다. 서로 테이블 아래로 시선을 내린 채 서로의 말만 기다리고 있었던 것이다.

"요리 나왔습니다. 맛있게 드십시오."

"아, 그래. 고마워."

리도스는 주인장에게 고개를 까닥해 보이고는 병 뚜껑을 땄다.

"먹고 모자라면 더 시켜."

"호~ 계산은 리도스가 하는 거야?"

"당연하지. 오늘은 내가 쏜다."

'내가 지금 왜 이런 썰렁한 소리나 하고 있는 거지?'

'뭐야, 뭐. 보내준다고 기껏 결심했더니만 왜 말이 안 나오는 거냐고 에잇! 술이라도 마시면……'

훼이나는 흑맥주를 벌컥벌컥 마셔댔다. 웬만큼 술이 강한지라 취하려면 꽤나 걸리겠지만, 도저히 맨정신으로 '보내줄 테니까 다녀와'라는 말이 나오지가 않을 것 같았다. 리도스 역시 그런 그녀를 바라보며 맥주를 입가에 가져다 댔다. 술에 꼭 원한이라도 맺힌 자들처럼 한동안 꾸역꾸역 술을 들이붓던 중 리도스가 먼저 입을 열었다.

"훼이나, 우리 데이트 풀 코스 일주일이었지?"

"으… 응. 왜?"

훼이나는 올 것이 왔다는 듯한 얼굴로 되물었다.

"왜… 힘들 것 같아서?"

"…다녀와서 두 배로 갚아주면 안 될까?"

"에? 갚다니?"

의외의 이야기에 그녀는 멍청한 얼굴로 다시 되물었다.

"그러니까 연장시켜 달라, 뭐 그런 거야?"

"응. 어차피 너도 일이 많아서 바쁠 거 아니야."

"그러니까… 풀 코스라고 했지. 놀 때 왕창 놀아버리고… 어차피 넌 날 잘 찾아오지도 않으니까. 솔직하게 내가 너 아니면 뭐… 놀기나 하나."

훼이나의 평상시의 표정에 리도스는 왠지 마음이 놓였다.

"하핫… 이거이거, 요즘은 내가 훼이나에게 야단맞는 주간인가 보네."

"핏! 그래봐야 눈 하나 깜빡하지 않으면서. 사실은 나도 그 말 하려 했었어. 너한테는 널 기다리는 동료들이 있으니까. 내가 욕심이 과했지, 일주일 풀 코스라니."

그녀의 말에 리도스는 황급히 고개를 흔들었다.

"아니야, 나도 즐거웠어. 그리고 가능하다면 또 데이트하고 싶고……."

"정말? 그래서 말이야… 이번에는 한 달 코스로 데이트하는 건 어떨까?"

"이봐이봐."

"농담이지롱! 후훗, 한 달 코스긴 한 달 코슨데… 서로 생각나고 데이트하고 싶을 때 조건없이 와주기. 얼굴만 잠깐 보는 거라도 좋으니까."

사랑스런 그녀의 말에 리도스는 피식 미소를 지었다.

"이봐, 우리 그러지 말고 사귀자."

"에?!"

"사귀자고."

훼이나의 눈에 눈물이 고였다.

"정말?"

리도스는 피식 미소를 지으며 자신의 커플링을 손으로 가리켰다.

"나 원래 니 거 아니었냐?"

그녀는 얼른 눈물을 닦아내며 평상시의 모습으로 돌아왔다.

"당연히 내 거지. 그러니까 흠집내서 돌아오면 안 돼."

"후훗, 말이나 못하면… 술이나 마시자."

"리도스야말로 돌아와서 취소하기 없기야?"

걱정스런 표정의 훼이나를 바라보며 그는 인상을 찌푸렸다.

"내가 그렇게 신용이 없는 놈이었냐?"

"말이야 바른 말이지. 자신의 가슴에 손을 얹고 떳떳하게 말할 수 있어, 너?"

"뭘?"

"나 좋아한다고."

그녀의 단도직입적인 말에 리도스는 얼굴을 붉혔다.

"바보. 좋아하지도 않는데 사귄다고 하는 멍청이도 있대?"

"혹시 또 모르지. 왠지 불쌍해 보이니까 삥쳐 놓고 돌아오면 도망가려는 건지도……."

훼이나의 말에 리도스는 피식 미소를 지었다.

"말해 줄게. 그게 그렇게 듣고 싶냐? 음… 글쎄, 너 아니면 죽겠다라고 할 정도로 좋아하는 건지 어떤 건지는 알 수 없지만, 요즘 들어 먼 미래에 누군가 내 옆 자리에 있게 된다면… 어쩌냐, 너밖에 안 떠오르는데."

"됐어, 짠돌아. 그 정도로도 충분해. 사랑한다는 말보다 더 감동적인 말이니까."

그들은 서로의 잔을 부딪치며 미소를 지었다.

〈 4권에 계속 〉

외전(外傳)
빛을 갚고 싶다면

빛을 갚고 싶다면…

"이 아이입니까?"

보기만 해도 정신이 산만할 정도로 색색의 현란한 머리카락을 가진 20대 초반의 청년이 애정이 담긴 듯한 목소리로 자신의 옆에서 있는 금발 머리의—전체적으로 학자의 분위기를 물씬 풍기는—30대 초반의 청년에게 묻자, 그는 콧등으로 흘러내린 자신의 안경을 손으로 들어 올려 거대한 황금 빛의 무언가를 올려다보며 고개를 끄덕였다.

"그렇습니다. 이름은 떼떼. 아직 200년도 채 되지 않은 어린애죠."

애정을 듬뿍 담은 눈으로 그들이 바라보고 있는 것은 작은 산만한 몸집의 해츨링으로, 청년들이 비록 인간의 모습을 하고 있지만 평범한 자가 아님을 암시하는 것이었다.

"골드 일족의 해츨링은 이제 이애 하나밖에 없습니다. 약간 이기적으로 들릴지는 모르겠지만 난 이애를 위해 할 수 있는 한 최대한의 안전장치를 만들어두고 싶습니다만……."

청년은 말끝을 흐리며 자신보다 10년은 어려 보이는 그를 바라보았다.

"드래곤에게 있어 해츨링이란 무엇보다도 소중한 존재입니다. 이기적이랄 것도 없죠. 부탁할 것이 있다면 어려워 마시고 언제든지 말씀하십시오. 제가 해츨링일 때에 키워주신 것… 아직도 잊지 않았습니다."

어울리지 않게 기품이 흘러넘치는 현란한 청년의 정중한 목소리에 금발의 청년은 빙긋 미소를 지어 보였다.

"당연히 해야 할 일을 했을 뿐입니다. 그러고 보니 리도스, 당신도 어렸을 땐 떼떼 못지 않게 귀여웠었는데 어느새 어른이 되어버렸군요. 하하."

"카시우스님에겐 제가 아직도 해츨링으로 보이십니까? 하하."

서로를 마주 보며 빙긋 웃는 그들의 눈 속에는 어느덧 리도스라 불린 청년이 지금의 해츨링보다도 작았을 무렵의 시절을 회상하듯 그리움이 드리워졌다.

"난 누구의 보호 따위 필요치 않아! 혼자서도 충분히 잘 지낼 수 있다구!"

마치 천둥이 치는 듯한 목소리가 하늘을 쩌렁쩌렁 울리며 길다란 꼬리는 마치 장난감을 부수는 듯 집채만한 성벽을 간단하게 무너뜨리고 말았다.

다행스럽게도 성에 사는 자들은 안전하게 피신한 듯 비명 소리가 터져 나오거나 시체가 굴러다니거나 하는 일은 없었다. 살아 움직일 수 있는 것이라고는 소동을 피우고 있는 것으로부터 한참 떨어진 곳에서 불안한 눈빛으로 거대한 다섯 개의 머리를 바라보는 초록색 머리카락과 검은색 머리카락의 청년 둘뿐이었다.

"밥 잘 먹다가 왜 저래?"

"몰라. 누가 또 말실수라도 한 모양이지."

그들을 향해 거의 어린아이 크기만한 돌덩이들이 날아들었지만 그들은 아예 피할 생각조차 없는지, 그 자리에서 조금도 움직이지 않고 그저 그 돌을 흘겨보기만 했다.

"없어져라."

조용한 목소리로 한 청년이 속삭이자 놀랍게도 돌은 그 자리에서 마치 처음부터 존재하지 않았다는 듯 사라져 버렸지만 아무도 그 일을 이상하다거나 대단하다고 여기는 자는 없었다. 마치 당연하다는 듯 신경조차 쓰지 않으며, 그저 난리를 치고 있는 해츨링을 걱정스럽다는 듯 한숨을 쉬며 바라보고 있을 뿐이다.

"하아~ 결국은… 모셔 와야겠지?"

"제아무리 카시우스님이라고 해도 이번에는 화내시겠지?"

"이번만큼은 직접 오실지도 모를 일이야. 그분은 정의감이니, 세상과의 조화니, 공존이니, 뭐 그런 것들로 똘똘 뭉친 분인데… 가만히 묻어두진 않으시겠지."

"쿠오오오오옷!"

이제는 꼬리로 성벽을 무너뜨리는 것은 성에 차지 않는지 괴성을 질러가며 닥치는 대로 짓밟고 부수더니, 아예 강아지처럼 드러누워선 좌우로 뒹굴기 시작했다. 만일 그가 강아지였다면 귀엽게 보였을지도 모를 그 광경이지만… 보는 사람이 있었다면 공포로 얼굴이 새하얗게 질릴 정도로 그가 지나가는 자리는 초토화되어

가고 있었다. 청년들은 한숨을 내쉬며 더 이상 보고만 있을 수 없다는 듯 한 발짝 앞으로 나섰다.

"안 되겠어. 일단 카시우스님께 서둘러 가보는 게 좋겠다. 이러다가 조만간 인간들에게도 피해를 주겠어. 넌 가능한 리도스님 좀 진정시켜 봐."

"차라리 역할을 바꾸는 건 어때?"

이미 자신의 역할을 정해놓고 사라져 버린 자신의 일행에게 땀을 삐질삐질 흘리며 외쳤으나 그의 말은 허공에서 허무하게 맴돌 뿐이었다.

"류엔 녀석, 자기 편할 대로 일 처리하는 건 여전하군. 하아~ 이제 어쩐담?"

초록색 머리의 청년은 여전히 멈출 기세로는 보이지 않는 리도스를 바라보며 한숨을 내쉬었다.

"역시 홍차는 얼 그레이야."

하얀 김이 모락모락 올라오는 찻잔의 향긋한 향기를 즐기며 마치 그림 속에서 튀어나온 듯한 온화한 분위기의 30대 초반 미청년이 입가에 미소를 지었다.

"손님이 오시는 건가?"

그는 테이블 위에 잔을 내려놓으며 흘낏 한쪽 벽면을 응시했다. 그리고 이제까지 밀폐되어 있던 공간에 놀랍게도 문이 생겼고, 문이 생김과 동시에 '똑똑' 하는 노크 소리가 들려오자 그는 만족했다는 듯한 미소를 지으며 자리에서 일어났다.

"들어오세요."

주인의 허락이 떨어지자 성미 급한 손님은 문을 벌컥 열며 다

짜고짜 용건부터 꺼냈다.

"카시우스님, 큰일입니다. 지금……."

"리도스님께서 난동을 부리고 있다는 말씀이시죠?"

카시우스는 의자에 느긋하게 기대어 앉으며 한쪽 손으로 손님에게 의자에 앉으라고 권하는 배려를 잊지 않았다.

"알고 계셨습니까?"

자신이 다급하게 왔던 것이 왠지 바보스럽게 느껴진 류엔은 맥이 풀려 버려 의자에 털썩 앉아버렸다. 그리고는 갑자기 생겨난 찻잔을 입가에 가져갔다.

"향이 좋군요. 홍차입니까?"

"얼 그레이입니다. 그러고 보니 류엔님의 취향은 다즐링이라고 했었던가요? 유감스럽게도 다즐링이라면 이미 떨어져 버려서… 후훗, 입맛에 맞으신다면 좋겠군요."

카시우스는 사람 좋아 보이는 미소를 지으며 자신의 입가에 찻잔을 가져갔다. 홍차는 여전히 먹기 좋을 정도의 온도로 유지되고 있는지 찻잔에서는 끊임없이 하얀 김이 올라와 카시우스의 금빛 안경을 뿌옇게 만들었다.

류엔은 여전히 변함없는 카시우스의 모습을 보며 감탄할 따름이었다. 같은 드래곤이 보기에도 그는 우아함과 기품을 고루 갖추고 있는 드래곤이었으니 말이다—그것이 비록 인간으로 폴리모프한 모습이라고는 해도…—허리 아래까지 내려오는 긴 금발의 머리는 단정히 손질되어 뒤로 질끈 묶여 있으며, 하얀 피부는 지적으로 보이는 그를 더욱 지적으로 보이게끔 해주었으며, 천성적으로 타고난 듯한 여유로운 성품은 성질 급한 크로매틱 드래곤마저 자신의 페이스로 말려들게 할 만큼 느긋했다.

"차 맛이 일품이군요. 이 정도면 찻집을 내셔도 되겠는데요."

"후후후, 평상시라면 직접 끓여 마시지만. 오늘은 손님이 오실 것 같아 마법의 힘을 빌렸습니다. 진짜 차를 끓이는 실력이라면 전 아직도 멀었답니다."

"하하, 무슨 그런 말씀을. 일전에 마신 차 맛도 아주 좋았던 걸로 기억하고 있습니다만… 자, 잠깐! 지금 이런 말을 하고 있을 때가 아닙니다!"

왠지 노인네를 연상시키는 듯한 느긋한 대화 내용에 정신을 차렸는지 류엔은 의자에서 벌떡 일어났다.

"지금 무슨 일이 일어나고 있는지 아신다면서요!? 그런데 이렇게 느긋하게 차나 마시고 있을 때가 아니잖습니까! 서둘러 주십시오. 리도스님을 말릴 수 있는 분은 카시우스님밖에 없습니다."

"글쎄요, 제가 간다고 해서 말릴 수 있을지 어떨지는 잘 모르겠습니다만, 애당초 해츨링을 왕으로 내세운다는 것은 화를 자초하는 일이라고 제가 말씀드린 것 같은데요."

다소 냉정한 듯한 반응에 류엔은 쩔쩔매며 그의 눈치를 살폈다.

"그렇지만 왕권이라는 게 거의가 대물림 같은 거라… 대를 잇는 것이 드래곤에게 있어서 얼마나 어려운 일인지 잘 아시지 않습니까? 게다가 어차피 왕위를 물려받는 거, 해츨링의 시기를 벗어나는 건 고작 500년밖에 걸리지 않습니다. 따지고 보면 400년 된 성숙한 해츨링이나 갓 500살을 넘긴 미숙한 드래곤이나 정신 연령은 비슷하지 않겠습니까?"

"그렇게 말하신다면 왕으로 인정한다는 것은 그전에 있던 역대 왕의 힘을 후계자가 계승받는 것 또한 잘 알고 계시지 않았습니까? 저희가 인간도 아니고 부득이 혈육이 후계자가 되어야 한다는 법은 없죠. 그저 왕이 되어 귀찮은 일에 말려들기 싫어서 몸부림치는 늙은이들이 고안해 낸 희생양을 추리는 틀이 되고 있을 뿐이라는 사실을 이제 그만 인정하실 때도 되지 않았습니까?"

카시우스가 자신 역시 그런 희생양 중 하나라는 듯한 불만에 가득 찬 표정으로 열변을 토하자 류엔은 황급히 그의 말을 가로챘다.

"그런 것은 나중에 따지고 일단 리도스님을 말려주시는 게 어떻겠습니까? 이러다간 드래곤들뿐만 아니라 인간, 엘프, 드워프 할 것 없이 모든 종족에게 피해를 주게 생겼습니다. 아시다시피 해즐링이라고 해도 저희 종족은 너무나 거대합니다. 나라 하나 말아먹는 것쯤은 일도 아니죠."

카시우스는 균형을 중시 여기는 골드 드래곤답게 타 종족에게 피해가 간다는 그의 말에 살짝 양미간을 찌푸리며 다시 찻잔을 내려놓았다.

그 틈을 류엔이 놓칠 리가 없었다. 그는 집요하게 그 여세를 몰아 카시우스를 데려가리라 마음먹고는 쉴 틈도 주지 않고 바로 자신의 말을 이었다.

"어차피 가실 거, 게다가 워프하면 거기까지 가는 건 일도 아니실 텐데 왜 이렇게 뜸을 들이는 겁니까?"

"그렇다고 제가 꼭 가야만 합니까? 해즐링이 잘못했다고 어른들이 우르르 몰려가는 것은 보기 좋지 않습니다."

너무나도 느긋한 그의 말에 류엔은 결국 참지 못하고 버럭 화를 냈다.

"해즐링이기 이전에 크로매틱 드래곤 중 가장 강력한 힘을 가지고 있습니다! 카시우스님께선 지금 누구의 잘잘못을 따지기 위해 아데스 전체가 망하는 꼴을 가만히 지켜보시려는 겁니까?"

카시우스는 다소 심하다 싶은 류엔의 말에도 아랑곳하지 않고 여전히 입가에 여유로운 미소를 지어 보였다. 그리고는 한 손을 들어 테이블에 놓아두었던 자신의 찻잔을 없애 버리는 대신, 거대한 책을 하나 만들어 보이고는 대충 페이지를 훑어보듯 책장을 펼쳐 들었다.

"이런이런, 절 너무 과소 평가하시는군요. 리도스님께서 해츨링인 데도 불구하고 크로매틱 드래곤의 왕이라면… 류엔님에게 있어 저는 어떤 존재입니까?"

그는 말을 마침과 동시에 책을 덮고는 시작도 끝도 보이지 않는 자신의 무(無)의 공간을 오른손으로 가리키며 천장에 해당하는 부분에 육안으로 식별할 수 없을 만큼 커다란 구멍을 만들어 냈다.

"굳이 야단을 치러 해츨링을 쫓아다닐 필요는 없습니다. 착한 애들은 어른이 부르면 오게 되어 있으니까요."

그는 유유히 오른손을 내리고는 여전히 입가에는 여유로운 미소를 지으며 류엔을 바라보았다. 류엔은 그 '착한 아이'라는 표현에 이미 말로는 설명하지 못할 정도로 얼굴을 찌푸렸으나 그는 그런 것 따윈 전혀 아랑곳하지 않는다는 듯 천천히 자리에서 일어났다.

"왔군요."

그의 말이 떨어지기가 무섭게 어디에선가 상상을 초월하는 속도로 뭔가가 아래로 곤두박질치고 있었다. '꾸에에에에~~!' 하는 처절한 비명 소리와 함께.

'이 오크 먹따는 듯한 소리는… 설마 리도스님?!'

류엔은 커다란 눈을 더 크게 치켜뜨며 소리가 나는 쪽을 바라보았다. 육안으로 얼마만큼의 구멍이 났는지 구분하기 힘들었던 전과는 판이하게 다른 한눈에 쏙 들어오는 뭔가가 있었다. 그것은 바로 카시우스가 뚫어 놓은 구멍을 다 채우고도 남는 거대한 엉덩이… 가 끼어서 바둥바둥거리는 해츨링.

"꾸에에에~ 여기가 어디야?! 아무도 없어?! 나 좀 꺼내줘! 응?! 꾸에에엥~! 꺼내줘!"

천장에 몸이 끼인 정도야 다른 곳이라면 문제도 안 되겠지만, 이곳은 카시우스의 생성의 방. 모든 것은 카시우스의 의지로 존재하는 곳이다. 심지어 손님마저……

"어서 꺼내주십시오."

차마 못 보겠다는 듯 고개마저 돌려 버렸으나 자기 무덤 자기가 판다고 하필 그의 목소리를 리도스가 알아들었던 모양이다.

"그 목소리는 류엔?! 그새 쪼르르 달려가서 일러? 너, 나중에 죽었어~! 이거 빨리 안 내려줄 거야?!"

잔뜩 성이 난 그의 목소리에 조건 반사적으로 움찔한 류엔은 '이제 그만 내려주십시오. 안 그러면 저 정말 죽습니다'라는 거의 애원조의 눈길로 카시우스를 바라보았으나, 그는 별것도 아닌 일에 왜 이런 소란인지 모르겠다는 표정을 짓고 있을 뿐이었다.

"설마 아직도 폴리모프를 못하시는 건 아닐 텐데 왜 그러고 계시나요?"

무(無)의 방, 또는 생성(生成)의 방이라 불리우는 드래곤 로드의 공간에서는 드래곤 자신들의 존재 여부도 카시우스의 손안에 달려 있는 법. 폴리모프를 하는 것 역시 그의 허락이 떨어져야만 가능한 일이다.

그 사실을 잘 알고 있는 류엔은 '이제야 폴리모프하라고 한 게 누군데?' 하는 뻥진 얼굴로 카시우스를 바라보았으나, 이 공간에 대해 알리 없는 리도스는 그제야 폴리모프를 떠올렸다는 듯 10대 후반의 소년의 모습으로 날렵하게 착지했다.

"왜 이렇게 멀리 있어?! 나보고 당신들이 있는 곳까지 밤새도록 걸어가란 소리야?!"

대뜸 카시우스를 향해 짜증 섞인 목소리를 내뱉었다. 인간으로 폴리모프를 하고 나니 여간 불편한 게 아니다. 드래곤으로 있었다면 약간 넓다고 느껴졌을 만한 공간이 인간으로서는 대강 어느 쪽에 있는지를 알려줄 만한 그들의 실루엣은 고사하고 존재 여부조차 느껴지지 않을 정도로 멀리 떨어져 있다고 느껴지니 그런 불만도 나올 법했지만 어린 해츨링이—아무리 한 종족의 대표자라고 한들 해츨링은 해츨링이다—드래곤 로드에게 하는 말치고는 너무 건방진 말투라 류엔은 사뭇 긴장되기 시작했다.

다행스럽게도 카시우스는 그것이 그리 기분 나쁘게 들리진 않았는지 예의 그 여유만만한 미소를 짓고 있었을 뿐이었으나, 드래곤의 속마음을 누가 알겠는가.

"처음 뵙는군요, 리도스님."

"우아아앗!"

갑자기 아무것도 없었던 자신의 얼굴 앞에 금발 머리의 곱상한 얼굴이 들이닥치자 리도스는 당황한 나머지 움찔 한 발짝 뒤로 물러서고는 괴성을 질러댔다.

"이런, 실례했습니다! 보호자가 날 찾을 정도로 소동을 부린 장본인이 생각보단 겁이 많을 줄 몰랐거든요. 그 정도로 놀라서야 만일 제가……."

그는 말을 끊더니 갑자기 온몸에서 금빛을 뿜어내는 거대한 골드 드래곤으로 폴리모프를 해버렸다.

"드래곤으로 폴리모프를 한다면 까무러치시겠군요."

류엔은 여전히 먼발치에서 카시우스를 바라보았지만 한눈에 다리 한쪽조차 들어오지도 않을 정도로 그의 몸은 거대했다. 그러니 바로 코앞에 있는 리도스야말로 그의 말대로 까무러치기 일보 직전이었으리라. 그러나 리도스에게 있어서 두려움이라는 감정은 생전 처음 접해보는 것이다. 그리고 호락호락 그 감정을 허락할 리는 없다. 오기가 발동하는 것은 물론이고, 다른 한편으로는 속마음이 들킨 것 같아 부끄럽기까지 했다.

'정신 차려. 저런 거 가지고 겁먹다니… 말도 안 돼!'

리도스는 스스로를 다잡으며 멀쩡한 정신으로 해츨링을 해칠 만한 드래곤은 없다. 분명 저 작자는 자신을 겁을 주기 위해 괜한 으름장을 놓으려는 것이라고 되풀이해 가며 애써 허세를 부리듯 코웃음을 쳤다.

"흥! 누, 누가 그런 걸로 까무러친다고 그래? 누, 누구는 폴리모프할 줄 몰라?"

"그렇게 생각하시나요? 하하, 그렇다면 제가 헛고생할 필요없게 미리 알려드리죠. 당신은 결코 이 공간 안에서 폴리모프하실 수 없습니다. 제가 허락하기 전까지는 말입니다. 그렇게 X 밟은 트롤 씹는 표정 하실 것 없습니다. 정 제 말을 못 믿겠다면 내기해도 좋으니까요."

이제는 능글맞아 보이기까지 한 여유만만한 카시우스의 미소에 류엔은 고개를 저었다.

'도대체 무슨 속셈이시지?'

"흥! 무슨 드래곤 브레스 뿜다가 혀 깨무는 소리를 하고 있는 거야?! 내가 왜 폴리모프를 못한다는 거지?"

"하하, 내기하자니까요. 만일 당신이 폴리모프를 못할 시엔 제가 당신의 보호자가 되어드리죠. 만일 당신이 폴리모프를 할 수 있다면… 음… 뭐가 좋을까요?"

"당신의 그 자리, 내가 접수하겠어."

"오호~ 드래곤 로드의 자리가 탐이 나시는 건가요? 뭐… 그것도 나름대로 좋겠죠. 하하."

류엔은 그제야 일이 돌아가는 사태를 파악했는지 슬슬 마음이 가벼워지기 시작했다. 난리를 부리며 크로매틱 드래곤을 난처하게 만들던 리도스는 이제 카시우스의 밑에서 예의라는 것을 배우게 될 것이다. 자신의 모든 짐이 덜어지자 그는 자리에서 빠지기로 마음을 굳히고는 재빨리 카시우스에게 말을 걸었다.

"이만 물러가도 되겠습니까? 어차피 제가 낄 수 있는 자리는 아닌 것 같으니……"

"좋습니다. 나중에 뵙도록 하죠. 가시면 당신이 일단 크로매틱 드래곤의 대표자가 되어주십시오. 아무래도 리도스님께서는 저와 100년 정도는 함께 있어야 할 듯싶으니까 말이죠."

"…알겠습니다. 그럼 이만. 리도스님, 100년 뒤에 뵙겠습니다."

"누구 마음대로 100년이라는 거야?! 너, 내가 돌아가는 대로 죽었어~!"

리도스가 이를 빠드득 갈든 말든 류엔은 공손히 고개를 숙여 보이고는 그 자리에서 사라졌다.

"쳇! 좋아. 이딴 건 빨리 끝내 버려야겠어. 바보 된 기분이라."

리도스는 말 끝나기가 무섭게 폴리모프를 시도했지만, 그런 일이 카시우스의 허락 없이 가능할 리가 없었다. 당황한 리도스는 이제까지의 잡다한 생각들을 접고는 폴리모프에게만 온통 정신을 쏟았지만 결과는 마찬가지였다.

"엇! 뭐야? 왜 폴리모프가 안 되는 거지?!"

"그거야 제가 허락하지 않았으니까요. 하하."

"흥! 원래가 난 화려한 걸 좋아해. 이렇게 썰렁한 곳에서 무슨 폴리모프야."

"그래요? 그렇다면 음악이라도 깔아드리죠."

갑자기 천장에선 반짝거리는 조명과 함께 '빰빠라밤~' 하는 트럼펫 소리가 들려왔다. 그는 리도스의 속마음을 아는지 모르는지 신경을 빡빡 긁어대기 시작했다.

"폴리모프해 보시죠?"

"그런… 난 여기가 마음에 들지 않아!"

"변명치고는 너무 궁핍하군요. 셋 샐 때까지 폴리모프를 하지 않는다면 제가 이긴 걸로 하고 당신의 보호자가 되겠습니다."

"그, 그런 게 어딨어! 난 보호자 따윈 필요없을 만큼 강하다구!"

"여기 있습니다. 당신의 논리대로라면 전 당신보다 강합니다. 따라서 당신의 보호자가 될 만한 자격은 충분히 갖추었죠."

말을 마친 그는 다시 처음과 같은 인간의 모습으로 폴리모프했고, 리도스의 얼굴에는 드래곤으로 그가 변했을 때와 같은 오기나 허세는 싹 사라져서인지 안쓰러울 정도로 곤혹스러운 표정으로 변해 있었다.

"숫자를 세죠. 하나, 둘, 셋! 지금부터 전 당신의 보호자가 되었습니다. 한 입으로 두말하면, 아! 당신은 다섯 입이던가요? 아무튼 드래곤이 두말하진 않겠죠?"

리도스는 시무룩한 얼굴로 순순히 자신의 패배를 인정했다.

"좋아, 어차피 내 입으로 내뱉은 거 지저분하게 굴 생각은 없어."

"호~ 시원시원한 성격이시군요. 마음에 듭니다만, 어른에게 반말을 하는 것은 그다지 좋은 일이 아닌 듯싶군요. 잘한 일이든, 못한 일이든 대가가 따라오는 것은 알고 있겠죠?"

으름장을 놓는 듯 그가 엄격한 목소리로 말하자 리도스의 안색은 창백하게 변했다.

"나더러 존댓말을 쓰라는 거야?"

"호… 제가 존댓말을 써야 할 이유를 읊어드릴까요? 전 어른이고, 당신은 해츨링이죠. 그리고 리도스님께서 크로매틱 드래곤의 왕이라고 한다면 전 드래곤 로드라는 것을 상기시켜 드리겠습니다. 리도스님께서 좋아하시는 힘의 우월성이라면… 전 리도스님을 훨씬~ 훨씬~ 앞서 있습니다. 그리고……"

왠지 하루 종일 이어질 것만 같은 카시우스의 말에 리도스는 이미 기가 질려 있었다. 이것은 자신이 생전 처음으로 겪어보는 잔소리로써 대단한 효과를 낳았다. 그는 카시우스의 입이 무서워진 것이다.

"그만! 그만! 알아들었어. 아니, 알아들었어요. 그래서 뭘 어쩌라는 거죠?"

"우선 리도스님께서 크로매틱 드래곤의 성을 엉망으로 만들어놓은 이유부터 알고 싶습니다. 벌이란 저질러진 죄 값보다 커서도, 적어서도 안 되는 거니까요."

리도스는 벌이란 말에 약간 움찔했으나 곧 한숨을 내쉬었다.

"짜증났어요. 지겹게 반복되는 일상들… 그리고 저는 해츨링이니까 꿈을 꿀 수 있는 것도 아니고, 계속되는 의무만 있을 뿐이죠. 400년을, 알에서 깨어난 400년을 그렇게 살았어요. 저주스러울 정도로 길고 끔찍한 시간이었죠."

"400년이 저주스럽도록 길었다? 하긴… 시간이란 상대성을 지닌 것이니 해츨링에겐 자신들이 해츨링으로서 주어진 시간이 길게 느껴질 수도 있겠군요. 그러나 해츨링을 벗어나게 되면 그것과는 비교도 안 되는 긴 생을 살게 될 텐데……."

리도스는 한숨을 내쉬었다.

"누군가가 또 만들어주겠죠, 제가 살아야 할 삶들을."

해츨링답지 않은 말에 과거의 자신을 보는 듯한 기분이 들었는지 카시우스는 안쓰러운 표정으로 그의 머리를 쓰다듬었다.

"리도스님, 뭔가를 잘못 알고 있었군요. 꿈이라는 것, 행복이라는 것, 저주스럽게 짜증나는 반복적인 일상이라는 그 모든 것들은 리도스님께서 만드는 것입니다. 태어나면서부터 모든 생명체들이 살아가는 환경이라든지, 조건은 거의 거기서 거깁니다. 나머지는 그들이 가진 영혼의 크기로 결정되는 것이지요. 그런 한심한 소리를 하시려거든 좀 더 자신에게 충실해져서 자신의 영혼이나 키우고 나서 하도록 하세요."

호된 꾸지람에 리도스는 고개를 푹 숙였다. 왠지 화가 나기도 했지만 그의 말이 마음속에 와 닿았기 때문이다. 어떤 생명체든 억세게 운이 좋은 경우를 제외하고는 처한 환경은 거기서 거기다. 만일 운이 나쁘다고 해서 비관해 봤자 저주스러운 일상만을 더 반복하는 일밖에는 되지 않는다. 그는 한숨을 내쉬었다.

"하아~ 그렇다면 제가 할 수 있는 일은 뭐죠?"

"…해츨링으로서 남은 100년 동안 저와 함께 있으며 리도스님께서 할 수 있는 일들을 찾는 것. 그것이 제가 리도스님에게 내리는 벌입니다."

리도스는 가볍게 고개를 끄덕였다.

"제 존재의 가치는 제가 만들어야겠죠. 그럼, 이제부터 '잘 부탁하겠습니다' 라고 해야 하는 건가요?"

"하하, 태도가 싹 달라지셨군요. 저야말로 앞으로 잘 부탁드립니다."

"카시우스님?"

"네? 아, 네… 뭐라고 하셨습니까?"

"무슨 생각하고 계셨습니까?"

"하하, 말하지 않아도 아실 것 같은데요."

"카시우스님께서도 처음 만났을 때를 떠올리셨나 보군요. 그땐 제가 무척 건방졌었죠?"

"이런이런, 그렇게 말씀하시니 어째 지금은 무척이나 예의 바른 드래곤인 것같이 들립니다. 하하, 아직도 안하무인의 대표 격으로 불리시는 리도스님께서 말입니다."

"하하, 전 예의를 갖춰야 할 분에게만 예의를 갖출 뿐입니다."

두 사람의 대화에 떼떼라고 불린 해츨링이 잠에서 깼는지 잠투정을 부리듯 몸을 들척거려 댔다. 카시우스와 리도스는 가뿐하게 해츨링이 들썩거리는 꼬리를 피했다.

"일전에 드래곤만의 공간을 만들겠다던… 신들과의 대화는 어떻게 되셨습니까?"

"아, 물어볼 말이 있으시다더니 그 일이었나요? 아직은 시기상조 같습니다. 딱히 인간들에게 큰 불편을 주는 드래곤도 없고…

다들 수면기니까요."

"신들의 생각을 짐작할 수가 없습니다. 어째 꼭 우리를 없애지 못해서 안달 난 작자들 같으니."

"신들에게 대항할 만한 능력을 가졌으니 어쩔 수 없는 거라고 생각은 하고 있지만 왠지 예감이 불길합니다. 만일 저와 안사람에게 무슨 일이 생긴다면 떼떼를 부탁드린다고 말씀드리려던 참이었습니다."

"드래곤 로드로서의 예지입니까?"

"……."

"당부하실 말씀은?"

침울한 표정의 리도스에게 그는 여전히 여유로운 미소를 지으며 애정이 담긴 목소리로 답했다.

"필연이라는 것도, 우연이라는 것도 제가 흘린 노력의 대가입니다. 최대한의 노력, 그리고 그 덕분에 흘리게 되는 땀 한 방울 한 방울에 의해 좌우되는 것이지요. 저는 만족스러운 최후를 보내게 될 것입니다. 그러니 제가 어떻게 된다고 해서 떼떼와 리도스님… 부디 마음 아파하지 않았으면 좋겠군요. 그럼……."

리도스와의 마지막 작별 인사를 나눈 카시우스는 금빛의 드래곤으로 폴리모프를 한 뒤 단 한 번도 뒤돌아보지 않은 채 하늘을 향해 높이 날아올랐다.

리도스는 그런 그를 멍한 얼굴로 한번 바라보고는, 이윽고 시선을 떼떼에게로 돌렸다.

"카시우스님과 많이 닮았군."

떼떼는 그 말에 대답이라도 하듯 고른 숨을 내쉬며 몸을 앞뒤로 들척였다.

리도스는 그런 떼떼를 바라보며 어느새 카시우스와 닮아 있는 여유로운 미소를 지어 보였다. 부드러운 바람이 그들을 기분 좋게 스쳐 지나가자 떼떼는 잠에서 깨어난 듯 눈을 깜빡거렸다.

"아, 일어났니? 난 리도스라고 한단다. 앞으로 잘 부탁해."

"…리도스 아저씨?"

〈 빚을 갚고 싶다면 끝 〉

아데스 좌담회

안녕하세요! 아데스 재밌게 읽으셨나요? 여기는 아데스 캐릭터 좌담회입니다!

리즈 : 자! 자! 여기 차는 한 사람당 한 잔씩이야. 더 먹거나 하면 안돼. 소품이 모자라니까.

애버딘 : (작은 목소리로) 이봐, 시작했어.

리즈 : 뭐?

애버딘 : 시작했다고. 이 좌담회.

리즈 : 꺄악! 그런 건 빨리 말해 줘야지. 뭐야, 창피하게시리.

피스 : 뭐, 그런 것 가지고 창피해하고 그래요? 통통 춤까지 춰놓고는. 그냥 철판으로 밀어버려요.

리즈 : 그 이야기는 꺼내지도 마. 작가를 확 파이어 볼로 구워버리고 싶어지니까. 그나저나 이 작가, 설정집은 어디다 버려놓고 좌담회한다고 비상 소집이래? 딸랑 차 마실 돈만 주고는.

애버딘 : 모르는 모양이군. 이 작가 불치병 치료 중이라잖아. 게으름병이라고… 뭐, 이번 권은 딱히 설정집에 들어갈 부분도 없고, 원고는 모자르고 그러니까 쉽게 말해서 자기는 누워서 자고 우리 보고 떠들라는 이야기지.

피스 : 누가 궁금한 부분이 없다고 그래요? 난 있는데. 정말이지 손쓸 도리가 없는 작가로군요. 순전히 자기 마음대로잖아요. 그래서 그렇게 똥배만 늘었대요?

떼떼 : 왜요? 뭐, 모르시는 거라도 있으세요?

피스: 응, 난 매태오가 뭔지 모른단 말이야. 그게 뭐야? 리도스님께서 폼을 잡고 뭐라고 하긴 했지만, 솔직히 그게 그렇게 대단한 건가?

카디프: 아아! 그건… 운석을 소환하여 땅에 떨어뜨리는 절대절명의 공격력을 가지고 있는 마법이야. 이 마법은 컨트롤 실패라도 하는 날에는 행성 하나 부수는 건 식은 죽 먹기지. 모두 그 자리에서 즉사지, 즉사. 게다가 마나도 무식하게 잡아먹는 마법이고… 고급 수준의 마법사들도 절대로 쓸 엄두를 내지 않는 마법이야. 한마디로 대단한 거 맞아.

애버딘: 결국은 도롱뇽이기 때문에 가능한 거였잖아 뭐. 생각이 있으면 그걸 쓰겠어?

피스: 그렇군요. 그런데 정작 그 대단한 마법을 쓰신 리도스님께선 어디 가셨어요?

떼떼: 어? 그러고 보니 안 계시네?

리즈: 이놈의 도롱뇽! 또 늦네, 또 늦어. 떼떼도 제시간에 왔는데 왜 아직도 안 와?! 이거 성질 나는데 확 벌금 받을까? 한 1억 루비아쯤 받으면 어때? 난 성에서 나왔으니까 이제 집도 사고, 시녀도 부리고, 앗싸! 그 돈만 있으면 고생 안 하지. 뭐가 부럽겠어?

애버딘: 야! 그거 나누자. 혼자 떵가 먹지 말고. 공평하게 5:5 어때? 카디프야 엘프니까 물질적인 거랑 상관없고, 피스야 실력 좋은 주술사니까… 어디 가든지 밥 먹고 살지 않겠어? 난 앞으로 결혼도 할 거구 그렇게 되면 처자식도 먹여살려야 한다구.

카디프: 리즈 돈이 네 돈이지. 슬슬 러브러브 모드던데… 공식 커플 되는 거 아니야? 아니지! 둘이 결혼할 거 아냐? 하하.

(피스, 상을 뒤집어엎으며, 어디서 배웠는지 리도스 브레스 뿜는 소리를 낸다)

피스: 크오오오옷! 무슨 소리예요?! 커플은 누구 맘대로?! 4권에 가

서 봐요. 내가 멋지게 뒤집어엎어 줄 테니까!

떼떼 : (엄숙한 표정으로 박수 치며) 짝짝짝! 지금도 충분히 멋진 뒤집어엎기 한판이었어요, 아줌마.

피스 : …어리니까 봐준다, 어리니까.

카디프 : 아무리 늦어도 지금쯤이면 슬슬 등장해야 하는 거 아니야? 지면도 많이 넘어간 걸로 아는데… 게다가 러브러브 모드라면 리도스야말로 확실한 러브 모드 아닌가?

리즈 : 도롱뇽이라니까. 아니면 대갈님이 오크 사촌쯤 되던가. 훼이나 언니만 불쌍하지. 정말… 남자 보는 눈 없어.

떼떼 : 어! 저기 오시네요.

리도스 : (멀리서 뛰어오며) 누가 욕했어~~!

(다들 열심히 딴청 중)

리도스 : 이상하다. 분명히 도롱뇽 어쩌고, 오크 어쩌고 하는 소리를 들었는데.

리즈 : (예의 포커 페이스를 발휘하며) 늦은 주제에 이젠 헛소리까지 하시겠다?! (속으로) 역시 너는 양반, 아니, 귀족은 못 된다!

리도스 : 아, 아니, 그게 아니라 음하하하! 근데 설정집 어디 갔데? (딴에는 화제를 돌림) 설정집은 어디 가고, 모두들 사이좋은 척 둘러앉아 있는 거야?

피스 : 역시나 뒤늦게 나타나선 뒷북까지 치시는군요. 독자님들께선 리도스님 상태가 이렇다는 걸 알고나 계시는 걸까요? 에휴~!

리즈 : 나도 스승님이긴 하지만 정말 못 참겠다. 차라리 가만히 있으면 반이라도 갈 텐데 말이야. 에휴~ 아니면 시간이라도 맞춰 오던가. 그럼 저렇게 뒷북 칠 일도 없을 거 아냐.

리도스 : 어? 왜들 이러는 거야? 묻는 말에 대답은 못해 줄 망정. (의

기양양한 포즈를 잡으며) 이 지상 최강의 크로매틱 드래곤 족 왕을 갈 궈?

카디프 : (웃으며) 자, 자! 다들 그냥 넘어가자고, 좋은 게 좋은 거잖아. 리도스의 물음에는 내가 답해주지. 요즘 다섯 글자로 답하는 게 유행이 라니까 그걸로 할게. '설정 땜빵 훗!' 자, 됐지?

리도스 : (그제야 알아들었다는 듯) 푸하하하핫! 내 언젠가는 그럴 줄 알았지. (거의 넘어가며) 크흐흐흐흐!

애버딘 : 이봐, 그렇게 신랄하게 웃지 마. 그나마 2권이나 남았는데 짤 리면 너 어디서 밥 벌어먹을래?

리도스 : 그, 그치만 하하하핫! (2권밖에 안 남았으니 막 나가 보자는 심보)

떼떼 : 모두들 오신 것 같으니까 그냥 넘어가요. 엄마, 아빠, 오늘 왜 모였어요? 이제 뭐 할 건데요?

리즈 : 글쎄… 뭔가 하긴 해야 하는데 뭘 할까? 애버딘, 뭔가 괜찮은 거 없어? 네가 또 한 잔머리하잖아.

애버딘 : 잔머리라니?! 다른 사람은 몰라도 난 머리가 좋은 거라구. 잔 머리 따위와는 수준이 달라.

피스 : (단호한 표정으로) 맞아요. 애버딘님은 분명 두 자리 아이큐를 가지고 있을 거예요!

(그때 모든 일행 얼어붙으며 투희야의 유머 등장!)

리즈 : 자! 장식용 꽃도 생겼겠다. 그거 뽑지만 않으면 분위기 좋지. 이 구리구리한 향기만 뺀다면.

투희야의 유머 : 저… 제발 뽑아주면 안 될까요? (최대한 비굴한 목소 리로) 맡다 보면 나름대로 향기 좋은데……

애버딘 : 뽑으면 또 그 '빙신' 문제 내려고 그러지?

(투희야의 유머 말도 못하고 그대로 사라진다)

떼떼 : 아빠! 멋져요. 짝짝짝!

애버딘 : 홋! 삶의 지혜란다.

리즈 : 좋아한다, 좋아해! 삶의 지혜? 어쩌다 뒷걸음질 한번 쳐서 리도스 잡은 거 가지고.

리도스 : 잡아봐! 잡아봐! 뒷걸음으로 잡아봐. 못 잡아만 봐라, 못 잡아만…….

카디프 : (속으로) 애다! 애! 전부 애다… 도대체 이 작가는 인간들을 나날이 어떻게 만들고 있는 거야? (뭔가가 생각났다는 듯) 아참! 이 작가 카페를 가지고 있다는데… 자작 클럽이라고. http://www.cafe.daum.net/twoheeya. 누구 가본 적 있어?

리도스 : 아! 난 가봤어. 회원 수 몇 명 안 되던데. 그거 왜?

카디프 : 가본 사람이 있긴 있구나. 난 헛소문인가 했는데… 가보면 투희야의 실체를 알 수 있다지?

리도스 : 정신 건강에 해로울걸.

리즈 : 어? 투희야 신께서 운영하시는 건가요?

리도스 : 투희야가 약 먹었냐? 그걸 만지고 앉았게. 이놈의 구린 작가가 일을 친 거지. 만들어놓고 홍보도 안 하고 내내 놀다가 이제야 이러고 있다. 가서 작가 좀 밟아라. 글 좀 빨리빨리 쓰라고.

애버딘 : 하핫! 그리고 투희야 신이 운영하는 거면 신도들이랑 사제들이랑… 뭐, 그런 것들로 넘쳐 나지 회원도 몇 명 안 되는 그런 상황이겠냐? 하하하.

떼떼 : 헤~ 그러고 보니 이게 그 말로만 듣던 상술의 결정체라는 건가요? 페이지 떼우고, 홍보하고. 편집부에서 과연 가만히 둘까요? 이번 원고도 꽤나 늦은 걸로 알고 있는데.

리도스 : 제대로 알고 있구나. 비슷한 시기에 발행된 책들… 사실 시작은 훨씬 빨랐지. 근데 어쩌다 보니 시작은 빨랐는데 지금은 더 늦은 처지란다. 같이 나오기 시작한 책들이 4권 넘게 나온 것도 있다지? 자기보다 어리다는데 대단해. 이 작간 열 번 죽었다 깨어나도 그런 짓 못할걸.

모두들 : (고개를 끄덕이며) 그렇지. 당연하지.

FD : (튀어나오며) 아! 이거 미처 말씀 못 드렸는데 녹화 분입니다. 나중에 작가님이랑 PD님(담당 기자님)께서 다 보시고 편집할 거예요.

모두들 : (표정 굳어지며) X 밟았다.

애버딘 : (표정 바꾸며 얍삽하게 작가를 의식) 자! 우리 작가님에 대한 이야기나 해볼까? 항상 하는 생각이지만 그분 참 대단하다고 생각해. 암, 암!

FD : (갑자기 튀어나오며) 하던 대로 하시라는데요. 아니면 독자님들께서 책 덮으신다고. (삐질삐질 땀 닦는다)

애버딘 : (태도 돌변) 음, 대단하시지. 마감도 이렇게 늦으면서 간 크게 땜빵용 좌담회나 쓰고… 게다가 그 와중에 독자님들의 비위까지 생각하시구 말야.

리즈 : 담당 기자님께 죄송하다고 매번 그러면서… 부지런해지는 약이 있으면 이 작가가 필히 먹어야 할걸요.

리도스 : 쯧쯧쯧, 니들 이제 죽었다. 다음 권 가봐라. 피의 응징이 시작될 거야.

리즈 : …여기서 더 뭘?

피스 : (반색하며) 그럼 애버딘님, 내 거 되겠네요.

카디프 : 내가 여자라면 그런 거 필요없어 할 거라고 봐.

저렇게 얼굴이나 확확 바꿔 버리는 녀석은… 솔직히 얼굴 이쁜 거 빼면 시체 아니야? 뭐… 한번씩 재롱 떠는 것 빼고는 주인공 같지도 않고,

요즘 들어서는… 도롱뇽 일족이(훼이나, 위트 등) 뭔가 있는 거 같지 않아?

떼떼 : 저두요! 저두요!

리도스 : 역시 카디프가 뭔가 아는구나! 하하핫!

리즈 : (떼떼와 리도스를 보며 고개를 절레절레 흔들며) 이쯤에서 화제를 돌리는 게 좋겠어. 그렇지만 무슨 이야기가 좋을까… (한참 고민하다 문득 생각났다는 듯 고개를 드는 리즈) 그러고 보니, 이 파티의 처음 목적이 뭐였는지 혹시 기억해?

카디프 : 궁극적인 거라면… 세인트 찾기지. 점점 전개가 이상해지고 있긴 하지만 말이야.

애버딘 : 작가도 그 세인트에 대해 기억하고 있어주면 좋을 텐데.

떼떼 : 그 태평한 아줌마가 기억이나 하고 있을까요? 전 그분 아무리 봐도 어리버리해 보이던데.

카디프 : 훗! 그래봬도 꽤 젊은데 아줌마라는 건 너무하지 않았니? 게다가 어리버리라니…… 그래두 명색이 작간데.

피스 : (갑자기 끼어들며) 뭐, 어때요? 10대인 제게도 아줌마라고 부르는 녀석인데.

리즈 : 그런가? 아무튼 이번에 떼떼는 거의 혼자서 나왔던데… 어떻게 된 거야?

애버딘 : 그랬었나? 그 작가가 별다른 생각이 있을 리가 없잖아? 뭐… 어린애는 아무래도 쓰기가 어려울 테니까 적당히 혼자 떨어뜨려 놓은 거겠지.

리즈 : (발끈하며) 뭐야! 단순히 어린애를 쓰기 싫다는 이유만으로 우리를 그렇게 고생시켰단 말이야?!

리도스 : 뭐, 덕분에 둘은 러브러브 모드에 돌입한 거잖아? 그러니 덕

을 봤음 봤지 해된 거 없잖아!

(그의 말에 피스가 갑자기 테이블을 뒤집어엎자, 일동 모두 피스에게로 시선을 집중한다)

피스 : 크아아아앗! 인정 못한다니까요! 무엇보다 리즈 언니랑 애버딘님은 그림이 안 되잖아요, 그림이! 애버딘님께선 비주얼적인 측면에서도 훨씬훨씬! 저와 더 잘 어울려욧! 모르긴 몰라도 제가 리즈 언니보다 인기도 많을걸요?

리즈 : 글쎄, 그건 인기 투표라도 해봐야 아는 거 아니야? 너보다 나오기도 먼저 나왔고, 캐릭터도 훨씬 비중이 높다고 생각하는데.

(둘 사이에 파지직— 하고 전기가 인다)

애버딘 : (한 손으로 턱을 괴며) 후훗, 이래서 인기있는 남자는 역시 괴롭다니까. 나는야~ 읍!

리즈 : (애버딘의 입을 틀어막으며) 이놈의 작가는 캐릭터 설정을 어떻게 하는 거야?! 날이 갈수록 상태가 안 좋아지니 원.

떼떼 : 말만 해요. 구급 드래곤 항상 대기니까요.

리즈 : 구급 드래곤?

떼떼 : 훼이나 아줌마요. 지금 밖에서 일거리만 기다리시거든요.

리즈 : 일거리?

떼떼 : 혼자 심심하시다구요. 같이 놀 상대를 찾고 계시던대요?

애버딘 : 헉! 그래, 조용히 있을게. 그나저나 리즈 너, 초반보다 입이 무척 걸걸해졌다?

리즈 : …그게 누구 영향이라고 생각하는 거야?

(리즈와 애버딘의 다정한(?) 사랑의 대화가 이어지자 카디프 재빨리 수습에 나선다)

카디프 : 이야기가 새버렸군요. 저쪽은 가뿐하게 무시하고, 우리끼리

이야기 진행을 하죠. 세인트에 관한 이야기는… 뭐, 신뢰는 안 가지만 잊어버리지 않고 있으며, 지금 이끌어 나가는 이야기 자체가 작가의 시나리오대로인 거니까, 만일 염려하시는 분이 계시다면 안심하라는 작가의 전언이 있었습니다만, 솔직히 신뢰가 가지 않는 게 사실이군요.

리도스 : (고개를 끄덕이며) 안심이 돼야 안심을 하지. 아직 두 권이나 남았잖아!

피스 : 편집하시는 분만 못할 짓이죠. 저런 농땡이를 만났으니.

애버딘 : 저래봬도 많이 죄송해하고 있는 거라니까. 독자님들과 편집하시는 모든 분들께 너그러이 용서를 구하고 있을 거야.

떼떼 : 그런 걸 안다면 원고 좀 빨리빨리 내놓으라 그래요. 그리고 4권에선 떼떼를 영웅으로 만들어줘야 해요. 이제 겨우 2권밖에 남지 않았단 말이에요. 이쯤에서 슬슬 주인공으로 교체해 주면 좋을 텐데, 무슨 생각을 하고 있는 아줌마인지 알 수가 없으니… 리도스 아저씨, 있잖아요. 아줌마라고 안 하고 '누나♡'라고 하면 교체해 주실까요?

리도스 : (진지하게 생각하며) 글쎄, 아마도 힘들다고 생각한다만은… 차라리 다음 작품의 배역을 고를 때 열심히 로비를 하는 게…….

리즈 : 잘~ 한다! 어린애한테 그런 거나 가르치고!! 쯧쯧! 음, 난 말야 작가에게 요구할 수 있다면 말야, 마법 아이템도 좋지만 진짜 내 실력을 늘여달라고 하고 싶어! 그리고 좀 날 묘사할 때는 되도록 예쁜 캐릭터로 묘사해 줬으면 좋겠고 말이야… 우리 중 나만 평범하게 생겼잖아. 게다가 동안이라고까지 해버리니… 그래도 난 명색이 히로인인데, 이거 기죽어서 어디 히로인 역할 하겠어?

애버딘 : 그런 걸 신경 쓰고 있었어? 의외네. 게다가 그런 거라면 고민할 필요 없잖아. 넌 너대로 충분히 예쁘고 귀여운데 뭘 그래?

(애버딘과 리즈의 핑크 빛 대화가 이어지자 피스 자리에서 벌떡 일어

난다)

피스 : 크아아앗! 둘만의 세계를 만들지 말아욧! 이번에는 그러고 있다지만 4권으로 가기만 해봐욧! 내가 기필코 갈라지게 만들 테니까. 비웃지 마요! 이래봬도 인간족 최고의 주술사님이라니까욧~!

카디프 : 이런이런, 완전히 작가에게 바란다 코너가 되어버렸군. 그런 의미에서 나도 작가에게 뭘 바란다고 하면… 그러고 보니 특별한 불만은 없어. 다만 고생은 이제 그만 시켜 달라는 것 정도?

리도스 : 이 정도는 그녀가 쓴 다른 글들에 비하면 양호하지. 아무튼… 난 육아에서 벗어나고 싶어. 훼이나에게 코 꿰이는 건 더 싫고.

리즈 : (의아한 눈빛으로) 훼이나 언니를 좋아한다고 하지 않았어?

리도스 : 그렇게 단도직입적으로 말하라고 하면… 좋아하지. 좋아하기야 하지만, 아직까진 누군가에게 코 꿰이고 싶지 않아. 게다가 난 아직 할 일이 남았거든. 하핫, 애버딘은 어때?

애버딘 : 난 행복해졌으면 좋겠어. 다들. 아데스를 읽어주시는 독자님들과 만들어주시는 모든 분들… 캐릭터 전원이.

리즈 : 왠지 애버딘이 그러니까 아부성 멘트 같아. 평소대로 해! 평소대로!!

애버딘 : 헤헷! 그렇게 말해도 진심이라니까.

카디프 : 그래그래. 그런데 처음 말했던 투희야님의 정체라는 건 뭐야?

리도스 : 별로 알아서 좋을 건 없는데… 그렇게 궁금하다면 자작 클럽으로 가봐.

카디프 : 거기 가면 알 수 있나 보구나?!

애버딘 : 그런가 봐. 음… 그건 그렇고 우리 설정집에 들어갔던 일러스트 기억나?

리즈 : 당연히 기억나지~ 작가의 친구(임남주님)가 그려준 건데 상당히 귀여웠어.

애버딘 : 그 뒤로 더 그렸는데, 설정집에 들어갈 것을 이번에 좌담회로 때워 버렸으니 어떻게 될까?

피스 : (인상을 찌푸리며) 이번 그림은 카디프님과 저라고 알고 있었는데 맞나요? 그게 맞다면 이 작가는 절 미워하는 게 틀림없어요. 캐릭터 편애하는 작가는 각성하라! 각성하라!

애버딘 : 그렇다면 작가가 가장 좋아하는 캐릭터는 누구일까?

(다들 잠시 고민하는 듯 생각에 잠긴다)

리즈 : 글쎄… 열 손가락 깨물어서 안 아픈 손가락 있을까?

리도스 : 작가 취향으로 봐선 딱히 캐릭터라기보다 아이템일 것 같은데? '투희야의 유머' 라던가… 마법 협회 스크롤이라던가.

다들 왠지 납득이 간다는 듯 고개를 끄덕인다.

PD : (갑자기 튀어나오며) 아직까지 다들 여기서 뭐 하고 있는 겁니까! 4권 대본 나왔습니다! 대본 맞춰 보셔야죠!

피스 : 어? 진짠가 보네?! 이번엔 PD인 거 보면. 가죠! 좌담회라고 해 놓고는 별 이야기도 없네요. 그런데 이걸 어쩌죠? 시간이 너무 오래된 것 같아요. 이쯤에서 슬슬 독자님들께 인사를 드리고 작가에게 가봐야 하지 않을까요?

카디프 : 벌써 시간이 이렇게 되었군요. 좌담회 즐거우셨나요? 3권도 많이많이 사랑해 주시고, 다음 권 기대해 주세요.

리도스 : 결국 좌담회라고 해도 별 내용이 없군. 기회 있으면 언젠가 다시 이야기를 나누게 되겠지. 나름대로 즐거웠다고 생각해.

떼떼 : 흠… 아데스의 진정한 주인공은 영웅 떼떼라는 걸 잊지 말아주세요.

애버딘 : (떼떼를 쥐어박으며) 그놈의 영웅 타령 지겹지도 않냐? 이 애버딘님을 누르고 주인공이 되려면 넌 아직 몇천 년은 일러!

리즈 : 훗! 아주 똑같다니까… 아무튼 이런 좌담회라도 읽어주신 여러분께 감사드립니다. 다음에 좀 더 멋진 모습으로 뵐 수 있게 되길 기도하죠.

피스 : 4권에서 애버딘님과 리즈 언니 커플을 기필코 파토 내놓겠습니다! 전국에 계신 수많은 피스의 팬 여러분! 응원해 주세요. (*파토=끝장을 내다 쯤?)

일동 : (고개를 숙이며…) 읽어주셔서 감사합니다. 행복하고 좋은 하루 되세요.

작가의 비굴 멘트 : 페이지 늘여보려는 소심한 발악이었습니다. 추하더라도 아데스 많이많이 사랑해 주세요.

레이피어 던전

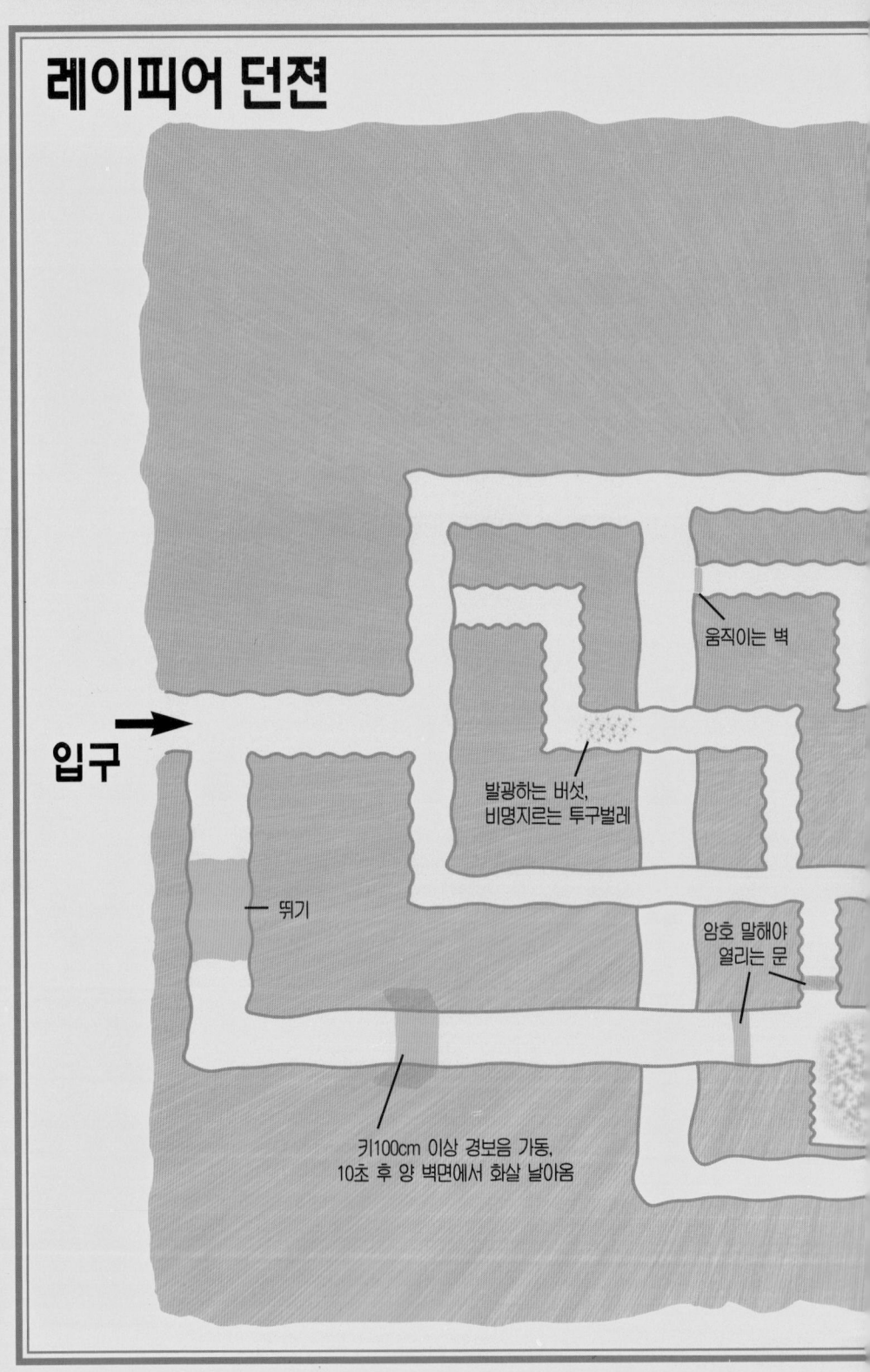

입구

움직이는 벽

발광하는 버섯,
비명지르는 투구벌레

뛰기

암호 말해야
열리는 문

키100cm 이상 경보음 가동,
10초 후 양 벽면에서 화살 날아옴

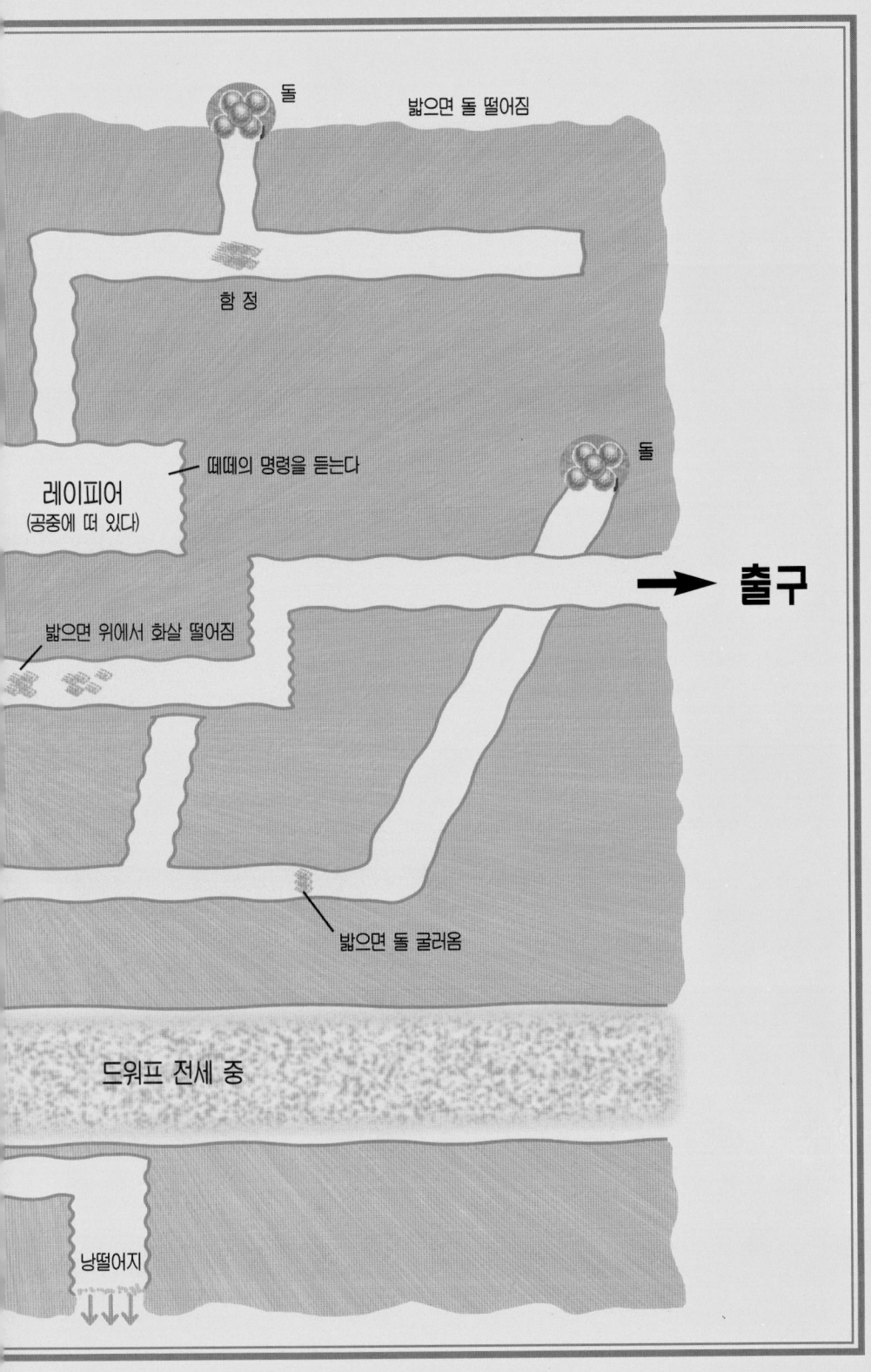